U0140897

转型之路：

王志宏 著

精确管理与企业个性

学林出版社

献给所有为

中国电信转型事业而奋斗的人

内容简介：

中国电信人从来没有像今天这样关心企业的未来，

中国电信从来没有像今天这样感受到固网运营商遭遇的世界级难题的挑战，

中国电信业从来没有像今天这样具有在世界电信业的强势话语权，

……

种种迹象表明，中国电信业正在走进一个崭新的时代，一个群雄并起、版图重新划分的时代。

中国电信打开了转型之门。希望用自己的方式来回答在这样一个世界级企业对抗的舞台上"谁主沉浮？"于是，在2005年"转型"成为中国电信业最炙热的词汇，掀起了转型浪潮。

向综合信息服务提供商转型是中国电信面向未来的坚定选择，是需要不断内化的长大基因。而这是一个非常个性化的过程，因为管理的本质在于实践。中国电信要转型成功，决不可能依靠通用管理或其他企业的经验，必须形成自己独具特色的管理，而这正是精确管理题中应有之意。

本书分上下篇，上篇：转型之路，通过4个缺失3大陷阱把中国电信转型面临的管理基础归结为"直接管理"，并在统一的转型分析框架下对世界主要的IT企业和电信企业的转型内涵进行了分析，展开了中国电信的转型路径；下篇：精确管理，揭示了精确管理的基本特征和方法，探索了中国电信转型所需要建构的管理基础。

本书谨献给电信行业企业家、管理者和从业人员；高等院校管理专业教师和EMBA、MBA学员；政府国有企业改革部门的政策研究者和制定者，以及广大热心的读者。

转型之路:精确管理与企业个性

以终为始的智慧之旅——开启管理定制化时代

——当传统受到挑战,未来又充满不确定性,那么什么是企业成长的证据呢?

2004 年 11 月 1 日,中国电信业最大一场人事变动袭来,三大电信运营商的一把手"大换班",速度之快,让人始料未及。这场变动的主角之一原中国移动集团副总经理王晓初调任中国电信集团公司担任总经理。尽管三个月前已有传闻作铺垫,但这层窗户纸一经捅破,还是在业界掀起了巨大的波澜。无论是来自同行的声音,还是业界专家的分析,基本上是正负互见的。但是正面也好,负面也好,作为旁观者尽可发表自己的见解,而真正要为这场变动解题的只能是当事人自己,并且这个解题过程可能要长达五年,甚至更长的时间。

实际上,在中国电信业重组"棋到中盘"的关键时刻,作出这样的选择,其原因明白不过,坐在这个位置上的人,不仅要担负起企业发展的责任,也要肩负起促进整个产业繁荣的使命。

从移动到电信,从办公地点来说,也许只是几步路的差别,但是从解题的难度来讲,则从"线性方程"变为"非线性方程",要解出最优解显然难度大大提高了。

2004 年 12 月 22 日,王晓初先生调任中国电信不足两个月,在中国电信集团公司在北京召开的工作会议上就提出了今后一个时期的发展方向和工作思路:坚持以科学发展观为指导,进一步优化资源配置,实施精确管理,促进中国电信全面协调可持续发展。同时强调:要抓住机遇,积极寻找新的业务增长点,促进中国电信由传统基础网络运营商向现代综合信息服务提供商转变。

2005 年 1 月,信息产业部部长王旭东在全国信息产业工作会议上指出:"转型综合信息服务提供商,中国电信将迎来一个新的发展机遇,但如何成功转型综合信息服务提供商,确保企业的健康稳定和可持续发展,电信运营商面临着创新的考验。"

中国电信未来发展的蓝图可以归结为一个目标,两个基本点:以建成现代综合信息服务提供商为目标,以企业转型和精确管理为基本点。

一个目标、两个基本点作为中国电信未来发展的解,应该说得到了信息产业部领导和业界专家的认可。但是中国电信如何一步步逼近这个解,需要全体员工独具匠心的参与,满怀热忱的投入,在至少十年的跨度内,用实际行动来共同回答。实际上,如果把中国电信未来十年或更长时间的发展历程作一个以终为始的归纳,那么这个预期的转型过程可以归结为两大胜负手:一是转型的方向——综合信息服务提供商在多大程度上代表行业的发展方向,一是中国电信对自己实施能力的自信,也就是精确管理能否根本确立。

中国企业已经走过了管理普及化时代,尽管无论 MBA、EMBA 接受的教育还是以舶来品为主。尽管现在图书市场上充斥的大量管理类书籍还都是中译本占主导地位,但是中国企业已经在"南橘北枳"的困境中,获得了管理的成长。对适合中国企业自身发展需要的管理内涵有了更深刻的理解,从主要是基于实践的经验管理中生长出理性的内核,这些变化于是催生了管理定制化时代的到来。

管理定制化时代会带给我们两种管理财富:一种是自始及终的总结,经过不断的实践,不断的失败与挫折,不断的成功与辉煌,得到的企业生命历程的证明和结论,企业活生生的实践活动是思考的土壤;另一种是以终为始开始的创造,不断的命题检验和验证,是一种更加积极的、引领式的、不断证明式的管理。

向综合信息服务提供商转型是中国电信在企业发展过程中需要不断内化的长大基因。这是一个非常个性化的过程,这是因为管理的本质在于实践,管理是一门实践科学。中外管理大师,共同体会基本上是"管理的实践意识第一"。美国管理大师德鲁克曾说,任何一个成功企业,都不可能给另一个企业提供可行的成功经验。换句话说,中国电信要转型成功,决不可能依靠通用管理或其他企业的经验，必须要形成自己独具特色的管理，而这应该是精确管理的题中应有之意。

时至今日，中国的企业已经跨入了这样一个时代，只有改变生存的方式才能提高生存的质量，这是因为企业原有的生存方式所依存的基础发生了变化，如果不能确立这个前提，我们今天所作的努力很可能会成为未来的发展障碍。如果没有根本方法上的突破，前辈企业家实际上设定了后辈企业家成长的极限。

也许精确管理就是这个问题的一个解。

"路曼曼其修远兮"，中国电信的转型之路必将漫长而艰辛。但这是一代中国电信人成就新的辉煌的机会、责任与使命。

我非常庆幸，能有机会接触和思考企业转型和精确管理这样有意义的管理命题，这绝对是可遇不可求的事，因为管理的命题必须来源于实践才具有生命力。

非常感谢中国电信集团公司企业战略部肖金学总监，正是多次聆听肖金学总监的精彩讲解，对中国电信的转型有了较为全面的认识。

非常感谢上海电信张维华董事长、程锡元先生、王玮总经理、张林德副总经理、童羚副总经理、陈鸿生副书记、马明副总经理和陈曼其总监的指导、支持和启发，正是上海电信领导层对集团转型战略的深刻理解和切实贯彻是对企业转型价值的最好诠释。

"企业转型，匹夫有责"，做为中国电信的一名员工，希望能为企业的转型事业尽一点力，但是尝试对中国电信转型和精确管理进行面向未来的探究，试图探索一点在繁重的转型任务背后的经济规律和管理内涵对自己是一次巨大的挑战。希望在 2005 年投入几乎所有的节假日和业余时间做的"功课"不要太"业余"。当然由于自己对行业理解和经验积累的不足，很难完全表达这两个管理命题的深刻含义，由此产生的一切错误与偏差当由作者本人负完全的责任。

"导师领进门，修行在自己"，中国电信的转型是一次修行，每个人也一样。

对了，为了感谢您有耐心与作者共同经历一段思考的旅程，在每章的最后选编了一篇"感谢的故事"，以使您能在严肃的话题之间隙有一点轻松，也做为作者就企业转型与精确管理与您进行的另类沟通。

目录

转型之路：精确管理与企业个性

下篇 精确管理

上 篇
转 型 之 路

前两天,我和法国电信总裁做过一次交流。我问他:你预期十年后法国电信收入前三位的业务是什么?他说:我们的收入比例目标是"631",就是以移动为主的个性化服务占60%;以宽带视频为主的业务占30%。应该说,法国电信已经向这个目标迈出了一大步,当年斥巨资收购移动业务、经营移动业务,现在非固网业务收入已经占到总收入的40%-50%。法国电信的经验告诉我们,企业不转型,就难以适应市场,就会像AT&T和MCI一样,变得越来越小,最终被人家吃掉。因此,转型是必然趋势,转型势不可挡。

——摘自王晓初总经理在江西电信调研时的讲话

"传统电话语音业务占10%"对70%的收入还来自传统话音的中国电信来说似乎遥远得很。但Skype,IPTV,3G,……等越来越近的脚步,又在告诉我们:这一天并不遥远。

中国电信的传统强项将会对企业的长大贡献越来越小,新的强项还充满了不确定性。于是转型就成为一个长大的命题。

从PSTN+2G+IP+ATM向SS+3G+NGI的惊险一跳,必然会上演中国电信业新的"三国演义"。

企业家具有长期的愿望是企业转型成功的基础。这个时代是造就具有世界影响力的中国企业家的时代。中国电信的转型本质就是要做最好的企业。

中国电信的转型承载了太多的希望、背负太多的难题,但前路充满更多的不确定性和风险,这似乎是一场巨大的赌注,风险越高,可能的收益越高。

"十年弹指一挥间",在奔赴2015年转型赶考的征程中,相信中国电信的智慧能够完满求解转型方程式:

转型成功=综合信息服务提供商+转型路径+转型理由+转型主体
　　　　+国际经验+实践滤器+精确管理-发展困局-管理缺陷

第1章　发展的困局

新业务是我们未来所系,但短期却难以依靠。传统业务是我们的"衣食父母",但未来却难以维系。在来去之间,在新旧转换之时,最难莫过于正确的选择。

唯有理解发展困局的本质,才有可能寻找出关键突破口。

自1998年以来,中国电信作为改革的母体经历了多次改革重组,从全业务运营商变成固网运营商,又从全国运营商变成"南方运营商",尽管其后运营区域又覆盖了全国,但在北方显然仍处于非常弱势的地位。

最能反映中国电信市场地位下降的标志是与中国移动的差距越来越大。

财富500强的排名,中国电信由2004年的257位下降到2005年的262位(下降5位);而中国移动由2004年的242位上升到2005年的224位(上升18位)。

中国电信收入占移动收入比,2003年为82.73%,2004年为78.58%,2005年更是下降到71%左右。(根据信产部公布的数据计算,2005年为前11个月的数据。)

从效益指标来看,中国电信的投资回收期约为中国移动的2倍多,每百元投入产出也远低于中国移动。

而中国电信承担的改革成本和历史包袱要远高于中国移动。

如果没有根本的改变,中国电信的市场地位仍将会快速下降,没有人会希望中国电信成为中国的"AT&T"。

根本的改变在那里?是转型?是3G?还是……?

1　机遇 VS 陷阱

没有不喜欢增长的企业,没有不为增长困惑的企业。从高速建网,注重规模到以客户为中心,注重效益,中国电信穿越了转轨之难、重组之痛、竞争之忧。从计划到市场，从垄断到竞争，一步步接近一个优秀企业的本质。新的产业梦想正在升腾，十多年高速增长的记忆尚存，但不知道中国电信是否能适应这个"如果你输不起，就玩不来"的时代。

> 新增长点的寻求是企业遭遇成长困境时的第一生存法则

新增长点的寻求是企业遭遇成长困境时的第一生存法则——谋求"突围"。从大的方面来说，寻求与新经济时代相融合的发展模式的努力是全球电信业在过去十年、未来二十年的主要任务。不幸的是，全球电信业的努力在上世纪末和本世纪初的互联网泡沫破裂中遭受了第一次全行业性的沉重打击。从微观的角度来看，许多新的玩法，传统运营商根本玩不来。

3G，IPTV，三用业务，互联网应用 ICT，Skype……新兴业务的机会谱系灿若星辰。从未来业务的机会谱系中，可以看出，传统电信运营商启动新一轮增长的机会乍现，但是启而不动是目前最大的问题。与此同时，腾讯的异军突起，盛大的创富神话，许许多多踩在传统电信业务和新兴业务边沿的"起舞者"，他们把传统电信运营商的低附加值资源与新兴业务的未来元素进行有机的结合，舞出了新经济的一道道彩虹。

中国电信有自己的业务观，当我们试着戴上传统业务的"眼镜"，寻求新的业务时，往往很难如愿。有一点可以肯定的是，给陈天桥同样的初始值，甚至以电信的实力，可以给他好得多的初始创业条件，但只要他的起点在电信，就决没有今天的盛大，因为盛大的腾空而出只是冰山之一角，更多失败的"盛大"并不为人所见，纵使按照风险投资的大拇指定律，至少有"9"个盛大在水面下面，而对中国电信来说是难以接受这种"或然性"成功的。

而正如北京大学光华管理学院张维迎教授所言："在过去的20年里，随着中国改革开放，世界给中国提供的机会多于挑战，但未来的20年可能是挑战大于机会。这么讲是因为中国经济增长的源泉正在发生一个重要的转变。可以说到目前为止，中国的经济增长主要靠的是资源配置效率的提高。过去的25年主要是靠放开市场、废除计划管制导致资源的自由流动。这种自由流动加上要素在全世界范围内的最优配制的实现，导致了中国经济的高速增长。但这种增长的源泉正在逐渐变弱。我自己判断，十年之后中国经济一定转向以生产效率为主的增长，主要依靠技术进步。""配置效率，过去中国的企业家找到一个洞,钻进去,坐在那儿,就成了菩萨。而未来所有的洞都被人家占满了,你在人家那里戳一个洞,然后坐进去,看你能不能成为菩萨?所以之前是机遇大于挑战,而现在是挑战大于机遇。"(《中国未来20年挑战大于机遇》张维迎,《国际先驱导报》2004年12月28日)

过去,我们完全可以根据自己的能力决定发展的步伐,跑得快多钻几个,跑得慢少钻几个,努力总有回报,成功率100%。时至今日,你钻下去可能钻到人家地盘,也可能钻到岩石,成功的概率大大降低了。

大拇指定律所揭示的新业务成长规律是中国电信追求新增长点难以摆脱的困境之一。在硅谷,风险资本所投资的创业企业有着一个不太精确的经验定律,即所谓风险投资收益的"大拇指定律",叫"七败两平一拇指"。所谓"七败"是指十个投资项目中七个失败,"两平"表示两个项目打平,"一拇指"表示一个项目成功,或者非常成功,足以弥补所有投资损失而大大有余,这种项目也叫"金拇指"。如果大拇指定律反映的是新兴业务的成长规律,我们显然不善于玩这样的游戏,不管我们玩还是不玩,都将陷入困境。"七败"我们无法忍受,在中国电信目前的管理模式下,"七败"根本无法出清;"一拇指"我们也难以享用,虽然中国电信已在香港和纽约上市,但却难以灵活地玩资本游戏,如果侥幸有一个管理者"玩"出了一个金拇指,这个金拇指也难以获得资本市场的放大效应,这个管理者大概会有两种出路:做更大的"官",或成为劳模。我们能玩的只有"两平",这也是与目前中国电信的企业态势相合的。

中国电信集团上海电信旗下的上海信息产业公司,成立时间早于盛大,起点也要高于盛大,在中国电信集团中也一直居于领先地位,比较而言,信产公司起点高、业务多、资源雄厚,运作中规中矩;而盛大起点低、资源不多,但业务专注、敢于冒险并着于资本运作。如果现在把盛大与上海信息产业公司作一简单对比,我们不觉会有点眼红,但眼红归眼红,我们更需要理性地理解不同的必然性。

表1-1　信产公司 V.S 盛大

	信产集团	盛大
成立时间	◆1995年1月,上海信息产业有限公司成立。 ◆2004年5月,上海信息产业(集团)有限公司组建成立。	◆1999年11月,盛大成立,并推出中国第一个图形化网络虚拟社区游戏"网络归谷"。

	信产集团	盛大
主要业务	◆上海电信范围内语音、数据、无线增值等业务,包括以互联星空、百事应、上海热线为品牌的互联网信息服务和语音增值业务,以及互联网窄带接入、应用业务集成、电子商务、远程教育、网络游戏、多媒体制作、互联网增值应用、广告等综合信息业务。	◆盛大向用户提供包括多人在线角色扮演游戏、休闲游戏、棋牌游戏、对战游戏、动漫、文学、音乐在内的适合不同年龄层次用户群的互动娱乐产品。 ◆其他业务还包括游戏周边产品、无线增值服务、出版物以及网络广告。
初期状况	◆公司的注册资金为3.1亿元人民币。 ◆1996年,上海热线推出后,迅速成为热门信息网站。	◆1999年盛大创始初期,注册资本50万元人民币,20万元现金。 ◆运营网络游戏"网络归谷",但游戏运营收入基本为零。
发展模式	◆内容分发——利用互联星空、百事应等信息服务平台,吸引、整合和分发社会信息资源,是信产集团在内容产业链中的核心优势所在。 ◆内容集成——包括上海热线、互联网应用等内容服务。 ◆内容提供——包括网络教育、游戏等。 ◆资源平台——包括IDC、ISP等业务。	◆盈利模式——玩家所付的游戏费用是盛大的主要收入来源。盛大在全国各地架设游戏服务器。用户通过网吧等盛大的分销渠道购买游戏预付卡,从而获得进入游戏的权限并给游戏充值,在网吧或家中玩盛大的在线游戏。 ◆代理——代理运营国外游戏开发商的成熟产品。 ◆并购——通过并购获得核心技术和研发能力,如收购美国ZONA公司。 ◆合资与合作——与新华控股合资开发游戏周边产品,战略投资浩方在线,与百度、环球音乐建立合作伙伴关系。 ◆自主研发——研发《传奇世界》等游戏,摆脱代理游戏运营的各种风险。

	信产集团	盛大
发展轨迹	◆2001年，业务收入9千多万元。 ◆2004年，业务收入3亿元左右。	◆2000年收入230万元。 ◆2002年收入3.3亿元。盛大董事长陈天桥被评为"上海IT青年十大新锐"。 ◆2003年收入6亿元。盛大被《新周刊》评为"2003年度企业"，董事长陈天桥荣膺CCTV"年度新锐奖"。 ◆2004年收入13亿元。盛大被文化部命名为"文化产业示范基地"。 ◆2005年，陈天桥分别被评为《商业周刊》亚洲明星企业家之首、美国亚洲协会的"最佳企业家"等。
关键事件	◆1996年9月，初步建成和开通上海热线。 ◆1997年，在国内十大信息网络评比中，上海热线名列前茅。 ◆1998年，上海热线获得公众多媒体通信网"最热门网站"称号。 ◆2000年，上海热线与新浪网强强联手，优势互补，同创品牌。 ◆2000年，推出上海热线创新版，并推出IPN（网络电话），上海热线游戏中心等新业务。 ◆2001年，上海热线Ⅱ全面改版后向社会推出宽带应用服务。 ◆2002年，上海热线作了商业化改造。上海热线Ⅱ推出"一业一费"商业模式，注册用户增长至19万。 ◆2004年，中国电信"互联星空"上海站星空计划正式启动。	☆2001年7月，盛大倾其所有以30万美元买下韩国游戏《传奇》的国内运营权。 ◆2001年底，盛大与其付费卡销售渠道商破裂，仅有50人的盛大利用网吧自建起全国性的分销渠道。 ◆2002年10月，盛大运营的《传奇》最高同时在线人数突破60万人。 ◆2003年初开始，盛大陷入与《传奇》开发商Actoz的法律纠纷，数月后双方最终以和解告终。 ☆2003年3月，盛大与软银亚洲签订战略融资4000万美元协议。 ☆2003年9月，盛大自主研发的网络游戏《传奇世界》最高同时在线人数突破30万人。 ☆2004年1月，盛大收购全球领先网络游戏引擎核心技术开发企业之一美国ZONA公司。

	信产集团	盛大
关键事件	◆2004年,信产集团组建成立。	☆2004年2月,原微软中国总裁唐俊加盟盛大,出任总裁。 ☆2004年5月,盛大在纳斯达克上市。 ☆2004年11月,收购《传奇》开发商Actoz的控股权。 ☆2005年2月,盛大宣布持有新浪19.5%股份。 ◆2005年4月,盛大与环球音乐结成合作伙伴,提供在线音乐服务。
目前状况	◆2005年信产集团累计业务收入4亿多元。 ◆现有员工700多人,具有大专以上学历的员工约占74%。	◆到2005年第二季度,盛大拥有4.6亿的注册用户和1860万的活跃付费用户,最高同时在线人数达到250万。 ◆盛大2004年收入13亿元人民币,净利润6.1亿元。 ◆盛大2005年第二季度单季收入5.4亿元,创历史新高,同比增长88%,净利润同比增长58.2%达到2.23亿元。 ◆盛大2004年员工数在2000人以上。
未来战略	◆做强做大信息服务,使信息服务成为电信业务发展的新的增长点和支柱业务。 ·整合内部资源,聚合社会CP/SP,形成上海电信信息服务产品; ·通过向中国电信用户提供信息服务,帮助CP/SP实现价值; ·重点建设内容分发平台,并在内容集成、内容提供上形成有效突破。 ·到2008年,信产集团业务收入突破10亿元人民币。	◆继续引领中国互动娱乐产业的发展。 ·通过家庭战略、战略合资和合作伙伴、并购和以及许可证,继续拓展网络游戏在内的娱乐服务提供。 ·增加基础设施投资,扩展运营平台。 ·利用盛大的用户基础、分销和支付平台,扩展和丰富收入来源。 ·通过其他媒体平台,探索在线娱乐传送的其他渠道。

信产集团	盛大
     ◆体制机制——鼓励从创新和风险中取得收益的体制机制是互联网内容和应用等新兴业务取得成功的重要因素。 ◆核心理念——发展传统电信业务的理念已不适合互联网内容等新兴业务的发展,必须建立适合新兴业务发展的核心理念和公司文化。 ◆人才资源——适合内容业务发展的人力资源结构以及相应的考核和激励机制是必须的。 ◆业务模式——抓住核心竞争优势,创新业务模式求发展。而非所有相关的都要做,每项做得都不专业。	△ 方向把握——陈天桥始终把握网络互动乐这一公司发展的大方向。早期与中华网的合作破裂(几乎导致盛大的灭亡)就是源于对方要求盛大由游戏改做网站,之后盛大挺过互联网低谷期,在网络游戏领域取得巨大成功。 △ 冒险精神——盛大的发展经历九死一生,在代理《传奇》、自建分销体系等决策中,陈天桥显示了其勇于冒险的企业家精神和敏锐的商业直觉。 △ 风险管理——网络游戏业暴露在社会风险、政策风险、专业风险、恶性竞争风险四大风险之下,陈天桥带领盛大一一化解了渠道破裂、与开发商法律纠纷、私服、黑客、恶性竞争、社会指责等一系列前进路上的风险。 △ 创新模式——创新的自建网吧为主的分销渠道、由代理运营到自主研发、持股新浪、提供音乐服务,盛大一直在进行模式创新,这也是其得以生存和发展壮大的有效手段。 △ 服务＞产品——《传奇》在当时并不是一款一流的游戏,但盛大却以其一流的服务使得《传奇》迅速成为中国最流行的网络游戏。陈天桥认为,盛大的核心竞争力不是游戏的运营,也不是产品的研发,而是盛大的服务理念。盛大的客服中心是盛大人员增长最快的部门。

（左侧标题：决定因素）

注:信产集团资料根据上海电信年鉴整理;盛大的资料根据公开资料整理。

盛大的 8☆是信产公司在其发展路径上过去没有发生的,在现有的框架下,在未来也难以发生。而 5△是对信产公司领导人的巨大挑战,没有 8☆也许可能有 5△,但没有 5△注定不会有 8☆。☆与△的关系是古老的"是先有鸡还是先有蛋"问题的现代版,二者毕竟有着密切的内在关联性,超越规律的人只能是"超人",不是不可能,只能是小概率事件。

从盛大成长的路径来看,8☆与 5△是关键要素,而这些要素在中国电信还比较稀缺。这并不是说电信缺少足够的胸襟,实在是每个企业都有自己的尺度,而这些尺度具有很强的历史继承性。应该说是玩法不同。上海信产集团新任总经理在 2005 年上海电信年中干部大会上放言,信产集团 2010 年收入要达到 70 亿元,相信没有几个与会者当真,确实,按照目前信产的运作模式,这无疑是天方夜谭。但是,我相信盛大要达到同样的收入规模肯定用不了那么久。换一种玩法,天方夜谭未必不能成为现实。

"引力现象"是中国电信追求新增长点遭遇的困境之二。由于传统电信业务的收入规模、增长惯性和投资收益尺度,使得传统电信业务的投资和收入形成了一个巨大的引力场。实际上,以电信为起点的任何新业务都有可能被吸入其中,或者被同化,或者被边缘化,新业务本身所具有的特质要素很难积累到起爆点。这实际上就是中国电信目前必须面对的传统业务与新业务发展的悖论,在某种意义上来说,我们在传统的通信业务上走的越远,新业务之路就越困难。传统业务的收入中,每年大约有 80% 来自惯性增长。惯性增长指的是,每年的成熟业务带来的收入,而这惯性增长的收入大大增加了业绩的物质含量,客户是确定的、投资方向是确定的,收入也基本上是确定的。只要传统业务还在增长通道中,这就是一个巨大的引力源,不断吸引巨大的投资(每年的投资收入比在 40% 以上),而投资无疑又会吸入新的收入。而且,这个过程在目前来说基本上是可预期的。"可预期的"也是引力场的关键要素,可预期是个人和企业许多追求的本质。这个巨大的引力场足以使任何新业务的发展失去动力。不仅如此,开拓新业务在开始之初,失败的几率很大,如果把失败的成本分摊在巨大的投资上,失败能容易让人承受,而新业务在没有快速增长之前,产生的那点可怜的收入在整个收入面前会显得那么微不足道,难以让人有成功的感觉。巨大的引力会将许多新业务的努力击得粉碎。

一个新业务在发展的初期,惯性增长几乎为零,不仅收入不稳定,投资回报率也难以与主营业务相比,而开拓新业务所需要付出的无形代价却远远高于传统业务,特别是在实际工作中,是很难将惯性增长的部分区分开来,传统的考核根本难以计量出这无形的代价,而在以业绩和规模为话语权的基础的企业中,一个理性的选择就是尽可能靠近引力中心,分一杯惯性增长的羹。

现在遇到的困难是,符合传统标准的业务越来越少,必须在非标准业务中寻找,这就增加了选择的风险。新业务单元的经理人往往没有足够的动力克服引力去创造多元化的价值。也许可以从制度和文化上去寻找原因,但制度和文化是一个长期的因素,难以解燃眉之急。

刚刚建好的岗位管理体系,似乎正在成为捕捉新业务的障碍。我们刚刚学会使用的 KPI 考核体系,看来难以考量出新业务的动力,问题在于,这些都是服务于传统业务运营商非常成功的办法。

这里还有一个行业性的难题,就是新业务的客户需求几乎是一个公共物品,这是因为根据目前电信业务的特点和开放趋势,客户的转换成本很低。于是没有企业愿意下太大的赌注,一个企业花大力气培养客户对需求的体验,但收获可能是另一个企业,在互联网泡沫中倒下的企业为新一轮互联网浪潮的贡献之一就是大众对互联网的认知。谁能说 AT&T 对三用业务客户需求的培育没有给 SBC 带来价值呢?

想象一下在巨大的引力场中,新业务是多么微不足道。想想看,二亿多固话用户建构起的庞大的话音帝国,要改朝换代,也不是一朝一夕的事。

现在可以说是中国电信发展最好的时期,宽带业务、小灵通业务成为增长的动力,增值业务正在架起从传统通信通向综合信息服务的桥梁。但从另一个方面也可以说是中国电信发展最坏的时期,在传统话音方面不仅增量不增收的情况十分明显,国际和港澳台话务量在 2004 年第一次出现负增长(2004年比 2003 年下降 1%,数据来源:中国电信股份有限公司 2004 年年报),这1% 的下降实在令人震惊,量收双减把中国电信逼进了一个难以回旋的困境;宽带接入收入是拉动中国电信收入增长的第一动力,但宽带发展模式的内容缺乏风险,也不容乐观;移动业务迟迟拿不到牌照导致的发展时机和综合能力出现的硬伤等。好与坏都是困境中的元素,中国电信没有别的选择,必须面对。

2 努力低效区

> 先易后难是中国渐进式改革发展模式的特征之一,但问题在于突破边际努力效益递减规律的动力何在?

挖掘存量业务,精耕细作是在企业遭遇成长困境时的第二生存法则——谋求加固"工事"。如果一个人一生吃的苦和尝的甜是一个常数,那么什么是一个幸福的人生?那就是先苦后甜,事先把苦吃完了,再尝甜,想起前面的苦会甜更甜。什么是不幸的人生? 就是先甜后苦,今天吃着苦想起前面的甜更会苦不堪言。

从全球电信行业来看,过去十余年中,全球电信行业获得了长足发展,但传统固网及国际话音业务增长有限,移动、互联网业务增长迅速,方兴未艾。2001 年传统固网收入开始下降,2003 年用户数也开始下降。传统固网收入不可逆转的下降,是中国电信目前发展困局的最大背景,特别是当这种趋势成为全球电信行业的普遍趋势时,就体现了一种产业的不可改变的意志,单个企业的努力会进入"努力低效区"。

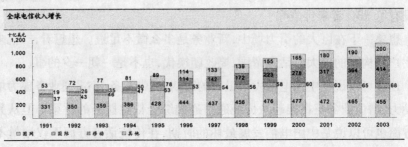

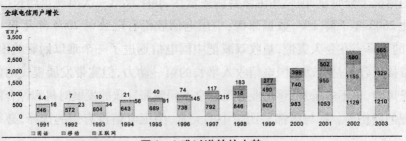

图 1-1 难以逆转的大势

资料来源:国际电信联盟

目前在整个中国电信市场上,呈现一种"集团军"全面作战的格局,固网南北分拆以后,中国电信在与移动集团的竞争中就一直处于下风,就占整个电信市场份额来说,中国电信29.82%,中国移动37.94%(2004年,信产部数据)。不仅如此,就中国电信南方21个省公司而言,在收入市场份额上移动公司也已接近电信,特别是在中国电信的南方重镇广州,电信已经把第一把交椅让给了移动。整体上中国电信处于战略防御态势,3G牌照的一再推迟发放,使得这种态势在短期内难以出现根本性的逆转。

在整个世界电信市场上,跨国电信巨头BT、DT、Telstra、Telifonica、ST等国际业务已经获得了巨大增长,在全球的布局基本完成。到2007年,中国WTO的电信业承诺将进入全面开放阶段,就目前中国电信的国际业务开展情况来看,在国际市场的竞争中恐也难以得到什么便宜。

时至今日,对中国电信来说,"春播秋收"的时代已经过去了。占中国电信业务收入72%的话音业务(本地、长途和小灵通)已经进入低速增长期(有些业务已经连续几年负增长)。同时IP化的趋势正在摧毁传统话音网(PSTN)的存在基础,移动的分流势不可挡。从世界趋势来看,传统话音网退出历史舞台是迟早的事,在一个逐渐被替代的领域里精耕细作是一件让人十分痛苦和无奈的事。虽然引力还是巨大的,但引力却在不断地减弱,更为令人不安的是这个巨大的引力源很可能在未来几年中消失。这种痛苦无疑会越来越大,这是任何一种业务的数量增长接近极限,或者说需求的量的满足几近饱和状态下必然出现的症状。这就是目前所处的战略态势。

传统电信业务的成功在于其以收费模式为核心的商业模式。但是,在今天我们也不得不把痛苦的症结归结于商业模式的缺陷。曾经成功的商业模式,不仅成为新业务发展的障碍,就是对传统业务,其商业模式也受到挑战。时至今日,商业模式的缺陷突出表现为:规模的严重依赖,增长的极限难以避免,产品体系不完整,竞争力有缺陷。即装即收、永不离网的模式成就了今天的中国电信,也为未来发展设置了障碍。

AT&T最终没有逃脱被并购的命运,究其原因可以总结出很多,但是最关键的一点在于AT&T当初被分拆时,长途电话业务与本地电话业务的分离。随着技术的发展,长途业务从利润丰厚,扮演着补贴本地电话业务的角色到成为下降最快的业务,成为加速电话时代结束的第一驱动因素。在今天的中国电信,长途业务的业绩体现在于下降得慢一点,保住 1 个点的长话收入要比增加一个点的宽带收入难上几倍,但是 $1 \neq 1$,在我们为新业务唱赞歌时,更要理解延缓传统业务的艰辛,决不能仅仅以业务收入的增长论英雄,在转型期我们需要建立一个多元化的业绩评价体系。

虽然,电信业人士都认为我们提供的是一种服务产品而不是一种工业产品,但长期以来我们提供的是一种具有"工业产品"属性的服务产品。价格越来越低,规模越来越大,极限越来越近。我们固执地认为,只要我们提供的产品质量有保证,价格合适就会有需求,但是我们忘记了人的需求一旦超过基本需求所具有的多元属性,所具有的情感诉求。

在目前电信业的态势下,中国电信对进入系统集成领域并做大有着很大兴趣。但系统集成业务的业态根本无法和电信业务相比,既难做获利又低,可以说系统集成业务也比传统业务难做十倍。看看神州数码和理想公司的发展路径,就会知道做好系统集成有多么的不易。按照做传统业务的方法做好系统集成就更难。

表 1 – 2　理想集团. VS. 神州数码

	理想集团	神州数码
成立时间	◆前身理想公司 1999 年成立。 ◆2003 年,理想信息产业集团组建。	◆神州数码控股有限公司成立于 2000 年,是联想控股有限公司旗下的子公司之一
主要业务	◆系统集成服务、增值服务以及咨询服务。	◆在通用信息产品市场、高端企业级市场以及 IT 服务市场,提供供应链管理业务(即产品代理分销)、增值服务业务、IT 服务业务、自有品牌网络、自有品牌 ATM 等业务。
初期状况	◆理想信息产业集团以理想信息产业有限公司为核心企业,拥有 17 家控股子公司,注册资本 1.04 亿元人民币。	◆原联想集团进行战略分拆,由原联想科技、联想集成、联想网络整合而成神州数码。拆分使神州数码在业务、管理和人员上面临被动局面。

	理想集团	神州数码
发展模式	◆与社会信息化发展相结合。 ◆与传统电信业务相结合。 ◆打造企业内外部价值链。 ◆探索新的商业模式。	◆事业部制——下属通用信息产品事业本部、企业系统事业本部、IT服务集团、网络集团、神州数码新龙公司，在全国各地又设有业务平台。 ◆转型——2002年，在IT低迷的环境下，神州数码进入全面战略转型，并逐步实现由传统的分销和系统集成公司转向提供电子商贸基础设施产品、软件、解决方案和服务的企业。 ◆资本运作——与台湾鼎新电脑成立合资公司，进入ERP市场，并获得成功；收购多家网络技术和高科技公司。
发展轨迹	◆2001年，业务收入1亿多元。 ◆2004年，业务收入4亿元。	◆2000－01财年业务收入85.7亿港元。 ◆2001－02财年年业务收入105.2亿港元。稳居IT产品分销商之首，收入为第二和第三名之和；在系统集成领域，以23亿元人民币居市场首位。 ◆2002－03财年业务收入125.1亿港元。神州数码管理系统公司成立一年即冲进国内ERP软件市场三甲。 ◆2003－04财年业务收入142.8亿港元。E－Bridge电子商务平台网上交易额突破100亿元人民币，居国内分销行业B to B交易额排名第一。 ◆2004－05财年业务收入154.6亿港元。

	理想集团	神州数码
关键事件	◆2003年，引入国际咨询，对集成业务进行规划。 ◆2003年，理想信息产业集团组建，上海电信的系统集成业务形成合力。 ◆2004年，逐步对集成业务进行结构调整；重视培育可带来持续收入的业务，包括理想商务、外包服务（客户端网络维护）等。	◆2001年6月，神州数码在香港联交所挂牌上市。 ◆2001年11月，神州数码与台湾鼎新电脑合资成立神州数码管理系统公司。 ◆2002年，通过制定人才战略、强化风险管理、探索资本运作等措施，郭为带领神州数码进入全面转型。 ◆2002年10月，神州数码软件公司成立。 ◆2002年11月，神州数码推出拥有中国完全自主知识产权的网络计算机及解决方案。 ◆2002年，神州数码先后收购北京国信北方网络技术公司和广州新龙科技产业公司。 ◆2003年7月，神州数码金融咨询公司成立。 ◆2003年9月，神州数码通用软件公司成立。 ◆2004年，建立金融软件开发基地。 ◆2004年11月，神州数码成为IBM授权定制产品计划的合作伙伴，并与IBM携手拓展渠道。 ◆2004年，神州数码提出"IT服务，随需而动"，围绕客户调整业务布局。 ◆2005年，与新加坡SA公司成立合资公司，业务指向金融服务领域。

	理想集团	神州数码
目前状况	◆2004年,业务收入4亿元。 ◆职工总数超过2000人,80%以上具有本科学历。	◆2004-05财年业务收入154.6亿港元,税后净利2.1亿港元。 ◆2005-06财年第一季度,业务收入39.3亿港元,其中分销业务收入占61.3%,系统业务(网络、存储及软件产品)收入占30.5%,服务业务(软件和硬件集成)收入占8.2%。
未来战略	◆突出三条主线,全面提升三力。 ·突出市场线,提升竞争力。 ·突出研发线,提升生命力。 ·突出管理线,提升生产力。 ◆发挥渠道优势,探索业务创新 ·针对大客户推出行业解决方案、NetCare服务。 ·针对商业客户推出理想商务。 ·针对公众客户培育新业务,如数字家庭等。 ◆捆绑资源优势,创新业务模式。 ·探索新的业务模式 – 全额投入、整体外包、持续收入。针对重点行业、重点业务,为客户提供整体外包服务,将系统集成转为可持续收入业务,锁定重点客户。	◆集合全球资源,立足中国市场,推动中国电子商务进程,实现数字化中国理想。 ◆做一间长久的、上规模的、高科技的百年老店。 ◆把神州数码建设成为最具投资价值、最具客户价值、最具活力、最适合员工发展、管理最规范的中国优秀企业的典范。
决定因素	◆体制机制——根据电信公司年度收入和成本预算,来限定系统集成业务的经营范围、年度收入和成本预算,必严重影响到系统集成业务的稳步发展。 ◆人才资源——人员招聘与考核机制受到电信公司固有的人力资源管理办法和流程的制约,缺乏灵活性,使得难以应对系统集成业务快速变化的市场竞争环境。	◆战略把握——联想分家后,郭为担任神州数码总裁。面临拆分的被动局面,他带领神州数码高举“数字化中国”旗帜,重塑电子商务品牌。之后,郭为又引领公司实现从分销为主转型为分销和软件服务并举。 ◆个人魅力——2001年的精彩上市路演,赢得83倍的超额认购;郭为是中

理想集团	神州数码
	科大管理学硕士毕业，十分善于将理论应用于实践，并不断提炼和完善理论。他提出"电子商务四段论"，将公司管理经验列入哈佛案例以提升国际知名度，亲任人力资源总监推行 KPI，等。体现出其非凡的个人魅力。
决定因素 ◆业务模式——品牌和渠道的建立和建设，与传统业务的有效捆绑，等。 ◆研发——拥有核心竞争力的产品是影响系统集成业务长远发展的关键。	◆核心价值观——神州数码企业文化的核心价值观是负责任和持续创新。责任体现在对客户、投资人和员工的负责上；持续创新就是勤于总结，善于学习，主动应对变化，永远追求卓越。 ◆战略的人力资源管理能力——神州数码现有员工 4500 余人，公司推行以 KPI（关键业绩指标）为中心的人才战略，把人才从导入期、成长期到贡献期划分为三个阶段，为员工提供多车道的发展空间和有针对性的培训，以使员工与企业共同成长。

注：理想集团的资料根据电信公司年鉴和理想集团网站资料整理；神州数码的资料根据公开资料整理。

从神州数码的发展路径来看，理想集团要走到神州数码这一步有没有可能，中国电信是否可以容纳这样的发展路径，这是我们必须回答的问题。理想集团也是一块试金石，看看我们除了本行以外还能做什么。理想集团要在ICT业务上取得突破，不仅需要在规模上有较大的跨越，更需要在商业模式上有根本的突破（目前是高资源消耗型的，且利润很低），因为现有的商业模式不仅与通信业务有较大的差异，甚至有一定的冲突，但对保有量有间接效应。这对在商业模式上本来就处于劣势（客户几乎每年清零），在信息技术上没有明显的优势,在通信资源上又难以掌控的理想集团来说,要承担起转型的使命实在是一个巨大的挑战。

传统业务收入下降,进入的领域要么是高风险,要么是低收益,归结起来就是,中国电信正在进入边际努力收益递减区域,我们必须做好足够的打硬仗的思想准备。

3 混沌的角力

> 长期的混沌格局将会消耗掉产业增长的长期力量,并使新的增长力量没有成长的季节。

目前,中国电信所处的产业竞争环境是一种十分微妙和危险的混沌状态,其未来的走势是一种从混沌到有序的理性格局,还是从混沌到"死寂"的僵化锁定的格局,取决于局中的每一位"弈者"破解长远共同的产业理想和近期互不相让的企业利益这一悖论的智慧。对整个中国电信业的重组改革来说,也是"棋到中盘"。

对中国电信来说,要在这场混沌的角力中促进有序的理性格局的形成,并在此过程中实现自身的突破性成长,就要在近期能够有效破解以下几个难题:

第一、不上不下:业绩比上不足比下有余;3G 不上、小灵通不下;在传统业务领域不能保持持续领先地位,在新的业务领域难以确立优势,一种夹在中间的竞争态势正在形成。

第二、没有发力空间:在中国电信的部门和业务单元中"半成品"很多,在"摸着石头过河"模式的激励下,在过去几年无论在管理上还是在业务上我们做了许多尝试,但有许多没有做到位,不仅降低了这些尝试对企业的贡献,也使这些尝试本身打了折扣。而把一锅夹生饭煮熟要比重新煮一锅饭难得多。沉没成本成为新的开始的负担。由于"半成品"塞满了发展的通道,企业发力和运筹的空间越来越小。

第三、不确定性扰动:不确定性大概是这个时代给予我们的最好礼物,新的引力源必然诞生于不确定性之中,不确定性也是这个时代给予我们的最坏的礼物,因为现有引力源的终结力量必然也隐藏在不确定性之中。问题是,在不确定性中,很难做出正确的选择。

第四、零和游戏:在传统业务领域进行的基本上是零和游戏,运营商之间存在过度竞争的问题,另一方面,基于零和游戏的增长方式显然不可持续,重复投资的冲动难以得到有效约束,过度透支将损害中国电信业的长期发展。

"混沌的角力"形容现在的电信市场,如政策上的混沌,本来电信市场只有信息产业部(通管局)一个监管部门,现在越来越多的政府部门都在直接或间接影响这个市场;公司竞争目的混沌,一些公司竞争仅仅是为了扩大市场份额,根本没有真正建立完善的法人治理结构和现代企业制度,以致损害公司的成长价值;为了在眼前的角力中占上风,使得很多公司难以专注投入特色能力的培养;重组后遗症造成的人为混沌,个人间的恩怨转化为市场竞争的非理性;新技术层出不穷造成的混沌,有许多技术只有搅局之力,而无接盘之能,表面上看是降低了某些局部的价格,实则在损害产业的成长价值。

电信运营商对于进入其他行业异乎寻常的热情和不惧怕任何对手的英雄气概也为这场混沌的角力增添了些许色彩。但是,这场混沌的角力的最坏的结果就是很难成长出盛大和神州数码这样的企业,很难培养出陈天桥和郭为这样的领军人物。客观地说,中国电信并不缺乏人才,相信有很多人会认为自

混沌的角力:在中国电信转型过程中,最大的障碍在于日益激烈的市场竞争很容易使企业陷入"竞争漩涡"而难以集中注意力积累、培养和发展转型能力

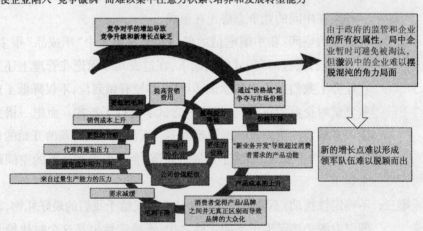

图1-2 混沌的角力

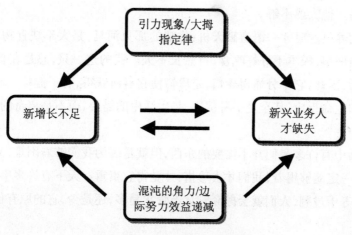

图1-3　不断加强的发展困境

己的才能并不在陈天桥和郭为之下,但是,1%的差异,就规定了二者高低的必然差别,这1%就是陈天桥和郭为必须完完全全对他们自己的行为负责,不能有任何借口,而这与个人的才能并没有关系。中国电信的企业文化可以培养出许多模范的管理者,但却很难孕育不出具有"狼性"的开拓者。

"引力现象"和大拇指定律使中国电信在遵循第一生存法则上难有大的作为;混沌的角力和边际努力效益递减使中国电信在遵循第二生存法则上举步维艰,这就是中国电信在转型之初发展面临的困境。

最近一段时期,中国电信在促进竞争的有序性方面做了大量的工作,"两北"战略与南方诸省发展战略的联动就是一个成功的案例。

THANKINGSTORY:珍惜的变数

美国的天堂动物园里,新来了一个喂河马的饲养员。老饲养员给他上的第一堂课,让他有点接受不了。听起来也确实有点离奇,老饲养员告诉他,不要喂河马过多的食物,不要怕它饿着,以免它长不大。新来的饲养员听了这话,十分纳闷。心想,世上怎么会有这种道理,为了让动物长大,而不要喂过多的食物。他没有听老饲养员的话,拼命地喂他那只河马。在他喂养的河马前,到处都是食物。人们无不感到他的仁慈和善意。

但两个月后,他终于发现,他养的这只河马,真的没有长多少,而老饲养员不怎么喂的那一只,却长得飞快。他以为是两只河马自身的素质有差别。

老饲养员不说什么,跟他换着喂。不久,老饲养员的那只河马又超过了他喂的河马。他大惑不解。

老饲养员这时才一语道破天机:你喂的那只河马,是太不缺食物,反而拿食物不当回事,根本不好好吃食,自然长不大。我的这一只,总是在食物缺乏中过生活,因此,它十分懂得珍惜,是珍惜使它有所获得,有了健壮。珍惜是一种正常的生命反应,甚至是一种促进,是生活中的需要,而不是离奇的假说。

……

生活中有许多我们并不需要的东西,但就是因为我们够着困难,又十分费劲,还不一定能够得着,我们才去珍惜,才觉得它贵重。天下有许多事,一旦容易了,就等于过剩,人们就会抛弃它。不管它是多,还是少,它的原有价值都会被降低。

人世间,什么是最好、最宝贵的? 解释多种多样。但有一条是准确的,就是那些往往离我们最远、又最难够到的东西最为宝贵。当然,这些东西有时并非是我们真正需要的。因此,珍惜,在生活中永远潜藏着不可预知的变数。比如,我们常会付出极大的代价,把我们十分珍惜的东西想方设法弄到手,但在过后的日子里,我们却发现,这种千方百计弄来的东西并没有那么高的价值。我们最终常常是把这些东西放烂或是遗弃,但它却使我们懂得了珍惜,有了追求。

生活中,我们正是因为懂得了珍惜,才使我们无处不获益。总之,把一切"稀少"、"难得"当成宝贝,对一切够不着的东西努力去够,是人类的本性。这种伟大的本性,也是生命不断延续下去的深奥秘密。

"够不着"与"珍惜"是永远分不开的两样东西。它们相辅相成,作用于我们的生活,努力去珍惜,努力去够,才使我们的生命变得更美妙更多彩。人生中的许多发现、许多创造也都尽在其中。(摘自《北京晚报》2004 年 7 月 14 日)

一孔之见

对电信来说,有些业务几成鸡肋,这是我们在与自己的过去比;而对其它一些行业来说对这些业务却仍趋之若鹜。有些产品与服务,我们提供给客户比过去高得多的品质,并且价格也一直在下降,但客户对这些产品和服务的感知却在下降。根本的差别在于"珍惜"的元素不同。无论是传统业务还是新业务,无论是供给还是需求,"珍惜"的元素都是创造价值和实现价值的关键。

第2章 管理的缺陷

对目前中国电信的经营状况可以有一些基本的认识:效率指标与发达国家运营商相比尚有较大差距,但硬件指标与发达国家运营商相比已毫不逊色;就整体来说业绩指标不错,但管理水平仍有较大提升空间。

中国电信业的改革重组,实际上解决的是效率的宏观基础再造,但是如果不同步解决效率的微观基础再造,就不可能从根本上走出效率的困境,最终还会导致宏观基础再造目标的失败。效率的宏观基础再造主要是构建企业间有效竞争的格局,但是竞争的微观传递就必须根植于企业内部的管理,这就是中国电信运营商面临的效率塑造的第二个层次的问题。

这两个层面问题的解决确实还有许多障碍,但是更为困难的是第三个层次的问题,就是员工内在竞争力要素的重塑优化问题,这是效率链条的神经末端,是效率的深厚源泉,这一方面涉及技术层面上的难题,另一方面,员工自身的能力提升是最大的瓶颈。而企业管理基本面存在的缺陷是造成这些问题的重要原因,也是中国电信转型所必须面对的现实。

1 失败的缺失

> 成功需要不断试错,一个缺失失败元素的企业管理系统难以支撑大的成功。

如果要问中国电信的管理元素中最缺的是什么? 我认为,不是现代的管理理论,而是缺失败。

在中国电信,大多数员工很少,甚至没有尝过失败的滋味,因此很少有人认真地思考过失败,没有真正的危机感。

失败按字面的解释是指工作没有达到预定的目标。这通常会有两个原因:一是工作没做好;二是目标定得太高。这二者之间有大量的中间地带,使得失败消弭于其中。尽管目前许多企业都建立了 KPI 体系,但在关键业绩指标之外还有许多对企业成功至关重要的因素无法测定,而许多 KPI 值的科学测定也面临着很大挑战。由于无法测定,使得许多事就成了软约束,为寻找借口留下了许多空间,这就使得实际上很难界定失败的内涵,使得失败缺失成为一种常态,成为企业运行的一个明显特征。

在中国电信中失败缺失的原因还包括:(1)容错空间较大(容错空间是指不影响企业当期业绩的条件下,容许企业犯错误或事情做不到位的次数或程度),这主要是由于过去的发展还有一些积累;(2)重激励轻约束,这主要是长期以来在激励方面难以突破造成的负效应;(3)追求短期成功,一旦失败就会失去机会;(4)必然性管理,追求100%的成功。

由于失败缺失使得我们失去了经历失败、思考失败与失败抗争的机会,在我的理解中,失败是一个过程,而非是一个结果;是一个阶段而非全部。而现实中我们的企业、我们的员工都太在意失败的结果,因为失败往往意味着全部。这就使得挑战极限、挑战失败的勇气丧失。

但失败的缺失并不意味着我们没有失败,而是由于我们没有用具有竞争力的职业标准来衡量自己,也不意味着我们将来不会失败,今天失败的缺失往往会导致未来更大的失败,很可能是难以经受的失败。通常目标订得低一点,失败就可以少一点,有风险的事少作一点,失败就会少一点,但是失败少本身并不能说明工作做得到位,在一定程度上反而会降低我们抗风险的能力。真正的失败实际上是我们日常工作中的点点滴滴的失误和不到位的工作累积造成的,这种失败往往是根本性的,就像成功是习惯造就的,失败也是习惯造就的。

许多企业处于亚健康状态,从业绩上看没有问题,从管理上看却十分混乱,甚至与所取得的业绩不相匹配。这主要是中国市场的初级阶段造成的。缺乏对失败的认真思考还表现为不能正确地面对失败,首先是不能正确理解许多失败所具有的进步意义(不包括由于违规或违法所导致的错误行为),实际上创新是踏着失败的阶梯完成的;为了掩盖失败而不惜追求表面的成功,往往会粉饰太平,掩盖危机;改革创新很难成功,因为改革创新有可能导致局部和暂时的失败,而往往只有经历了成功的体验,改革创新才能扎下根来;这种心态还会导致改革创新的急功近利,使得具有长效影响的许多持续的改革很难成功。

华为总裁任正非先生在2001年公司内部一次会议上讲解"2001年公司

管理要点"时谈到了华为的冬天。这是一位有远见的新企业家的盛世危言，这里我们把讲话的部分内容摘录如下：

> 公司所有员工是否考虑过，如果有一天，公司销售额下滑、利润下滑甚至会破产，我们怎么办？居安思危，不是危言耸听。
>
> 十年来我天天思考的都是失败，对成功视而不见，也没有什么荣誉感、自豪感，只有危机感。也许是这样才存活了十年。我们大家要一起来想，怎样才能活下去，也许才能存活得久一些。失败这一天是一定会到来，大家要准备迎接，这是我从不动摇的看法，这是历史规律。
>
> 目前情况下，我认为我们公司从上到下，还没有真正认识到危机，那么当危机来临的时刻，我们可能是措手不及的。我们是不是已经麻木，是不是头脑里已经没有危机这根弦了，是不是已经没有自我批判能力或者已经很少了。那么，如果四面出现危机时，我们可能是真没有办法了。如果我们现在不能研究出现危机时的应对方法和措施来，我们就不可能持续活下去。

失败的缺失也使得系统地应对失败的机制缺失。实际上，目前企业还不错的经营状况使得我们很难去认真地思考危机，面对失败，而过去 20 年中国的电信市场整体上处于扩张阶段，规模扩张还可以成为一种简单的生存方式，也很少留下失败的记忆；中国的许多企业常常善于总结成功的经验，对失败的体验则往往缺少总结和共享，这一点最难以跨越。许多成功的企业往往都能总结出一条亮丽的发展轨迹，但这基本上是没有多少价值的，至少没有反思一下错误与失败的轨迹来得有用，成功的经验往往很难重复，因为成功越来越需要多因数合成，错误与失败的苦果却常常在不知觉中反复品尝，因为一种因素足够。我相信大多数成功企业的模式总结，都多了一点科学提炼的成份，少了一点真情表白，使得我们缺失了一点亲身体验的感觉。仅仅通过这些阅读，我们无法了解工作方法上的细微差异、失败的教训，以及哪些任务富有趣味、哪些任务枯燥，什么人能帮忙、什么人会帮倒忙等。这些知识由于无限的细节复杂性是很难学习和模仿的。

不认真地思考失败，并不等于没有失败的恐惧，通常会用规模扩张来掩盖对可能失败的恐惧,而当一个企业的发展主要是依靠规模扩张来维持的时候,就会在规模不经济最终来临的时候,输得一败涂地。实际上,目前电信业出现的一些非理性竞争也是惧怕失败追求短期成功的一种表现。另一方面,我们企业存在的一些失败还主要是不成熟市场经济的失败,是非有效竞争导致的失败。失败的层次还很低,可供学习和借鉴的经验和教训的信息和知识含量很低,而低水平的失败不可能造就高水平的成功的,这就使得失败与成功都处于低水平,企业的成长过程处于低水平,企业的竞争力处于低水平,经济也就处于低水平。实际上,双赢是竞争的最高境界,是在失败与成功的不断交替中,在竞争的水平不断提升的过程中铸就的,而竞争的水平的低下是不可能造就竞争力的高水平,但却有可能造就双赢的低水平。现实的情况是中国企业间的竞争还处于非常低的水平,这就形成了竞争的水平低下与竞争力水平低下相互制肘的困境。

最大的困惑在于,竞争水平的提高,是一个逐渐进化的过程,需要不断跨越体验的门槛,而体验是不能模拟的,这就是中国的企业在向具有国际竞争力水平迈进的过程中所遇到的不可逾越的最大障碍。诺贝尔经济学奖获得者海耶克把市场经济中的竞争描述成一个"自发地发现的过程"。我们需要在竞争中学习竞争,竞争是会造成损失和失败,造成过剩的产品和服务。但是在当今的时代,只有经历了竞争,经历了失败,包括大的、令人难堪的失败,才会让我们比其他人更快地发现好产品和服务。如果我们窘于失败,逃避竞争,我们如何有机会获得这些隐藏在不确定性和失败之中的好的产品和服务呢?

在这里我要引用一下《管理的革命》(汤姆·彼得斯)一书中的精辟论述:(1)"市场经济的产生……是一个自发的,逐渐进化的过程,这只能从自由竞争中才能产生出来……而自由经常是破坏性的。"(2)"市场经济中的个体对于市场竞争中所导致的失败不仅不得不接受,而且还得欢迎。"(3)"对于经济上的失败所起的本质的作用缺乏理解,是实现自由市场繁荣的最大障碍。"

硅谷著名评论家迈克·马龙写到:"外界的人以为硅谷是一个成功的故事,实际上硅谷简直是墓地。失败……是硅谷最伟大的力量,每一个失败了的产品或企业是储存在这个国家的集体记忆中的教训。我们不仅仅因失败蒙羞,我们甚至崇拜失败。这是这个地球上(不仅仅是美国)举世无双的经济所具有的最伟大的力量。"

"只许成功,不许失败"的管理模式和文化氛围使得许多改革创新举措畏首畏尾,许多失败被藏匿起来。为此,我们需要在激励体系中补上很重要的一项内容,这就是"宽容机制"。不仅一定范围内的失败可以被宽容,最重要的是宽容机制还要求失败者对失败的原因进行总结分析,整理成相应材料,供其他人借鉴。IBM 的一位高级负责人,曾在一次技术创新中失败,造成了近千万美元的巨额损失,许多人认为应该把他开除。公司董事长说:如果将他开除,公司岂不是在他身上白花了千万美元的学费? 同样,最近提交深圳市四届人大常委会三次会议审议的《深圳经济特区改革创新促进条例(草案)》明确规定,深圳将宽容改革创新失败者。

不能正确地面对失败还体现在企业还没有根本上从传统路径依赖的发展模式中转变过来,不能从深层次上发掘企业发展和市场竞争间的潜在危机,以及失败对一个企业基业常青的伟大意义。

2 耐心的缺失

耐心是对企业成长规律的敬畏,是对努力与所得之间时延理性预期的确立。

现有管理体系中缺失的第二个元素就是耐心。在强调速度的年代,耐心的缺失似乎是一件很自然的事。首先是市场没有耐心,互联网泡沫的破裂是新经济付出的成长的代价,但其最大的副产品是摧毁了人们的耐心,对财富、对职务、对工作、对知识的获得都恨不得在一夜之间完成,人们投入与产出之间时延的预期大大缩短了。表现在市场上就是需求转换的加快,市场波动的增加;其次,表现在工作中就是只要不能立竿见影体现在绩效上,管理者就没有太大的兴趣。我们可以举出许多这样的例子:在文山会海中,真正关注长期问题的议题不到 1%;在中国电信推进世界级电信企业对标项目中,在部分试点单位也表现出急于求成的倾向,本来对标找的是能力的差距,而能力的提升一般是中长期的事,但项目试点几个月就要总结出绩效提升的效果,这对项目的推广造成巨大的挑战。毕博公司近几年来一直是中国电信信息化项目的承担方,毕博公司所做的事实际上是很难马上见效的,但是,也许为了迎合客户的需要,毕博公司从上到下宣扬的是一种所谓的快速项目实施法——"R2i 全称为 Rapid Return on Investment，即为快速项目实施方法论，它是毕博管理咨询公司系统实施的核心管理思想，也是世界领先的业务转型框架工具"，结果是毕博公司招了大量新毕业生，实现了规模的快速扩张，但这种模式是否符合IT咨询业的成长规律，还需要经历实践的检验。第三，表现在增长方式上，就是难以改变投资和成本驱动的增长方式。对于这个问题，开"药方"的人很多，也开了很多"药方"，但是，对增长方式转变这个系统性的问题，不是哪一剂药就可以解决的，实际上，很多管理方法都是相通的，不愿在"通"字上做文章，而喜欢不断尝试不同的方法，也是耐心的缺乏。

缺乏耐心也有其内在的规律，做一件事当其成熟度的水平达到满足绩效要求的点（称之为绩效努力平衡点）后，通常就难以进一步提升，这是因为在平衡点左右是绩效显现和付出的努力相匹配的平衡点。而在达到平衡点之前，单位努力的边际绩效是不断增加的，而一旦过了平衡点，持续做下去的边际绩效显现和付出的努力就会严重失衡，而这时候有形成本的增加会很少，而无形成本会大幅度上升，人的心智努力成为主导成本。这个阶段是最困难的，但却是创造奇迹的阶段，一旦突破了心智的瓶颈，效率会大幅度提高。但大多数企业通常很难达到这个阶段，这个阶段也往往是考核的盲区。

这使我想起猴子掰玉米的故事，企业中这种故事真不少，持续做下去的压力很大。而企业在这个规律主导下，就会不断通过低水平的规模扩张来获得单位努力效果的最大化，而问题在于在平衡点之前的增长是一种自然的增长，只有在达到平衡点后的阶段竞争力才会得到真正的提升，效率才会乘数般地放大。这在某种意义上就成了企业普遍的竞争力缺失和效率低下的原因，或者说是形成一种互为因果的关系，并在一定程度上互相制约。这也是许多企业长于数量扩张的根本原因。日本作家芥川龙之介曾说过这样一句话："假若人生有一百步，九十九步是一半，一步是一半。"虽然这种说法在数学上解释不通，但芥川龙之介说，九十九步每个人都能做到，但最后一步只有勤奋者、有信念者才能做到。这样的勤奋者、有信念者，是精神上的强者，只有他们能接近并最终达到目标。

缺乏耐心还表现在我们没有耐心去培育新业务成长的基础，去细心打磨竞争力的"素质"。越来越激烈的竞争环境，于是催生了许多早熟的业务和产品，但这些早熟的业务和产品往往昙花一现，起点领先却输在终点，为什么？

为此我想起中国孩子的早熟问题,我并不是要在两者之间寻找因果关系,只是我觉得两者之间有许多内在的本质是完全相同的。美籍教育博士黄全愈曾经说过这样一番话:

中国的中学生屡获世界奥林匹克竞赛奖,美国中学生则很少获奖,但中国至今尚未培养出获诺贝尔奖的人才,相反美国却是获得诺贝尔奖最多的国家。为什么中国的孩子在起点领先却输在终点?中国孩子在智力开发中的早熟,有目共睹。只可惜,早熟未必是福。因为这种智力早熟,是在加量加压下开发的,忽视了悟性、创造力的培养;这种智力早熟,更忽视了非智力因素,如个性、独立性、百折不挠的毅力、标新立异的品格等等。孩子们处在这种教育体制、文化氛围下,习惯于墨守成规,重复书本,成为只擅长做"标准答案"的"标准人"。创造精神、创新能力,一天天地萎缩,发展的后劲,随着其年龄的递增,反倒日益减退。所以我想,中国孩子早熟,起点领先终点输,也许就输在过度的智力开发上,输在抹杀创造力培养的应试教育体制和"定于一尊"的文化环境上。

我们的企业是要成为世界级的大企业,我们不能靠应急,靠拔苗助长,靠对"瓜果"的大量使用激素,来开发新产品,这样只会导致新产品的早熟,产品品位降低,最终损害企业的创新价值。

如果我们不能在企业里从根本上确立对努力与所得之间时延的理性预期,企业很难经受得起纷扰不息的利空利好,新技术新业务层出不穷的潮起潮落,更难以完成转型的大业。

3　精益求精的缺失

精益求精是构成管理深度的基本元素。

在现有管理体系中缺失的第三种元素就是精益求精。精益求精就是把事情做到位做到极至的能力和动机。当企业不需要这种能力的时候,这种能力的发展就失去了根本的基础。在投资和成本驱动的增长模式下,精益求精的缺失成为一种必然,因为这个时候规模和速度更重要,在以短缺为特征的电信大发展时期,这种情况尤为明显。对一种管理元素的需要不能仅仅停留在宏观层次,而是要无衰减地传导至微观层次。对精益求精能力的塑造是一个长期的事情,是一个需要精雕细刻的过程。而低层次的规模扩展使得这种能力的发展和培养成为事实上的不可能和不必要,规模收益的递减往往通过更大规模的扩张来弥补,当这种企业失败的时候,就什么也难剩下了。而高水平的企业,企业可能失败,但能力不会丧失。精益求精动机的缺乏是由于激励体系和制度安排的短效性造成的,这不仅会导致在工作中不重视规律的探索,不注意知识的积累,不愿意下功夫培养人才,而且会造成事情重复做,问题重复出,资源浪费和人力资源职业化程度低下等。

精益求精的缺失实际上还会导致另一个方面的问题,遇到问题时很难找到问题的根源,或者说没有动力去寻找问题的根源。吴士宏在《逆风飞扬》中讲到他们从美国请来的一个培训顾问斯蒂夫·莫尔讲的一个故事。故事的名字是"为什么",讲的是,美国首都华盛顿广场的杰弗逊纪念馆大厦年深日久,建筑物表面出现斑驳,后来竟然开裂,采取若干措施耗费巨大仍无法遏止。政府非常担忧,派专家们调查原因,拿出办法。后来报告交上来写明调查结果:

最初以为蚀损建筑物的原因是酸雨。研究表明,原因是冲洗墙壁所含的清洁剂对建筑物有酸蚀作用,而该大厦墙壁每日冲洗,大大频于其他建筑,受酸蚀损害严重。

但是,为什么要每天冲洗呢?

因为大厦每天被大量鸟粪弄脏,为什么这栋大厦有那么多鸟粪?

因为大厦周围聚了特别多的燕子,为什么燕子专喜欢聚在这里?

因为建筑物上有燕子最喜欢吃的蜘蛛,为什么这里的蜘蛛多?

因为墙上有蜘蛛最喜欢吃的飞虫,为什么这里飞虫多?

因为飞虫在这里繁殖得特别快,为什么?

因为这里的尘埃最宜飞虫繁殖,为什么? 尘埃本无特别,只是配合了从窗子照射进来的充足阳光,正好形成了特别刺激飞虫繁殖兴奋的温床,大量飞虫聚集在此,以超常的激情繁殖,于是给蜘蛛提供超常集中的美餐,蜘蛛超常聚集,又吸引了燕子聚集留连,燕子吃饱了,就近在大厦上方便。

解决问题的结论是:关上窗帘(杰弗逊纪念馆大厦至今完好,不信可以自己去看)。

找不到问题的根源，就会天天重复冲洗表面，直到可能出现大的裂纹，大厦斑驳、剥落，甚至坍塌。

每当我们分析问题原因寻找解决办法时，要时刻提醒自己：真的能关上窗帘了吗？

对问题原因的追根求源对产品处在相对过剩阶段的企业来说尤为重要，而这是特别需要精益求精的能力和动机的。

精益求精缺失的内在原因在于：(1)在企业需要系统运作的时代，某一个环节或某一项任务做到精益求精，效果并不明显，或效果难以评估；(2)精益求精的动力不足，因为一件需要持续几年才能做到位的工作，一方面存在"前人栽树后人乘凉"的问题，另一方面存在"棘轮效应"，也就是鞭打快牛的现象。这就使得在企业中普遍存在做工作要留有余地，遇到困难的事情绕着走。很少有人愿意埋头苦干几年，在某个方面获得突破，这一方面是绩效指标等不及，另一方面几年不出成果恐怕连做事的机会都没有了。

4　放弃的缺失

> 不懂得放弃，就不懂得成长。理性地选择放弃是企业长大必需的瘦身。

对新增长点的寻求是企业持续的需要，也就是说获得这个元素在企业中是一种普遍的存在。但是放弃这个元素在许多企业的管理体系中是缺失的，中国电信也不例外。

所谓放弃有两层含义，一是"见差就收"，就是对一些对企业价值增长产生负效应的业务或资源进行及时处置；二是"顶住诱惑"，就是对一些短期有很好的盈利空间，但与企业设定的战略目标相关度不高的业务坚决不做。从道理上来讲，放弃似乎是一件很容易的事，但是在实际运作中则有许多意想不到的困难，因为在放弃与保留之间有时并不是那么泾渭分明，特别是当其中参杂着利益和情感时就更难以抉择。

我印象最深的就是当年上海的一个品牌，当初是名牌，非常昂贵，最后由于晶体管出现以后，整个电子管产业没有了，处于一种衰亡过程。在一个衰退产业当中，最后出来的一定是这个产业最优秀的。为什么？他有优秀管理班子，优秀的技术，优秀的设备，因此他有条件比别人干得更好，坚持到最后。这个英雄也是最为悲剧的。常常一个企业的"奶酪"快没有了,为了人心的安定,避免有人怨天尤人,还要创造一些虚假奶酪让他继续活着。现在很多地方都有各种各样的政策迁就这些早晚要淘汰的企业,由于会哭的孩子有奶吃,他们骂娘,于是被迁就。

学会放弃的一个很重要的本质是要主动看到变化,而且拥抱变化,迎接挑战。在过去国有企业的制度下,你只要不出错误,赚钱多少无所谓,只要不贪污,不腐败,按照国家交给的事情,交给的任务完成就行了。而到海外上市就不一样了,只是不犯错误已经不行了,每年能力的提升,不断地增长,而且每年要向投资者披露,任何错误都要放到光天化日之下披露,定期要向公众报告业务增长情况,业绩不好你的股价就掉下来。只要你不主动出击,把经营业绩不断提升,投资者不看好你,也会把股价压下来。

通常在经历了一段较为平静的、预见度较高的漫长岁月之后,一切单位、企业或企业的公共服务机构,都可能被昨天的期望搞得负担过重。这些昨天的期望包括那些无法再对企业作出贡献的旧产品和旧服务;那些刚开始时看上去好像是迷人的机会和冒险,但若干年以后,仍然只是希望的东西;那些一付诸实施就会失败的"聪明的"主意;那些随着社会与经济的变化,人们已经不再需要的产品与服务,以及那些已经完成了自己的使用价值使命的产品与服务。就像一艘在海上航行了漫长时间的船只必须将附在船身上的藤壶清除干净,否则藤壶的拖累将使船只丧失速度和机动性;一个在平静的经济社会之河中航行了很长时间的企业也同样需要清洗自身,清除掉那些只会吸收资源的产品、服务及风险,清除掉那些已经成为"昨天"的产品、服务及风险。

任何企业在任何时候都需要这样一个系统的抛弃政策,而在变化越来越快的转型时期,这个抛弃政策尤其重要。所有产品、所有服务、所有工序、所有活动,每隔几年都应受到检验,看它们是否需要抛弃,并且在一个企业正值一帆风顺的时候就进行这些工作。然而,只有极少数的企业愿意抛弃昨天,结果是,只有极少数的企业能够获得明天所需要的资源。并且一旦不良收入发生并记入良性收入,一旦它们继续留在发展的通道上,市场就会建立起对这种产品增长率的预期,认为其中将产生更多的收入,但实际上这种产品已难以为继。在转型时期,企业应具有双重承受能力,不仅能承受突然的打击,也能使自己获得并利用突然的、意料之外的机会。将资源集中于成果之上,抛弃吞噬资源且丧失了生产力的过去,是使企业能够具有这种双重承受能力的基本保证。

对第二层含义上的放弃产生的问题目前在中国电信似乎并不明显,但是在中国电信转型的进程中这方面遇到的挑战会远大于上述所有放弃缺失产生的问题,因为这样一种放弃还夹杂着越来越多的不确定性。实际上,放在更长的历史背景下来看待这个问题,会发现两种放弃含义的缺失有着很强的因果关系。

今天,放弃,在中国电信很多时候还被视为畏途,特别是(1)当放弃的"项目"与一些特定的事或人相联系的时候;(2)当遇到人员的安置问题的时候;于是我们就会选择不放弃,任凭这些"项目"消耗企业的有限资源,分散企业的管理注意力,降低企业的整体价值,最终成为中国电信增长方式向规模效益型转变的障碍。

在企业转型的课题中,放弃与坚持是一门很大的学问。如果我们没有分辨放弃还是坚持的智慧;分不清什么是"势所不行",什么又是"势在必行",那么所有的转型计划都将沦为空谈,再怎么努力也难以达到目标。

5 "科学"的陷阱

> 科学方法的使用有一个从形式到内容的过程,因为任何一种方法要发挥作用都需要根据实践进行定制。

全面预算管理、绩效考核是中国电信运行管理的两大量化工具,在企业的运行管理中发挥着越来越重要的作用。但是,这两大工具要发挥实质的作用,并不是一件容易的事,如果不能克服两大缺陷:即全面预算管理的惯性设定;绩效考核的平均激励。这两项管理极有可能成为企业"科学"的陷阱。

惯性设定是全面预算管理中存在的一个带有根本性的缺陷。就全面预算管理来说,"全面"二字的本质内涵是"运筹",而不是全部。就是要把企业一年要获得的收入和使用的资源提前运筹好。要做好这个工作,一个重要的前提就是要对未来一年甚至更长时间的业务发展进行科学的预测。这就需要一个科学的预测模型,一个预测模型的建立有两个非常关键的环节,即变量的选择和参数的确定,变量的选择是一个技术的问题,而参数的确定就需要足够的时间和数据的检验,而目前就预测模型所需要的科学基础和经验性积累来说,还差得比较远。因此惯性设定就难以避免,目前中国电信给各个省公司确定的增长率实际上是可控增长率或考核增长率,用 r 来表示。我们用 r_1 表示惯性增长率,也就是只进行维持性投资就可以获得的增长;用 r_2 表示潜在增长率,也就是市场条件容许的最大增长率,具有客观的可预测性。而 r 则是在 $[r_1, r_2]$ 区间内的一个值,实际上是不可预测的。而问题在于,由于增长的惯性还比较大,参考历史增长率来设定 r 误差还不会太大。这也是目前各省的考核收入基本都能完成的一个原因。但是,在市场的波动越来越大,惯性增长越来越小的情况下,惯性设定的风险在增大。对预算完成的均衡性考核是预算、管理的重要手段,但是如果均衡性不是以收入、投资和成本的客观运行规律为依据,而主要表现为时间维上的均衡性,这种"均衡性"的科学内涵就存在较大的改进空间。

平均激励是绩效管理中存在的一个难以克服的难题。在企业中,想确定地规定出该做什么的企图其实就是鼓励员工只做有具体规定的事,而忽略那些虽然不具体、但却对高效的工作绩效极为重要的方面。从关键绩效指标到平衡计分卡,应该说衡量业绩的指标体系和方法的科学性得到了很大的提高,但现实中很多管理者却还是感觉不能满足管理的需要,没有达到期望的激励效果,这是因为无法衡量的任务在增长,根本的原因在于组织无法对每一个非程序化的现实的情景做出及时的响应(员工的和客户的),而这里正在成为绩效的来源和泄漏地。绩效管理能够产生平均的绩效,但难以产生超常的绩效,在企业发展的平稳时期,绩效考核的办法应该说还是比较有效的。但是,当我们需要花费较长的时间来积累和形成一种新的不对称力量,以求新的突破时,KPI 就会成为一种限制。因为当前以岗位为核心设定的 KPI 有很大的局限性,由于任务的不确定性增加和信息的不对称,设定的指标值的客观依据只能参考历史值和平均值,而不能依据一个人的能力不同个性化地设置,这就极大地限制了高绩效的产生。另一方面,一个人的 KPI 是当年清零的,企业需要不断积累来完成的工作就会出现不连续,甚至在低层次上不断重复。

这对一个需要积累新的能力来完成转型的企业来说,显然需要在预算管理和绩效管理上谋求根本性的突破。

6　复杂问题简单化陷阱

当市场竞争不断加剧，技术进步充满不确定性的时候，企业管理工作的复杂性无疑会大大增加，但我们的简单化偏好却还难以适应这种变化。

在企业管理中弥漫着一种浓浓的哥德巴赫情结。哥德巴赫猜想，因为我国著名数学家陈景润在这方面取得的成就而在公众中享有很高的知名度。1742年，德国科学家哥德巴赫提出一个数学难题，即"每个不小于6的偶数都是两个素数之和"的设想，200多年来一直无人能证明这一猜想的正确性。陈景润证明了"1＋2"，而"1＋1"至今仍在困扰着世界数学界。但是这样一个顶级的数学难题在我国却出乎意料地引起了许多非数学专业人士的兴趣。涉及这一数学难题的有工人、农民，有政府官员和企业界人士，可以说所涉及的阶层非常广泛，很多人都声称解决了这个难题，中国科学院数学研究所每年都要收到大量有关的来信。这种现象的出现主要问题在于这个难题的表述极为简单，有限带入检验也比较容易。但实际上非专业人员很难理解解决这个问题所隐含的复杂性。

在企业管理上也存在同样的现象，现在的企业中工商管理课程几乎成为一种普及性的知识，可以说企业管理的基本原理和规则已成为管理的通用语言。不仅如此，大量的管理学家和咨询机构还为企业开出了许许多多治病的良方，但是我国的企业并没有因此而从根本上走出管理的困境，是中国的企业沉疴难治还是我们尚没有找到一个有效的解决途径，这是值得我们深思的问题。我认为没有理解这些管理原理的隐含复杂性是其中的一个原因。许多管理者认为管理的问题比技术的问题要简单得多，很多没有读过大学的人企业不照样管理得很好？于是一方面，不愿深究其内涵，使其始终处于形而上学阶段；另一方面，有效应用这些原则所需要的经验积累和提炼的缺乏也是问题的一个可能解。当有人问起爱因斯坦他是否曾经想过从事政治研究时，据说他是这样回答的："这不可能，这里有太多的变项，而相对论则简单多了。"企业经营的外部环境日趋复杂，而传统企业应付复杂环境的能力却没有相应提高。有一点是毋庸置疑，如果企业的思维模式一成不变（包括个人的心智模式）且过于简单，企业将无法在这种环境下生存。

在企业中对复杂问题有一种近乎偏执的简单化倾向,根本原因在于"事物的复杂性很容易破坏人们的信心与责任感,就像人们经常挂在嘴上的:'这对我太过复杂了',或'我无能为力','这是整个体制的问题'"。(第五项修炼,上海三联书店,1998年7月第二版,75页)这也是我们的许多系统性改革难以顺利推进的原因。

在企业管理中,常常遭遇的复杂性通常有三类:第一类是包含许多变数的"细节性复杂",而往往企业的每个局部只能掌握部分变数;第二类是"动态性复杂",是指一种因、果在时空上不相近,相同的行动在短期与长期有相当不同的结果的情形,传统的预测、规划、与分析方法无法处理动态性复杂;这两种复杂性是彼得·圣吉在《第五项修炼》中提到的,还有一种复杂性也是在企业管理中经常遇到的,就是第三类,极限性复杂,所谓的极限性复杂是指一种事情原本很简单,但当要求达到的目标不断提高时,复杂性就指数般增加的情形,也就是说,问题的复杂性是与你要达到什么程度决定的,要达到的程度越高,考虑的变量和关系也就越多,复杂性就越高。比如110米跨栏运动,当目标是1分钟时,对选手的要求,需要考虑的因素显然要大大低于目标是13秒的情形,这时就要考虑运动员的身体素质、心理素质、韧带能力、起跑速度,以及风向、风速等,复杂性大大增加了,要不然,中国就不会只有一个刘翔。

这三种复杂性在企业的日常运作中都潜在地存在着。但是许多证据都显示,人类有认知上的限制,认知科学家证实我们同时只能掌握少数个别的变数。我们意识层处理资讯的机制,很容易因细节复杂性而超载,更不用说动态复杂性和极限复杂性,这样就迫使我们必须求助于简化的方法来理解事情,而通常只有对自己理解的事情才会认为是正确的,才会有做好的动力。

在中国电信的管理实践中,常见的应对这三类复杂性的方法很容易使我们陷入"简单化陷阱"。(1)应对细节复杂性的"局部证明",是指企业的每个局部会根据自己所掌握的少数变量对事关整体的决策进行检验和验证,作出局部理性的判断和有限的执行;(2)应对动态复杂性的"有限检验",是指企业中许多需要连续性推进的工作有很强的路径依赖性,在特定环境下证明是正确的一些做法,当事者在环境变化的情况下仍然难以做出改变,会当作在一切环境下都成立;(3)应对极限复杂性的"适度努力",是指许多需要作出超常规努力的工作,当事者或单位仍只会做出完成KPI要求的努力,这样做可以很好地规避风险。"局部证明"常常会使得事关全局的一些政策或举措难以执行或执行走样;"有限验证"则会使得一些不正确的做法得以延续,往往使得结果与预期相差很远,给企业造成很大的损失;"适度努力"则往往使企业的一些老大难问题难以解决,瓶颈难以突破。

把复杂问题简单化是管理的一种技术性很强的特殊能力,不可简单为之。如果一味追求简单化的东西,实际上会形成学习的障碍,从应对复杂性问题所需要的经验积累的知识特性来看,过频或过少的人力资源配置,都是不利于企业形成富有竞争力的知识体系。对中国电信这么大的一个企业,没有一定程度的管理复杂性是不可想象的,无论是新兴的技术和业务知识还是流程知识都有一定的学习成本。

7 管理舒适区陷阱

> 对管理舒适区的营造是管理人员的理性选择。企业面临的挑战是如何避免管理舒适区陷阱。

所谓"管理舒适区",是指管理者的能力、期望与岗位相适应,工作能够达到较高的目标,个人能力也能够发挥和提升的管理状态。一般情况下管理者构建"管理舒适区"会考虑三个主要的因素:(1)职位的提升,包括职业声望和经验积累;(2)个人报酬的提高;(3)尽可能降低风险。

一个管理者进入一个岗位,会随着其工作成熟度的提高,逐步进入"管理舒适区",这时候舒适度与绩效相互促进。但是,当业绩达到一定程度后,由于各方面的限制难以进一步提高,这时候影响管理舒适度的三个因素都会出现负面的变化,如果岗位不能发生变化,就有可能陷入管理舒适区陷阱,即舒适度增加,业绩难以提高。这时候管理者如果制度容许,都会尽量追求更多的权力,更少的责任;业绩容易体现,失误难以发现;可以按照自己的意愿行事;经验的积累可以使自己的地位更加稳固;自己熟悉的工作关系网和工作方式。

由于知识的专业性和积累性,以及信息的不对称,管理舒适区陷阱的存在是一种必然现象。由于经验与知识积累确立起的"舒适"元素,是舒适区的最牢固的基础。如果企业企图通过轮岗、岗位竞聘来避免管理舒适区陷阱,经验与知识积累所必需的成本是企业需要付出的代价。

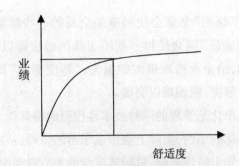

图 2 - 1　管理舒适区陷阱

通常大家都会抱怨部门之间的交叉重叠,造成了部门间的职责不清,影响了执行力,而实际上,深层次的原因是管理舒适区陷阱在作祟,管理舒适区陷阱的危害要远大于部门之间的交叉。实际上,在管理变革较频繁的转型周期里,内部组织之间的交叉是难免的,通过协调机制并不难解决。而管理舒适区陷阱的边界是无形的,不自觉中你可能就掉入了舒适区陷阱。

在每个企业中都有许多管理者,由于各种原因,已经遭遇了职业发展的"天花板",对于这些管理者来说,极易陷入管理舒适区陷阱。为此,中国电信的人力资源管理开发和配置系统,在中国电信向着"综合信息服务提供商"前进的征程中,遇到的最大挑战是如何为企业的员工构建"综合的成功体验",而不是仅仅把职位作为唯一的标竿,就像我们的产品一样,如果仅仅把价格体验给予我们的客户,产品的价值就难以得到充分体现。否则,很难避免管理舒适区陷阱。

8　"直接管理"运行的箱体

> "直接管理"企图对中国电信过往的管理进行归结,以使在转型过程中进行的管理改造有一个清晰的前提。

今天,中国电信的管理有了很大的进步,也有许多困惑,如果把企业发展的所有问题归结为管理问题显然有失公允,但是持续的管理困境在提示我们管理本身要做出某些根本改变。为此,首先要对这些管理困境进行归结,我们用"直接管理"来表征归结对象,所谓"直接管理"不是迂回管理的对应,不是不要中间环节的管理,而是指缺乏系统运筹,利用直接可以获得的资源进行管理,只有短程或直接效应的一种管理形态。

具体来说,由于企业内部管理对象可以显现的信息一般是直接反映当前运行状态的信息,没有积累和深度挖掘很难揭示出管理对象的深层次运行规律,外部环境所呈现的信息也一样,我们称基于当前运行状态获得的信息为直接信息。而对于基于直接信息 I(反映管理对象运行的空间有限)的管理决策 D(基于内外部直接信息进行决策运筹的空间有限)、执行 E(对基于直接信息的直接决策的直接执行,会使得执行的深度不够,难以应对千变万化的现实场景)与控制 C(基于直接信息设置的测算管理对象运行的指标偏好直接的短期的效应控制)过程我们称之为"直接管理",其一个重要的特点是基于自己可以掌控的资源做出决策和运作,对难以掌控资源的利用能力极差。这在实际中就会造成对环境变化响应滞后,能力的积累不足,对管理对象的运行规律难以把握,在内部就会形成大量的执行缝隙。

从"直接管理"的效果显现来说,短期措施的效果显现最直接,针对短期措施的努力最容易得到正反馈,于是对于需要经过多次失败与成功积累的负反馈过程的大成功就难以获得。"直接管理"对应的信息维、决策维、执行维、绩效(控制)维就构成了一个企业运行的狭窄箱体,称为"直接管理"运行的箱体模型—IDEC 模型。如果用 I、D、E、C 有效发挥作用的时间(年)来表示其长度,根据目前的情况大致可以算出:I = 0.5(只对半年左右发生的事情感兴趣)、D = 0.45(决策通常集中在上半年,但有效期到年底结束)、E = 0.85(有许多事情不需要决策)、C = 0.83(绩效指标通常会滞后两个月下达)。在这个箱体中难以容纳失败、耐心、精益求精,也不容得放弃,管理者适应这个箱体已经形成了自己的管理"舒适区",如果没有足够的外力,很少有人愿意离开自己的舒适区去突破"箱体"。于是尽管企业由于新技术新业务的驱动可以在一定时期内得到发展,向上运行,但整体的竞争力和管理能力难以有所突破。直接管理箱体中运行的基本上都是快变量(所谓快变量是可以取得立竿见影之成效的变量)。但是长期积累和搁置下的远程问题(都是慢变量,短期效应并不显著,但是最终的决定力量)将置企业于难以自拔的浅薄之地。直接管理的箱体正在损害公司长期发展的基础,尤其是在转型时期当公司长期发展的基础面临变化的时候,新的基础就难以确立。

在今天看来,"直接管理"要承担起转型的使命实在是勉为其难的,但是在环境变化不大的情况下,企业发展比较平稳的时期,"直接管理"在大多数情况下还是可以满足管理的需要的,特别是在竞争对手也处在"直接管理"的阶段的时候,竞争带来的威胁并不大。

尽管系统思考,整体运筹作为一种理念正在为管理者所接受,但实际上,由于缺少科学的方法,难以把系统运作中的,迂回作用链中的关键环节的影响分离确定,许多管理者对"直接管理"还是有很强的依赖。

而以客户为中心的趋势,不断要求企业提高响应速度的要求短期内会强化"直接管理",因为"直接管理"的效果见效最快。对于表层问题(快变量)"直接管理"应该说是有效的,但要解决深层次的问题(慢变量)"直接管理"就很难起作用。这也在一定程度上解释了为什么许多企业在管理上下了很多工夫,但成效并不大的现象。因为问题的呈现越来越具有综合性、根本性,这就对精确管理有了现实的需求。精确管理是在拉长管理的箱体中逐渐形成的。(在下篇将对精确管理进行探讨。)

也许短缺经济时代使我们养成了"眼见为实"的习惯,我们没有耐心等待无形的力量经历较长时间才发挥作用。在"直接管理"的箱体中,企业的愿景、长期战略、规划、文化、人力资源的开发等长期变量都会成为无本之木,难以实际地发挥作用。特别是由于"直接管理"的箱体作用使得许多企业管理资源效用打了不少折扣,进而损害了这些资源的长期价值。比如对 R&D 的管理,一旦一种模式失效,我们实际上丧失信心的不只是这种模式本身,而是 R&D 的作用本身。

在"直接管理"的状态下,新的管理模式很难发挥预期的作用,产生预期的效果。因为每当企业引入一种新的管理模式 B 时,对原有管理模式 A 就会造成冲击,假定管理模式发挥的最大效用值分别为 $R(A)$ 和 $R(B)$,并且 $R(A) < R(B)$,这实际上成为选择模式 B 的直接原因,但是由于"直接管理"的箱体作用,模式 B 的最大效用值通常都达不到,就实际达到的效用而言,两个模式之间的差距并没有预期的大,甚至在短期模式 A 的实际效用要高于模式 B,这往往成为管理变革失败的原因。而实际选择一种管理模式时,企业常常是根据这种模式的理论最佳值来做出选择的,而这往往需要配置相应的资源,需要足够的时间。比如流程管理对信息化的要求要远高于职能管理。这有点像中国的教育,中国的教育资源并不富裕,但中国的教育长期以来采取的是一种"精英教育"模式,也就是说我们的教育模式是适应少数英才教育的,所有的教材和教育模式是基于精英学生的理论最佳值来做出的选择,这就造成了

中国教育资源的巨大浪费。

中国电信的转型需要一些长期的策略,需要我们做长期不懈的努力。但是在这个逼出了安然、世通的疯狂环境下,如何平衡长期目标和短期目标的冲突,对企业家是巨大的挑战。结果导向的文化,短期目标的强化,加大了这种挑战,为了取得长期的胜利,短期内付出一些代价总是难免的,但是"直接管理"并没有为这种代价留出空间,使得企业家一点代价都不愿付,因为付出了,企业可能就无法坚持到转机的到来。突破"直接管理"的限制,建构适应转型发展的精确管理基础就成为中国电信一代管理者义不容辞的使命。

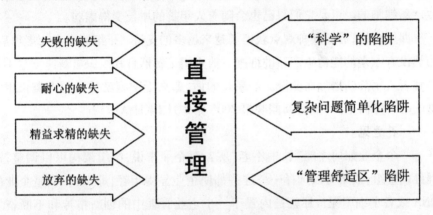

图2-2 "直接管理"运行的箱体

THANKINGSTORY:你的身体比你更"年轻"

不论你的年纪现在有多大,你的身体可要年轻很多岁。事实上,就算你已经迈入中年阶段,你身上的绝大部分只有 10 岁甚至连 10 岁也没有。这听起来似乎不可思议,但是最近瑞典的生物学家研究发现,事实确实如此。不过这并不能让你"长生不老"。

我们的细胞年龄像小孩

当有人告诉你,你的身体要比你的年龄年轻许多,相信很多人都会很高兴。那么再告诉你一个事实,你身体组织的大多数部分每时每刻都处在更新的过程中。这些发现都多亏了科学家最近发现的一种估算人类细胞年龄的新方法。发明这种新方法的是约纳斯·弗里森。弗里森是瑞典斯德哥尔摩卡罗琳斯卡研究所的干细胞生物学家。他相信,一个成年人体内所有细胞的平均年龄在 7 到 10 岁左右。

"年轻"不是长生不老

如果弗里森说的没错,我们的身体真有那么年轻,那么怎么回答这个问题:如果我们的身体能够通过不断更换"零件"永葆年轻活力,为什么器官和组织不能永远继续更新下去,让我们"长生不老"呢? 一些专家相信,根本的原因是遗传物质 DNA 在人体不断更新的过程中积累变异,DNA 的信息也会逐渐减少。

还有的理论认为,干细胞是罪魁祸首。干细胞能够在每一种人体组织中生产新细胞的。可是它们自己也会随着人年龄的增长变得虚弱。

弗里森说,后面那种观点获得了越来越多的支持。干细胞自身变老以后,当然没有原来的能力生产新的细胞。他希望了解器官和组织更新速度是不是会随着人年龄的增加而变慢。如果是的话,那么干细胞就是阻碍人类长生不老的唯一障碍了。(摘自新闻晚报 2005 年 8 月 14 日 A19)

一孔之见

一个企业如何才能"长生不老"呢? 对企业来说,组织架构可以调整,流程可以重组,战略可以选择……这些都使企业显得年轻,那么,什么是企业的DNA 或者干细胞呢? 那就是内置于一个企业管理中的创新精神和不断奋发向上的活力。这也是王晓初总经理一再强调"做活"企业的根本所在。

第3章 转型为什么

技术的发展、需求的变化和新的市场竞争格局是中国电信转型的诱因，但并不是中国电信转型的本质。中国电信转型的本质必须从企业内部寻找，从企业家的抱负中理解。

转型是一个企业为了追求新的起飞所做的创造性努力。

1 卓越的理想

> 中国电信的转型一方面是由对利益相关者的贡献诉求决定的，另一方面也是由中国电信自身生发出的"追求与目标"决定的，二者缺一不可。

直面现实，就是要认清转型的本质，首先就是中国电信要能够不断满足利益相关者包括：股东、客户和员工对中国电信提出的新的要求。股东对中国电信的要求不仅是具有竞争力的回报，而且是可持续的和可预期的；客户对中国电信的要求不再是一般的需求满足，而且需要获得更多的情感体验；员工对中国电信的要求，不只是获得与其对公司的贡献相匹配的薪酬，而且能够提供实现职业发展理想的舞台。其次，就要求中国电信的转型目标要有不同的层次。大体上中国电信的转型有三个递进层次的任务。

第一个层次是谋生存，主要是要做好必做之事，这是不能讲条件的，如果做不好必做之事，其他根本谈不上。必做之事包括遵守相应的法律法规，完善的公司治理结构，严格的内部管理，承担相应的社会责任，运作好现有的业务和资源等，这是做企业的基本功。在这一方面，中国电信主要是补课，做不好有风险，但做好了也不一定能体现在竞争优势上。能做好必做之事的企业是一个本分的企业，讲的是尽责任、守纪律，强调的是刚性和原则性。

客观地说，中国电信还从来没有遇到过生存危机，没有经历过生死考验。过去没有，过去的十多年留在中国电信记忆中的关键词是速度，是发展的快慢问题;现在没有,现在的中国电信最关注的是竞争,是竞争的平衡问题;未来似乎也没有,未来的中国电信正在走向成为综合信息服务提供商的光荣与梦想。在中国电信的字典中,似乎没有"生存"二字。但是中国电信在转型征途上要过的第一关就是生存关,不能因为过去没有生存危机,就忽视未来的生存危机,不能让未来的不确定性损害企业的生存基础。

第二层次的目标是求发展,主要是要做好能做之事,选择好转型业务,把握好有所为、有所不为的度,要顶得住诱惑,不能什么都做。有时凭眼光抓住机会,做好几个业务企业就能发展得不错。主要体现的是企业的比较优势,要做好新旧优势转换,构建好转型稳定区。但问题在于,要选择做什么越来越难,选择以后,做好更难。能做好能做之事的企业是一个有竞争力的企业,讲的是能创新会竞争,强调的是科学性和竞争性。

神州数码总裁郭为曾说过,神州数码不怕大而全、跑马圈地式的电子商务网站,他怕IT分销领域内不按牌理出牌的对手。"我们是一个跑长跑的公司,我们怕跑短跑的公司上来,领跑一段时间,下去了,再有一个跑短跑的公司上来领跑,这样就把我们领垮了。"

中国走新型工业化的历史选择,中国从电信大国向电信强国跃迁的历史要求,经济全球化对国有大型企业竞争力提高提出的挑战,使得中国电信转型的理想具有了国家的使命感。中国电信必须能够依靠集体的智慧,把技术的挑战,需求的变化,竞争的不确定性消弥于不断的选择之中,把创新的价值,员工的努力集聚于公司的转型方向。

中国电信转型战略的提出,根本上说要解决中国电信面临的五大矛盾:一是信息产业超前发展与国家新型工业化相对滞后的矛盾;二是信息产业自身做大与做强的矛盾;三是企业进一步升级发展要求与国有企业深层次问题难以短时期破解的矛盾;四是职业经理人队伍的缺乏与人力资源相对过剩的矛盾;五是中国电信综合服务价值集成能力低下与需求向综合化变迁的矛盾。信息化带动工业化,走新型工业化道路是中国现代化的大战略,也是中国电信转型的深厚基础和大背景。

第三个层次的目标是追求卓越,主要是要做好想做之事,这是企业转型的根本所在,重要的是要培育长期的力量和能力,使企业整体价值创造能力达到最优。考验的是企业系统运筹的能力。能做好想做之事的企业,才有可能成为一个伟大的企业，讲的是会布局、能坚持，强调的是积累性和坚韧性。

中国电信转型的背景是过剩经济的普遍特征显现，依靠特殊资源与技术来获得持续领先优势的可能性越来越小，对一个谋求成为世界级企业的，以综合信息服务提供为己任的公司来说，其发展战略的内在逻辑必然会从比较优势向综合优势演进。具有世界级竞争力是中国电信追求成为综合信息服务提供商的先进性特征，没有竞争力的持续提高，综合信息服务提供也是不可持续的。

毫无疑问，信息革命的发展与潜力已经极大地提升了经济质量和人民的生活水平，并且这些发展对经济与社会的影响只是初露端倪，从长远来看，其影响将极有可能超越18世纪的工业革命、19世纪的铁路兴起以及20世纪的汽车发明与普及。中国电信"共享与世界同步的信息文明"的远景追求，真正体现了对信息革命美好未来的坚定信念，以及参与实施中国从电信大国到电信强国战略的强烈的责任感和使命感。

在上世纪90年代中国电信发展加速之初，尽情享受了信息革命带来的发展的"极速之旅"，对信息革命美好乐观的希冀。而在上世纪末及本世纪初的几年时间里，快速增长的世界电信业陷入了停滞和股市崩跌，经历了发展的冬天，中国电信对信息革命的前景的预测仍然没有改变。但是我们必须对发展的逻辑进行彻底的反思，在拥有更先进的技术、更多的财富与知识的同时，没有能力阻止冬天的到来。这使我们清醒，一刻也不能停止创新的脚步。但是我们必须改变发展的逻辑，否则，我们就不可能拥有真正的企业进步。

中国电信转型综合信息服务提供商的成功，在很大程度上取决于我们确立在不确定条件下竞争优势的能力。中国电信在信息革命最乐观的时期进入快速发展的周期，在最不确定的时候开始下一个转型周期。尽管信息革命带来的契机持续存在，是中国电信可持续发展的未来所系，但这些机会需要在极度不确定的环境下才能发挥最大的生产力。在如此的环境下谋求发展，需要我们把握转型和精确管理的智慧。我们不能改变环境，传统的管理方式难以持续，我们只能改变管理与工作的方式。有效应对不确定性，聚合释放最大的生产力正是精确管理题中应有之意。精确管理支持和促进中国电信转型综合信息服务提供商的战略选择。

2 必然阶段

实际上,我们想要回答的是中国电信的转型是一个企业生命周期中必然的阶段,还是仅仅是企业家的主观意愿这个问题。一个企业要真正成长就不能只会走上坡路。经历过转型阶段洗礼的企业才能长大。一个企业在围绕核心业务发展时,往往会出现"特化"①现象,这时候,由于核心业务的价值余额较大,很多问题会被积累和掩盖下来,这样当核心业务走下坡路时,积累的问题往往会集中爆发,这时候要解决企业的问题,就只有两种选择:一是谋求转型;二是企图维持现状。主动谋求转型的企业才有可能走向新的成功,而作出第二种选择的企业只是延长退出竞争舞台的时间。

在《基业常青》一书中研究的所谓"高瞻远瞩公司",都是各自行业里精英中的精英,翘楚中的翘楚,而且数十年如一日,大多成为世界经营管理方法的典范——事实上的偶像。这些公司符合下列标准:

- 所在行业中第一流的机构
- 广受企业人士崇敬
- 对世界有着不可磨灭的影响
- 已经经历很多代的 CEO
- 已经历很多次产品(或服务)生命周期
- 1950 年前创立

这些公司包括:迪斯尼公司(Walt Disney)、波音公司(Boeing)、3M、惠普公司(Hewlett – Packard)、索尼公司(Sony)、福特汽车公司(Ford)和花旗银行(Citicorp)等,正如《基业常青》一书作者所指出的那样:

---

① 特化是个生物学概念,所谓生物特化,是指不与自然平衡,造成生物体某一方面非自然地过度发展。比如某些物种个体增大是一种特化现象,它是生物演化上升的表现之一,但并不是越大越好。它只适应于特别优越的环境、要求更多更好的食物。统治性生物如恐龙一时得天时地利而繁衍滋长,而其适应性和抗灾变能力不断减弱,一旦环境突变,便走向绝灭。

这些高瞻远瞩公司虽然杰出,记录却绝非完美无缺。迪斯尼在1939年遭遇严重的周转困难,被迫公开上市;后来,在80年代中期,股市做手看上它低迷的股价,使它几乎无法以独立的实体继续生存。

波音公司在30年代中期、40年代末期都面临过严重的困难,到70年代初又遇到严重困境,裁员六万多人。

3M诞生之初,是一家失败的矿场,在20世纪最初10年间几乎倒闭。

惠普公司在1945年面临严重的挫折,1990年眼睁睁地看着股价跌破面值。

索尼创业前5年(1945年—1950年)推出的产品一再失败,到70年代,在录像机市场争夺战中,自己的贝它小带系统败给VHS大带系统。

福特汽车在80年代初期出现美国企业史上最大的年度亏损,3年内共亏损33亿美元,之后才开始令人称羡地反败为胜和长久所需的企业再造。

花旗银行早在1812年,也就是拿破仑进攻莫斯科时创立,但是在19世纪下半叶以及20世纪30年代大萧条时期,都曾运营不振,到80年代末期因为应付全球不良贷款组合的问题,又苦苦挣扎。

IBM在1914年几乎破产,1921年时再度濒临破产边沿,到90年代初期又遭遇困难。

毫无疑问,这些在世界上领先的令人景仰的公司,都曾经不止一次遇到过挫折、犯过错误。但是这些公司展示出可观的弹性,展示出从逆境中恢复的能力,转型是这些公司成长中必然经历的阶段。

中国电信要谋求成为一家基业常青的公司,转型就是一个必然的阶段。企业家的责任就是做出准确的判断,领导企业在适当的时间完成转型的使命,把企业带入一个新的稳定增长时期。

中国电信长期以来基本上是围绕固网话音在发展,对固网话音的依赖度非常高,可以说整个企业的管理模式都是基于固网话音业务的特点形成的。到2004年底在公司的收入中国网话音占比仍然达到72%。根据波斯顿矩阵来分析,毫无疑问,固网话音是中国电信的"现金牛业务":

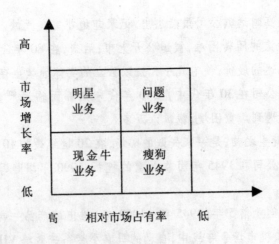

图 3-1　波士顿矩阵图

中国电信转型的迫切性完全取决于"现金牛业务"的现状和趋势,可以从以下几个方面来判断"现金牛业务"的状态:

(1) 从 NGN 的发展来看,PSTN 被替代的趋势十分明显

(2) 对话音业务的需求正在从客户的需求核心向边缘移动

(3) 产业竞争格局正在处于新格局形成的前夜

(4) 固网话音业务显然正在被替代,而不仅仅是饱和

(5) 长期以来基于固网话音业务形成的管理模式根深蒂固

(6) 大部分员工的知识与技能是以固网话音业务为基础的

从这 6 个方面来看,未来 3~5 年中国电信固网话音业务的"现金牛"地位无疑会受到巨大冲击。在一个企业中,"现金牛业务"往往是形成管理模式的基础,决定一个企业在产业中的根本地位。因此,完全可以说,目前中国电信"现金牛业务"的现状和地位及其在不远的未来的巨大落差是中国电信谋求转型的必然的客观要求,中国电信必须从业务增长驱动向企业整体价值增长驱动的模式转变。

3　寻求突破

转型是企业挑战自我的一种突破,要有一种可控聚变的能力。要在慢变

> 转型当然是一个系统工程，涉及到方方面面，但一定要在主攻方向上首先取得突破。

量上下功夫，特别是要积累非对称力量。转型的一个基本命题就是要在我们不熟悉的领域取得可以持续成长的地位，为此，一定要对不同的产业所需要的专业知识有足够的敬畏。我们需要时间来积累相应的知识和技能，来形成管理势能。

寻求转型的企业通常面临的是一个系统性的问题，对中国电信来说，无论是发展的困局，还是管理基础的缺陷，任何一个都绝非可以轻而易举地解决，更不能寄希望于一下子解决所有的问题，二者叠加在一起就生发出许多转型的系统性问题：

发展的困局＋"直接管理"运行的箱体 ⟹ 转型需要解决的系统问题

于是寻求在新兴业务领域（重点转型业务）的突破就成为中国电信转型关键期（在中国电信转型指导意见中未来2－3年称为转型关建期）的首要任务，这包括两个方面：一是寻找到这样的领域；二是在这样的领域获得突破并能建立新的"王国"。

从新兴业务领域来看，3G、IPTV、ICT等是业界一直聚焦的业务领域。3G一天不获得，中国电信"综合"竞争力的硬伤就难以消除；IPTV是三网融合的桥梁；ICT业务是中国电信深度参与和支持国家"信息化带动工业化"的新型工业化战略的重要切入点。通过在这些新兴业务领域上获得优势，成为领先的综合信息服务提供商，应该说是中国电信在目前条件下所能做得最好选择。

但是如何在这些新兴业务领域取得突破，获得与中国电信远景目标相匹配的领先地位关键在于领导力。如果在这些新兴的业务领域，不能打造一支一流的领导团队，不能具备超强的能力，即便是上好的"选择"，也难以成功。

"能力不匹配、资产配置不完善、执行力度不够——这些都影响了公司实现战略目标。虽然享有声望的企业一般都会正视这些隐性的问题，但是经验告诉我们，很少有公司能认识到实施新战略需要的是领导能力，将领导能力作为战略起点的公司就更少。忽视这一点，会致使这类努力最终归于失败，令人失望。"

"'领导'到底是指什么？如果说好的经理能够履行承诺，实现可预测结果，并能时不时有所提高，那么领导就是指能够实现业绩突破，通过推出新产品，开拓新市场，或者快速实现低成本高效益的运营，从而创造原本没有的价值。"

"凡大胆的战略都是要在若干个领域中实现突破。公司若想获得战略成功,需要各个层面都拥有强势和有力的领导。"

"随着战略方向以及相对应的战略举措逐渐增加,领导压力也相应增加。这并不奇怪。我们在对众多行业、规模各异的公司的咨询项目中的经验表明,越是那些业绩好的公司,特别是有宏伟远景目标的公司,反而越难满足领导方面的要求——当然,业绩差的公司同样也缺乏领导力。但公司的目标越高,战略发展方向越激进,领导力差距越大,这对业绩好的公司和业绩差的公司都适用。"

"今天的公司需要进行自我定位,以实现它们未来 3～5 年的战略目标。例如,在 18 个月内,一家韩国消费品公司成功将其核心业务扩张到了日本,此后多元化进入非核心业务,如低价住宿。它之所以可以如此快速地成功深入日本这个以封闭著称的成熟市场,是因为它事先建立了它的领导平台。在公司推行此举的至少五年以前,公司就已开始雇用经理人将他们派到日本(以和日本友好合作方交换的形式),训练他们如何在日本运作,进而在日本组建起了一支由韩国人组成的领导团队。"

"工作经验与任务拓展是培养领导人的主要工具。提供实现业绩突破的机会不但对实现公司业绩目标非常关键,而且对培养公司最佳人才也非常重要。令人遗憾的是,风险厌恶特征十分明显的公司,总是把员工过去的工作记录与工作经历当成他们未来业绩的指标,以此赋予他们相应的机会。这种方式成功的可能性并不大,因为以前的成功经历和所需要的技能,并不一定是在未来机会中实现突破性业绩所需要的。"

"战略不会平白无故地成功,在仅仅赢得重大机遇和切实实现潜力之间,领导力的好坏会产生巨大不同。高层经理们必须评估公司的领导力差距,寻找种种方式在短期、中期和长期内弥补差距。"

(以上带""部分均摘自:领导队伍:战略的起点,麦肯锡高层管理论坛,2005 年第 1 期)

此外,领导力的一个重要方面就是能够挑战自己的基本行为。在日常工作中领导基本行为的改变也至关重要。汇报与沟通是实现领导行为的两个基本手段,通常都是服务于任务的完成。但是还有两个功能常常被忽视,一是尽量消除信息的不对称,领导管理需要的过程信息常常是不够的;二是培养员工的工作成熟度,往往需要在员工表现差劲的地方给予纠正。要充分发挥汇报与沟通的三个基本功能,就要求领导人员不能仅以成败论英雄,在汇报与沟通中允许犯错误,鼓励讲真话。在竞争愈来愈复杂的环境中,信息的失真和员工缺点不能及时显现都会对领导力造成巨大损害。

4 转型的资格

中国电信就像从一个单项运动员转型去练现代五项,基本前提就看有多大承受力。

转型必须获得资格,不是所有企业都有能力和条件进行转型并获得成功的。转型不仅是对中国电信发展前途的挑战,更重要的是对中国电信承受能力的挑战,而承受能力,将会决定中国电信最终成功的大小。当一个企业过惯了顺风顺水的日子,没有承受能力的时候,实际上是很难去做成一件大事。

中国电信转型过程中要补的重要一课是要在竞争中学会竞争,什么叫会竞争,大家可以再去看一看电影《长征》中,毛泽东四渡赤水的运筹帷幄,就会知道这门课有多深。但是对一个企业来说,到任何时候都不是在跟别人竞争,都是在跟现在的你在竞争,你能不能超越自己,能不能挑战自己,这是最重要的。要不断地去否定自己的一些原有的东西,然后再去创造一些新的东西。实际上在这个过程中首先要考验的就是一个企业的承受能力。

对中国电信来说,要转型成功,首先要进行的是一场资格赛。要取得这场资格赛的胜利,至少要具备三个条件:

第一是要有足够的承受能力。

如果一个运动员在平时从来没有遇到过失败,那么一旦在国际大赛中遇到势均力敌的对手,你会以为他一定能获胜吗?

如果一个企业一直赚钱都很容易,当市场发生逆转,赚钱越来越难的时候你会以为这个企业还能生存吗?

一个百米跑的运动员,你以为他也会在万米跑中取胜么?

如果一个企业长期沉湎在过去的辉煌中,你以为这个企业可以有一个全新的未来吗?

这里我们强调的承受能力是四个要素的复合,即:承受失败的能力、精益求精的能力、长期专注的能力和不断创新的能力。

第二,要有一定的积累,处于较为有利的产业地位。

从中国电信十多年的发展来看,应该说在这方面有一定的基础:

- 赶超战略(1992 年 – 1998 年)的成功实施,突破了通信能力的瓶颈,通信业务供不应求的格局得到了根本的逆转,迄今为止,在固网通信能力方面,中国电信在世界上也处于前列。

- 重组与整合(1998 年 – 2002 年)的洗礼,中国电信在经历了移动分离、南北分拆和海外上市等重大重组整合实践考验后,在专业化和公司化方面有了长足的进步,一步步地接近一个优秀企业的本质。

- 世界级竞争力建设(2000 年 – 2004 年)初见成效,在五个集中、五项机制、流程重组、信息化建设和战略对标等方面作了大量探索,积累了一定的经验。

第三,明确了未来正确的方向,可以集聚企业和外部环境力量于一体,求得突破。

中国电信已经明确了向综合信息服务提供商转型的战略方向,并形成了较为系统的转型体系,为中国电信整体推进转型奠定了基础。

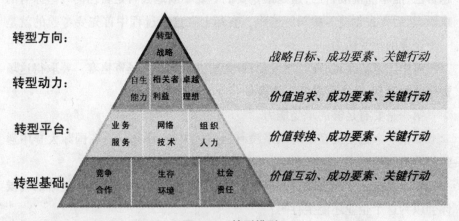

图 3 – 2 转型模型

5 提升自生能力

提升自生能力
是中国电信转
型的前提和内
在要求。

转型事业的最终完成需要重塑中国电信的管理精神,关键是培育自生能力。我们需要回答:我们拥有的资源是否是稀缺的? 我们所从事的工作是否重复度很高? 我们配置资源的能力是否有独到之处? 显然资源的稀缺性正在受到削弱,许多传统业务的从业人员职业积累的要求并不高,我们唯一能够作的就是重塑管理精神,提升自生能力。

所谓"自生能力(Viability)",按北京大学林毅夫教授的定义是:"在一个开放、竞争的市场中,只要有着正常的管理,就可以预期这个企业可以在没有政府或其他外力的扶持或保护的情况下,获得市场上可以接受的正常利润率。"(《经济学季刊》第 1 卷第 2 期,第 269 – 301 页)在企业都具有自生能力的暗含前提下可以推论,如果一个企业在竞争的市场中并未获得大家可以接受的正常利润率,则一定是由于缺乏正常管理。

林毅夫进一步解释道:"但是,在转型经济和发展中国家,很多企业是不具自生能力的,也就是即使有了正常的管理,在竞争的市场中也无法获得大家可以接受的预期利润率的。为什么一个企业会不具自生能力? 这主要和这个企业所在的产业、所生产的产品以及所用的技术是否与这个国家的要素禀赋结构所决定的比较优势是否一致有关。

"如图 3 – 3 所示,假定有一个只拥有两种生产要素,资本和劳动,并只生产一种产品的经济。图中 I 是一条等产量曲线,曲线上的每一点代表不同的生产技术,A 点的技术比 B 点的技术资本密集,但两种技术所能生产的产品量相等。在一个竞争的市场中,到底以哪一个技术来生产较好,则取决于哪一种技术的生产成本较低,如果这个经济中等成本线是 C 线,那么,在竞争性的市场中,只有选择 B 点来生产的企业才能够获得可以接受的利润水平,如果选择了其它种技术来生产则企业将会有亏损,例如,如果采用了 A 点的技术,亏损将达 C 和 C1 的距离 SA。同理,如果等成本线是 D,则只有选择 A 点的技术,企业才能获得可以接受的利润水平。在一个经济中,到底等成本线是像 C 或像 D,则决定于这个经济的要素禀赋的结构。如果劳动力相对丰富、资本相

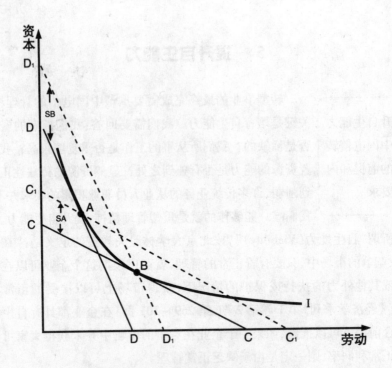

图3-3 要素相对价格和产品的技术选择

对稀缺,在劳动力上有比较优势,则等成本线会像 C 而不像 D。相反,如果资本相对丰富、劳动力相对短缺,在资本上有比较优势,则等成本线将会像 D 而不是 C。所以,在这样一个简单的市场中,一个企业是否能够获得可以接受的利润水平,亦即是否具有自生能力,取决于它所采用的技术特性是否和这个经济的要素禀赋结构所决定的比较优势是否一致。如果和这个经济的比较优势不一致,这样的企业不具自生能力,只有在政府的补贴和扶持下才能存在。"

中国电信在追求成为综合信息服务提供商的转型过程中,不断通过引入国际运营商的绩效指标和标准(例如 EVA 等)来引导资源配置,提高资源配置效率,不断提升自生能力。

在转轨时期的中国国有企业存在三种管理模式:继承式、创新式和接轨式,继承式管理模式强调企业自身的管理积累,创新式管理模式强调用新的方法对传统的替代,接轨式管理模式强调采用发达国家成熟的企业管理模式,这三种管理模式各有其优缺点。可以把中国电信的管理模式归为第四类,称为

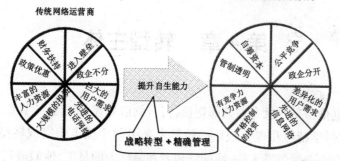

图 3－4 提升自生能力,夯实转型基础

"第四种管理",其本质是上述三种管理的复合与集成:既强调自身的管理特色,又不墨守成规;既主动创新,又注意保持管理传统的优秀成份;既注意管理的国际化接轨,又坚持走自己的路。是真正回到企业的管理现实,强调自生能力,又面向未来求真务实的管理模式。

THANKINGSTORY:木匠的门

一个手艺极好的木匠给自家做了一扇门,用料实在,做工精良。

后来,门上的钉子锈了,木匠便找出钉子补上,门又完好如初,再后来门轴坏了,木匠一一修好……若干年后,这个门虽经无数次破损,但经过木匠的精心修理,仍坚固耐用,木匠对此甚是自豪。

有一天,邻居对木匠说:"你看看你们家的门!"木匠仔细一看,这才发觉自家的门虽还能用,确实残破不堪,而邻居家的门全都是式样新颖、质地优良。木匠先是纳闷,继而又禁不住笑了:"是自己的这门手艺阻碍了自家这扇门的发展。"

具备一门手艺很重要,但换一种思维更重要,行业上的造诣是一笔财富,但也是一扇封闭住自己的门。(摘自《故事会》2006 年 1 月上半月刊)

一孔之见

电信业时下充满不确定性,诱惑也很多,借鉴先进企业的经验成为一种流行,但是,对转型中的中国电信来说,最重要的是打开自己的那"扇门"。

第4章 转型主体

中国电信需要一批有着共同抱负,富有创造力和责任感,不畏惧任何艰难困境,具有科学精神和现实理性的转型人来引领中国电信完成转型的事业。这些人来自企业的领导人、一线的管理者和最广大的员工,他们最先完成自己的角色转换,不惜牺牲个人的既得利益,是新的生产力的代表,是中国电信转型的忠实实践者。

转型决不能成为权力的角力场。不能成为问题归结的借口,更不能自行其事。

每一位中国电信的员工都需要用心承诺:我们在成就中国电信的未来,同时也在成就我们自己。

1　观念、观念,还是观念

> 观念的改变在于管理者的身体力行,在于科学公正的制度,在于共同愿景的达成。

转型最大的障碍是观念的转变,对这个认识大家不会有什么不同意见,但也没有多少人会真当成一回事。为什么会是这样?因为大家不知道要转变和树立什么观念。实际上我们需要树立两个基本的观念。第一个观念,就是中国电信是一个企业,有两层含义:一是企业就要赚钱,这是作为企业存在的最基本要求,二是这个企业是我们共同的事业平台,我们一起在这个平台上做事,可以突破个人掌控资源的瓶颈,可产生协同价值,但是成本一定要低,这是在竞争的市场条件下这个平台可以持续存在下去的理由。第二个观念,就是中国电信的员工都是企业的员工,企业与员工的最基本关系就是在一定法律和约下的交易关系,我们能够持续留在企业的唯一理由就是使自己变得便宜,也就是要不断提高自己对企业的性价比(你为企业创造的价值与花费的成本的比值)。树立了这两个基本观念,在转型中各种各样不符合转型要求的观念转变就有了前提,但是由于长期以来我们在这两种基本观念上加载了太多历史的和人为的内涵,反而使本质的内涵难以确立。

观念难以转变还有两个基本理由。第一,理性预期形成的障碍。从经济人的理性选择来说,对于身在其中的每一位员工来说,对企业的任何一次变革,首先会在理解这场变革能给自身,能给自己所在的部门带来什么,来决定自己采取的态度,对其中的领导人员来说必定也会审视对自己权力的影响,因为,如果自己不幸出局,这场变革的意义再重大,也与自己没有多大关系。而在这场以转型为核心的变革中,决不可能是帕雷托式的改进(也就是人人都得到好处,没有人的利益受损)。

第二,潜在假设难以改变形成的障碍,左右我们的不仅仅有信息,更有假设。在《不可能思维:改变你的生活和你的企业》一书中,有这样一个案例:一家公司的副总裁雇用猎头,并通过一套系统化的搜寻过程为她的公司物色几位高层主管。但是,当她想找一位终生伴侣时,却跑到单身酒吧,寄希望于一场邂逅。她拥有一套在事业上非常有效的模式,但她却从来没有考虑过在个人生活方面也用一下这套模式。这是因为对于约会和个人生活,她有着不同的假设。如果她挑战一下这种假设,像别人一样,使用专业的约会服务和其他系统方法会怎么样呢?会产生多少新的机会呢?另一方面,作为公司招聘流程的一部分,和应聘者共进晚餐或一起喝上一杯可能要比正式的程式化面试更能深入了解应聘者。因此,所有假设都需要摆到桌上接受一下检验。在我们想改变一下生活方式的任何时候,都需要探究一番我们所有活动背后的思维模式。

另外拿四分钟跑完一英里这个例子来说。1954 年前,这被认为是人类无法跨越的体能极限,是不可能的。然后,罗杰·班尼斯特在英国田径场上突破了这一极限。之后三年内,又有 16 位选手突破了这一极限。是不是人类进化了?不。改变的是他们的思维。班尼斯特证明了这是可能的。我们认为,世上是有障碍,然而障碍更多地是存在于我们的头脑中。

过去几年来,由于固守 CD 发行专辑的旧模式,音乐产业损失了大笔收入。与之形成对照的是,苹果电脑对旧模式进行了重新思考,推出了 iPod 和每首歌售价 99 美分的 iTunes 业务,成为娱乐市场重量级的竞争者。面临快速、复杂的变化,理解力已成为经理们需要具备的一项关键技能。正如施乐的前首席科学家、帕罗埃图研究中心主任约翰·施雷·布朗(John Seely Brown)曾经说过的:"在旧世界,经理们生产产品;在新世界,经理们理解事物。"

在我们理解了观念难以改变的深层次原因以后,我们更加坚定地相信观念的改变在于管理者的身体力行,在于科学公正的制度,在于共同愿景的达成。

2　员工发展的变迁

中国改革开放以来,随着中国的高等教育规模不断扩大,以及中国经济进入产业结构调整剧烈的时期,大学生和研究生的就业形势愈来愈严峻,"天之骄子"不得不回到残酷的现实,降低自己的心理价位,来谋求一个并不满意的职业。但是他们还是应该感到幸运,因为他们可以自由选择:你可以不到你不想去的单位,你可以自己创业,你可以继续深造,但是你必须为自己的选择负责。

> 中国电信转型的一个深刻内涵就是以人为本,这个本就是发展动力的变迁。

在解放个人生产力上取得的巨大成就是中国改革开放事业成功的根本标志之一,也是改革开放事业可以持续的基础。一个人在社会经济生活中的价值与地位由主要是由"先赋因素"来决定向主要是由"后天努力"来决定转变。

"先赋因素"指一个人与生俱来的、不经后天努力就具有的因素,比如,一个人的年龄、性别,又如一个人的家庭出身、出生地、户口类别等显然是典型的"先赋"指标。

以先赋因素来确认人的身份地位,这样一种体制的最大特点就是讲究等级、秩序。当这种身份得到了法律、法规的认可以后,各身份群体也就难以越轨,没有了跨越身份界限的非分之想。每一个人都被定位在一定的等级上,整个体制井然有序。此种体制的最大弊端是束缚社会成员的活力和积极性,因为,它将每一个人定位在先天决定的身份体系上,人们很难突破此种先天的限制、很难超越级别。在此种体制下,人们的后天努力与地位变迁没有太大的联系,因此,这是一种缺少公平竞争机会的体制。在计划体制下,作为经济关系主体的个体经济、集体经济、特别是国营经济,无不受到国家的严格控制,缺乏独立、自由和平等的属性。它们同国家的关系，主要表现为行政上的领导与被领导、指挥与服从的关系。计划体制的"计划身份"则取决于国家权力科层制的具体级别。计划体制将整个社会构造成一个超大型的科层制结构，在其顶端是权力中心，它通过自上而下的权力分布网，逐级控制数量递增的下属层次。于是，政府将所有的人编入一个庞大的科层体系，并固定他们各自的位置和角色。这样便有了各种各样的"计划身份"。例如，城里人与乡下人、干部与群众、国营与私营、单位与个人。不同的身份有不同的权利和义务，而"公有"身份享有特权，"私有"身份却不被承认或受到歧视。各种"身份"所享有的差别性的权利和义务都是预先给定的，个人没有选择的权力。

随着市场经济的发展，原来严重束缚个人自由的户籍制度有所松动及与此相应的"城里人"的特殊福利的逐渐减少，正在打破"城里人"与"乡下人"的差别。随着国企改革的深入，企业对国家的依附也松动了，当国有企业不再具有特别的优势地位之后，个人对单位的依附也随之减弱，蓬勃发展的私人企业和社会保险业亦对这一趋势起着推波助澜的作用。社会主义经济体制从计划经济向市场经济的转型，改变了原先那种单一的单位隶属关系，而赋予社会经济主体和个人在经济活动上以合法的自主权和自由权，他们相互间的社会交往关系是通过契约关系来实现的。

取代传统的先天身份指标，人们通过后天努力获得的文凭、学历、技术证书等作为社会屏蔽和筛选的功能越来越突出。自1977年我国恢复高考以来，文凭、学历就在社会地位的区分中起到愈来愈重要的作用。80年代以来，中央在制定干部提升的标准上也强调学历的重要性，没有高等学历的一般都得不到提升。80年代中期以后，我国正式恢复了学位制度，建立了学士、硕士、博士等一系列学位体制，90年代以来又逐步建立了一系列的技术证书制度，如会计证书、律师证书、资产评估员证书等等。中国进入WTO以后，预计与国际接轨的技术证书将愈来愈成为社会地位区分的基本依据。今天在很多企业中这些基本依据已经不能满足区分的要求，人们的职业积累和能力成为更为重要的依据。

一般来说，竞争能产生一种非合同式的"隐含激励"，这种隐含激励来自两个方面的动力：第一是信息动力。竞争可以让竞争者的能力与努力程度的信息更加充分公开，从而做到对竞争者更有效的监督和激励，实际上公开本身就是一种激励,驱动经济的根本动力就在于此。第二是生存动力。完善的竞争产生两种结局:"生"与"死"。竞争者为了生存,在竞争面前只能发奋努力,提高自身实力。

当人们在社会经济生活中的价值与地位可以通过后天的努力来获得的时候,人自身爆发的空前的积极性、主动性和创造性就超出了我们的想象,当人们的权力与义务可以通过自由订立协定来创设的时候,为以法律契约关系来调节人们之间关系的法制社会奠定了根本的基础。人与人之间关系的法律规定是以人为本的制度保证。知识与财富在确立人们在社会经济生活中的价值与地位的作用越来越强,为以人为本的经济增长预设了广阔的空间。

以人为本就在于人们能够越来越多地发现自己的本质,找到值得自己一生奋斗的目标。每个人都有寻找自身价值的权利,都能通过自己的努力,充分发挥自己的潜力,取得自己的人生成就。

中国电信的转型之本就在于此,成功的转型必须首先改变员工成功的要素,使转型的事业能够成为有志员工成就职业理想的平台,使转型能够通过造就一支队伍保证转型事业的完成。

3 转型人的特征

> 中国电信的转型是主动寻求转换自己的产业角色,对身在其中的员工毫无疑问也需要顺势改变。

无论一个企业引入了多么现代的管理制度和管理方法,也无论这个企业如何借鉴先进企业的管理经验,如果执行这些制度并使之付诸实施的那些员工,没有从观念和行动上实现转型,真正投身和推动转型事业,那么,企业的转型就很难获得成功。

我们的信念是,实施转型的企业鼓励了一种特殊类型人的发展,而从事转型的企业要使转型工作有效运行也十分需要这种类型的人。那么转型人究竟要具备那些品质和特征?具备这些特征的人能够突破自己的传统角色锁定,在转型的大格局中重新确立自己的价值定位。

(1)自觉的意识:"要我转"变为"我要转"

只有当每位员工充分认识到转型是关系中国电信未来发展的大问题,是这一代电信人需要承诺的使命,并且转型成为每位员工主动积极的自我行为,准备和乐于接受转型所带来的变化时才能获得真正的成功。首先应该是各级领导人的转型,加强培训,讲清道理只是解决了一个转型启动的问题,实际上道理清楚的事情要做好并非是一件容易的事,我们都有过求学经历,有时候,我们就是管不住自己,并不是不懂道理,也不是智商有多大的差异,但往往几年下来学习的结果会有很大的不同。自觉意识的强弱往往和职位高低、知识的拥有程度并没有很强的相关性。转型成本越低的人自觉意识往往越强。自觉意识的突出表现不是等待别人"要我转",而是"我要转",并且能把这种意识持续地体现到具体的工作中。

(2)疏离的意识:转型人通常能够脱离自己的现有岗位看待转型,能够跳出本部门、本单位的利益来理解转型,并能够根据转型需要重新定位。而不是站在自己的"一亩三分地"上来看待转型。站在不同的角度看待转型会有完全不同的视野,当然这是说起来容易做起来难的事。

(3)挑战自我的意识:转型人认识到,转型对每一个人都是一场自我革命,都是一场挑战中寻求机遇的职业重塑过程,是一个放弃已有"舒适区"的痛苦过程。转型人勇于突破"说到做不到"的转型瓶颈:人人都支持转型,但是都希望不要转到自己,特别是不希望给自己带来太大的损害。转型人能够透过转型引起个人变化的表面现象,寻找到真正的自我,从而把自己的职业诉求、价值观、利益诉求,与转型实现新的契合。

(4)科学理性的意识:转型人一般具有科学理性看待转型的能力,理解企业转型对知识更新、资源重新配置和地位变化的必然要求。能够深入理解转型对于中国电信未来的深层次意义,所持的积极参与和支持转型态度具有科学理性的基础,因而是可持续的。转型或策略有正确的答案吗?与其问出正确答案,不如先问你自己是否相信转型对于公司成长的重要性?同样一套转型建议,在不同公司为何会产生不同的效果,这往往是因为公司的转型内化不足,光有模式建议是不会有效的,而善于内化转型的公司都是首先充分相信转型的逻辑,而不是非要等看到转型的结果。而实际上往往是如果我们不相信转型的逻辑,也很难达到我们希望达到的转型结果。因为如果不相信转型逻辑,我们就会在转型过程中遇到困难时找出一百个理由来反对转型。

(5)坚忍不拔的意识:转型人能够充分认识到转型的艰难困苦,知道转型决不是可以一蹴而就的,有打持久战的思想准备。在此过程中,失败与挫折是在所难免的,但是转型人把失败与挫折接受为转型的必不可少的要素。对于中国电信这样一个大型企业集团没有一套严密的规则与流程就会使企业遭遇风险,为此,一方面企业要不断优化流程,另一方面,每一个员工都要与时俱进,不断学习,努力实践,正可谓熟能生巧,而不是一遇到困难就归咎于外。转型人可以理解暂时的利益调整、工作波动和风险增加,对不确定性也有较强的承受能力。

(6) 成功的意识:转型人对转型的未来充满信心,坚定中国电信的转型一定能够成功。当一项事业需要在未来一段较长的时期内通过持续努力来完成的时候,坚定的成功信念就成为积聚过去的积累、现在的努力、未来的预期于一体获得突破的成功关键。因为在现实的环境中,失败与成功的力量对比并不是那么显而易见,成功往往需要艰苦卓越的努力才能获得,在转型时期,无论对个人还是对企业强烈的成功意识都是非常需要的。

具备了这六种意识的人,我们认为就具备了"转型人"的基本特征。在中国电信转型的风雨历程中,这些特征经过磨砺会愈加像六颗闪闪的宝石镶嵌在中国电信转型的大厦上,同时也是我们更深刻地理解中国电信的转型在成就企业的同时,也是成就一批人的"熔炉",这应该是中国电信转型更深层次的意义所在。

THANKINGSTORY:敬畏痛苦

印度有一个青年叫萨丹,他很小就染上了麻风病。幸运的是他无意中结识了一位来家乡马德拉斯传教行医的传教士医生保罗·布兰迪,两人成了忘年交。从此,好心的布兰迪医生便把萨丹带在身边,无微不至地照顾他。几年后的一个夏天,萨丹想回家过个周末,一是探望家人,二是想看看自己独立生活的可能性。

由于麻风病的原因,萨丹的神经末梢对外界的刺激没有感觉,无法感到疼痛。临行前,布兰迪医生告诫他,对陌生环境中的危害要格外小心。一切准备就绪,萨丹登上了开往马德拉斯的火车。

星期六晚上,和亲戚朋友尽兴而散的萨丹,回到自己曾住过的房间,一头倒在草铺上,沉沉地睡着了。第二天早晨一醒来,萨丹做的第一件事就是仔细检查全身。因为永远无法感知痛苦,随时随地检查自己是他唯一可以判断危险、保护自己的办法，多年来萨丹已经养成了这个习惯。检查的结果让他大吃一惊，萨丹发现自己左手的食指血肉模糊。原来这个房间年久失修，他熟睡时，有只老鼠从墙洞里钻出来，竟然把萨丹的手指当成夜宵。但由于感觉不到疼痛，萨丹连一只小老鼠都抵御不了。

周日晚上，萨丹不敢掉以轻心，他整夜盘腿坐在草铺上，背靠着墙，借着油灯的光看书。破晓时分，他的眼皮越来越沉重。终于再也抵挡不住疲倦，萨丹头一歪睡着了。几小时后，萨丹被家人的叫声惊醒。原来他的右手滑到了盛灯油的碗里，手背上皮肉都被烧焦了。幸亏油灯的油所剩不多，又被家人及时发现，否则连他本人也会葬身火海。看到这一切，萨丹失意地告别了亲人，双手缠着绷带离开了自己的家乡马德拉斯。

萨丹回来后，布兰边医生为他清理伤口，布兰边忍不住失声痛哭。令布兰迪医生更为伤心的是，因为没有感知痛苦的能力，萨丹最渴望的自由被剥夺了。

事情就是这样，当我们在痛苦中挣扎，抱怨上苍不公，甚至满怀怨艾与愤懑时，我们是否想过，没有痛苦，面对伤害，麻木不仁，就无法知道危险的存在，就难以趋利避害。没有痛苦，就没有自由，也就会失去安康和幸福。这便是痛苦的真谛，这也是我们敬畏痛苦的理由。

一孔之见

转型中的角色转换难免经历一个痛苦的过程，但是敬畏痛苦、感知痛苦也有成长的理由。

第5章 转型的经验比较

如果我们跳出电信行业,来审视一下其他的行业,我们会发现地球上决不是只有电信企业正处在转型的征途上,电信企业也不是转型先锋,跨行业视角拓展了对中国电信自身转型的认识。

要比较,就需要放在统一的框架下来审视,这个统一的框架要素包括:转型动因、转型标志性事件、主导商业模式转变、转型持续时间、转型特征、转型成功标志和转型关键因素。

当我们了解了:

IT业领军企业的潮起潮落;

中国银行业的转型困境;

中国房地产业的转型阵痛;

国际同行的"所作所为";

GOOGLE与微软的终极竞争。

我们就会更深刻地理解中国电信转型所具有的时代内涵和沉重的使命。

1　IT企业的转型

在IT业的转型通道上,IBM走在最前列,苹果紧随其后。惠普和联想属于第二集团,柯达则处于转型的阵痛中。

(表5-1—表5-5所载数据和资料均根据公司年报和公开资料整理)

表5-1　IBM:应需而动

转型的动因	◆大型机的利润急剧下降。在新兴的PC行业,Intel和Microsoft处于统治地位,IBM丧失了以往业界的领先优势。 ◆1993年,IBM总收入627亿美元,净亏损81亿美元。 ◆转型前IBM以技术和产品驱动,不适应商业环境的变化。 ◆IBM预计到,硬件将日趋商品化,未来的利润将来自服务和软件。

转型的标志性事件	◆1995 年,成立软件集团。之后,先后收购了 Lotus、Tivoli 等知名软件公司。 ◆1997 年,启动电子商务战略。 ◆2002 年,35 亿美元收购普华永道(PwCC)咨询部门,成为世界最大的咨询服务机构。 ◆2004 年,将 PC 业务卖给联想,退出 PC 产品提供领域。 ◆2005 年,重组全球服务部门,加快进军商业流程外包(BPO)市场的步伐。
主导商业模式的转变	◆由原有的硬件销售的商业模式转型为提供解决方案、咨询服务以及业务流程外包服务的商业模式。
转型持续时间	◆从 1993 年新任 CEO 郭士纳上任算起,经历了 10 年左右时间,第一轮转型基本成功。
转型的特征	◆由技术到服务——由一家极度推崇技术的企业转变为以客户为导向的服务型企业。 ◆并购——通过并购 Lotus、PwCC 等相关领域知名企业,实现快速转型。 ◆瞄准高价值——向新的高价值服务领域转型,舍弃低价值低利润领域。
转型成功标志	◆2004 年,IBM 的服务收入占总收入的 48%,而硬件收入占 32%。而 1993 年,IBM 的服务收入占 27%,硬件收入则占了 49%。 ◆1993 年到 2004 年,IBM 总收入由 627 亿美元增长至 963 亿美元。
转型关键因素	◆CEO——1993 年上任的 CEO 郭士纳对蓝色巨人的转型起到决定作用。 ◆客户为导向——由以产品为中心的组织架构转变为面向客户的组织架构。 ◆取舍得当——在新领域的并购基本成功,敢于果断舍弃低价值领域。战略明晰,执行坚决。

表 5 − 2　惠普:并购之道

转型的动因	◆90 年代中后期,优厚的工作条件在公司内部培育出安于现状、无所事事的风气,惠普的业绩开始下滑。 ◆进入 90 年代中后期,惠普的收入和利润增长逐渐放缓。1998 年收入 471 亿美元,同比增幅 9.7%,而 1997、1996 年的增幅分别为 12% 和 22%;1998 年净收益 29.5 亿美元,第一次出现同比下降,降幅为 5.6%。 ◆惠普面临来自戴尔等 IT 制造销售商的严峻挑战。 ◆董事会希望找到一位果断并且能够促进销售的领导者带领惠普转型,改变"惠普之道"。
转型的标志性事件	◆1999 年,卡莉·菲奥莉娜空降成为惠普的 CEO,着手对"惠普之道"进行改造。 ◆2001 年,惠普成立一个新的业务单元,主要业务包括咨询、外包、培训和解决方案。 ◆2002 年,惠普和康柏正式合并,开始以一个统一的公司运作。 ◆2003 年,惠普推出"Adaptive Enterprise"战略,帮助企业管理变革,从 IT 投资中获得更多收益。同年,惠普发布针对中小企业的全球解决方案。 ◆2004 年,惠普宣布数字娱乐战略。一系列的产品和合作瞄准改变人们体验音乐、电影、电视、照片和数字娱乐内容的方式。
主导商业模式的转变	◆HP 由一个 IT 领域的产品提供商逐步向基于 IT 产品的咨询、业务外包、服务和解决方案提供商转变,并不断向新兴的市场和领域(如发展中国家市场和电子出版、数字影像和娱乐等领域)延伸和扩张。
转型持续时间	◆1990 年代中后期开始,至今有七八年时间,仍在转型中。
转型的特征	◆并购——企图以并购推动转型。 ◆咨询和服务——从提供产品转向提供基于 IT 产品的咨询、服务和解决方案。 ◆新兴领域——向新兴的高增长领域扩张(如消费者电子、娱乐、中小企业)。

转型成功标志	◆至今仍未获成功。
转型关键因素	◆公司的领导层——尤其是 CEO 起到了决定作用。 ◆战略执行力——仅战略方向正确还不够,还需要有效实施的战略执行力。

表 5 - 3 苹果公司:iPod + iTunes

转型的动因	◆90 年代,苹果公司的个人电脑市场占有率一路萎缩至 2%,购买苹果电脑的企业,不过是拿来处理影像编辑和文件设计。 ◆苹果公司的销售额及收益一路下滑,销售额最低跌至鼎盛时期的一半。 ◆苹果公司 2001 财年收入为 53.6 亿美元,同比下降了 32.8%。收益状况则由上年的净收益 7.9 亿美元,变为净亏损 2500 万美元,经营陷入困境。
转型的标志性事件	◆1997 年,苹果公司请回了 1986 年离开的创办人乔布斯,展开以软件为主轴的苹果电脑振兴计划。 ◆2001 年 10 月,苹果公司推出了使用笔记本电脑硬盘的 MP3 - iPod。之后,苹果公司的 iTunes 网上音乐商店也开张营业。
主导商业模式的转变	◆由 PC 的制造销售和相关软件开发和服务提供,转变为着眼于为用户提供数字化生活方式,让用户能更方便地收听和收看音频及视频信息,为用户提供最好的个人计算和音乐体验。 ◆iPod + iTunes 在线音乐商店,使用户能够方便地获取最新的音乐,并随身携带、随时收听,改变了个人电脑、消费电子产品、音乐三种产业的游戏规则。
转型持续时间	◆以 2001 年推出 iPod 作为转型起点,用了 3~4 年时间,苹果公司已成功由计算机销售商转型为消费电子产品和服务提供商。
转型的特征	◆改变了原有游戏规则——将大众媒体转为个人化媒体,取得了远远超出预期的发展。 ◆塑造和围绕核心竞争力——以软件为主轴,硬件和软件完美结合。

转型成功标志	◆2005 财年的前三个季度,iPod 销售量超过 1600 万台,同比增长 569%,而之前 iPod 的累计销售量为 570 万台。 ◆iPod 及其他音乐产品和服务的净销售额达到 39.62 亿美元,同比增长 318%,占了苹果公司总销售收入的 38.6%。 ◆苹果公司经营业绩强劲上升,前三季度净销售额达到 102.5 亿美元,超过 04 年全年的销售额,同比上升 72.9%;净收益达到 9.05 亿美元,同比上升 432%。
转型关键因素	◆领导人——苹果电脑的 CEO 乔布斯,被《从优秀到卓越》的作者柯林斯誉为"商界贝多芬"。 ◆商业模式——iPod + iTunes 在线音乐商店的商业模式。 ◆核心竞争力——乔布斯认为,好用的软件,是打开硬件商机的关键,也是苹果公司能重回主流市场的要素。

表 5-4　柯达:难以承受技术之重

转型的动因	◆从上世纪末开始,数码相机和可拍照手机等在数码领域的技术革命,在某种意义上几乎给传统影像业务带来灭顶之灾。柯达面临关系生死存亡的挑战。 ◆从 2000 到 2002 年,柯达的营业利润从 14 亿美元减少到 7 亿,足足 51% 的下降,原因直指胶片产品销售额的降低。 ◆2003 年,柯达净销售收入 133 亿美元,仅比上年增长 3.8%,而净利润则减少了 66%,仅为 2.7 亿美元。 ◆而柯达数码相机的处境也极为不妙:IDC 的数据显示,2002 年索尼以 550 万台的销量位居全球市场第一,富士数码相机也卖出了 400 万台,而柯达,只有 280 万台。
转型的标志性事件	◆2003 年 9 月,柯达宣布今后将不再继续投资传统的胶片业务领域,业务重心将转向数码产品领域,开始了数码转型之路。 ◆从 2004 年 1 月开始,柯达将在全球裁员 22500 到 25000 人。 ◆熟悉数码业务的原惠普高管彭安东接替在柯达工作 35 年的老臣邓凯达成为新任 CEO。

转型的标志性事件	◆为达到 2006 年年收入 160 亿美元的目标,柯达将在投资和并购上花费 30 亿美元。柯达收购了分别在医疗领域、商业印刷领域、娱乐影像领域均处于领先地位的多家公司。
主导商业模式的转变	◆由传统影像产品提供模式转为数码产品和服务提供模式。柯达预期,数码业务在 2006 年占到其总销售额的 60%,而传统的成像产品业务将由 2003 年占销售额的 70% 降低至 40%。
转型持续时间	◆2003 年 9 月宣布转型,至今有 2 年时间,仍在转型之中。
转型的特征	◆全面转型——民用、商用和医疗影像市场的数码化并举。 ◆并购重组——通过并购和重组实现向数码领域的转型。 ◆成本控制——压缩传统业务投入,执行新的成本控制战略。
转型成功标志	◆取得初步成效:2005 年 6 月的当月数码业务收入首次超过传统业务收入,预计全年数码业务收入将超过传统业务收入。 ◆仍未获最终成功。
转型关键因素	◆人事调整——从竞争对手处挖来多名高管,担任重要职位;高层换帅,CEO 更替。 ◆中国市场战略——柯达在中国胶卷市场份额几乎达到垄断,95% 数码相机在中国生产。加大中国市场的战略投入和运作力度,成为柯达转型的决定性步骤。 ◆新的赢利点——柯达在数码相机领域已不可能实现在传统领域的辉煌,因此在数码输出设备、数码输出相纸等领域积极开辟市场竞争的新战线。

表 5-5 联想:借船出海

转型的动因	◆IBM 个人电脑部门连续 3 年半处于亏损状况。2001、2002、2003 年分别亏损 3.97 亿、1.71 亿和 2.58 亿美元,2004 年上半年亏损 1.39 亿美元。

转型的动因	◆出售前,IBM 的个人电脑业务约占其总销售额的 10%,但利润非常有限。美国摩根士丹利公司估计,IBM 的个人电脑业务对该公司的每股盈利贡献率不到 1%。 ◆IBM 主动提出由联想收购其 PC 业务。 ◆自 2000 年联想集团分拆之后,联想的收入规模近年来一直在 200 多亿港币左右徘徊不前。2005 年 3 月 31 日截至的财年中,联想运营收入 226 亿港币,同比减少 2.7%,净利润 10.9 亿港币,同比增加 7.6%。 ◆联想面临国内 PC 市场的竞争压力日益增大,希望通过扩张打破地域限制,实现规模发展。但 2001 年提出的 3 年国际化战略并没有取得成效。
转型的标志性事件	◆2005 年 5 月,联想正式宣布完成对 IBM 全球 PC 业务的收购,交易代价为 6.5 亿美元现金,6 亿美元联想股票和 5 亿美元净债务。 ◆原 IBM 个人系统集团的资深副总裁沃德被任命为联想新的 CEO,杨元庆接替柳传志任联想董事会主席。新联想集团总部设在纽约 Purchase。
主导商业模式的转变	◆联想 PC 的合并年收入将达约 130 亿美元,年销售 PC 约为 1400 万台。联想实现规模化运营,在品牌和采购方面获得优势。 ◆IBM 与联想将结成独特的营销与服务联盟,联想的 PC 将通过 IBM 遍布世界的分销网络进行销售。
转型持续时间	◆2005 年开始
转型的特征	◆外力——由外力推动发起(IBM 主动提出出售 PC)。 ◆并购——以并购实现全球扩张,规模化运作。
转型成功标志	◆转型刚刚起步,成功与否有待时间考验。
转型关键因素	◆整合——两家公司在渠道、文化、人员等方面的整合。 ◆盈利——收购的 IBM PC 业务实现盈利。 ◆风险——财务风险和全球化金融风险的控制。 ◆协同——降低成本,协同效应的产生。

2 中国银行业的转型

> 中国银行业的转型重点在于提高零售业务和中间业务的比重,从主要为"大客户"服务向更加重视"公众客户"转变。

经营战略从重点发展高资本消耗的业务向重点发展低资本消耗业务转变是中国银行业转型的重点。实质上就是在业务结构中逐步提高零售业务和中间业务的比重。

资本严重不足是我国银行业存在的突出问题。即使按照较为宽松的原资本监管口径计算,我国商业银行的资本充足率水平与国际银行业比较明显偏低。根据有关资料估算,2003 年底,我国主要银行业金融机构的加权平均资本充足率为 5.75% 左右,其中,3 家政策性银行、4 家国有商业银行和 11 家股份制商业银行(不包括浙商银行)的平均资本充足率分别为 6.0%、5.3% 和 7.4%,低于 8% 的最低监管要求,与国际活跃银行通常 12% 左右的资本充足率相比,更显不足。

当前我国商业银行出现如此之大的资本缺口,是与传统的片面追求规模的增长方式分不开的。这主要体现在以下三个方面:

(1) 信贷规模的过快增长消耗了大量资本。我国商业银行的信贷规模一直保持了较快的增长速度。1999～2003 年间,我国 14 家全国性商业银行贷款每年平均增长 16.35%,平均高出 GDP 增长率 8.41 个百分点;10 家股份制商业银行贷款每年平均增长 33.82%,平均高出 GDP 增长率 25.88 个百分点。但是,银行资本的增长速度却始终未能及时跟上信贷规模的扩张速度,从而出现了较大的资本缺口。以上市银行为例,由于规模的快速扩张,通过上市获得的充足的资本,很快就被贷款消耗掉,资本充足率水平在上市后不久就又重新跌回到或接近上市前的低水平。

(2) 信贷结构的不合理加剧了银行资本的消耗速度。资产规模与资本净额的配比关系并不是固定的量,而是与资产结构有着密切的关系。由于各类资产业务的风险权重不同,其所需要的资本也就不同。其中,批发性企业贷款对资本的需求最高,其风险权重基本上为 100%;消费信贷对资本需求比较低,其风险权重只有 50%;政府债券对资本没有需求,其风险权重为零。从我国商业银行金融机构的资产负债结构看,2004 年 6 月底,批发性公司贷款高达 16 万亿元,占自营贷款的 90%,占资产总额的 56%;而消费信贷只有 1.8 万亿元,占自营贷款的 10%,占资产总额的 6%.由于批发性公司贷款在我国商业银行信贷中占主要比重,成为推动风险资产快速增长的主要动力,在资本补充有限的情况下,资本充足率于是快速下降。

(3) 较为严重的不良资产严重侵蚀了银行资本。由于批发性对公信贷业务过多地受制度性因素、政策性因素和经济周期的影响,其风险比消费信贷要高得多,这使得我国商业银行的资产质量普遍较差。根据中国银监会的统计数据,2003 年底,我国主要商业银行金融机构的不良贷款率高达 17.8%.如果按照中国人民银行的监管指引对不良资产进行拨备,则我国主要商业银行金融机构需要计提呆账准备金 1.6 万亿元。同时,我国主要商业银行金融机构存在着巨额的非信贷资产损失,至少要计提 6000 亿元以上的其他准备。按照原资本监管口径计算,专项准备和其他准备可以全部计入银行资本;但按照新资本监管口径计算,这些不良拨备不能计入银行资本,并且未提足部分也要从资本净额中扣减,这使得不良资产直接形成了对银行资本的损耗。

中国银行业要走一条资本节约型的发展新路子,必须牢固树立风险资本和风险资本管理的观念。同时需要加快业务转型,大力拓展低资本消耗的非传统的银行业务,积极调整传统的银行业务结构。

(1) 大力发展零售银行业务。从历史上看,商业银行在很长一段时期内是以企业尤其是大企业为主要服务对象的。20 世纪 70 年代以来,零售业务受到了国际银行业的普遍重视并得以迅速发展,现在已经成为银行发展的重点领域和利润增长的主要来源。在当前发达国家和地区的商业银行中,零售银行业务的比重通常都在 50% 以上。相比于批发银行业务,零售银行业务具有以下两个鲜明特点:a) 风险比较分散,资本占用比较少。零售业务的客户对象众多且分布广泛,经营风险能够得以有效拆分,信贷风险集中暴露的概率一般来讲要低于批发业务,因此风险资产权重在整体上低于批发业务,资本消耗比较低,一定的资本数量可以推动更大的零售业务规模。b) 盈利空间比较大。消费信贷,信用卡贷款等业务都是以抵押贷款为主,并且大都是针对具有稳定收入来源的居民家庭,同时以零售业务客户为基础的银行中间业务大都实行固定费率制,能够带来稳定的收入;零售业务是构成现代商业银行综合化经营的基础,客户分布广,社会影响比较大,容易扩大业务覆盖面;零售业务资产负债匹配和管理的空间比较大,资源配置的平台比较宽,因此具有较强的溢价能力。因此,加快发展零售业务,符合现代商业银行的发展规律,也是银行节约使用资本的内在要求。近年来,随着居民收入水平的不断提高以及金融消费能力的不断增长,我国零售银行业务发展迅速,但与发达国家相比还有很大的差距。加快发展零售业务,对我国银行业来说是任重而道远。

（2）大力发展中间业务,提高银行的非利息收入比重。中间业务占用的银行资本最少,也是当今国际银行业发展较快的业务。我国商业银行目前主要依赖高资本消耗的存贷款净利差收入,而低资本消耗的中间业务收入比重普遍偏低。2003 年底,我国 14 家全国性商业银行的中间业务收入比重只有 4.76%. 我国商业银行中间业务品种传统、附加值不高,收入主要来源于传统的支付结算、结售汇、银行卡、代客外汇买卖、承兑汇票等中间业务,其中,国际结算、结售汇、票据结算在对公中间业务收入中占大头,对私中间业务收入主要来源于个人汇兑业务、信用卡业务和 POS 业务,真正通过品牌效应来实现收入增长的业务很少。为此,我国商业银行必须大力拓展中间业务,实现基本赢利模式从存贷差占绝对优势转向存贷利差和中间业务并重的轨道上来。（主要内容摘自:战略调整:中国商业银行发展的路径选择,《新华文摘》2005 年第 8 期,作者马蔚华）

3 中国房地产业的转型

在房地产业快速增长的时期,香港模式大行其道,而当房地产业进入调整期时,经历了非理性发展的房地产商不知是否有兴趣和能力向美国模式转变。

万通集团董事长冯仑,有着地产思想家的别名。十年来,冯不仅把高端产品"万通新新"系列搞得风风火火,还挤出时间空中穿梭,四海传道。冯仑认为,房地产开发的全部流程,从买地、建造、卖房、管理都由一家开发商独立完成,这种地产界的香港模式已被认为不符合中国今日之国情,万通、万科等一批房地产商准备或已经着手转型,我们的方向是:美国模式。

实际上,经营模式向何处去的话题,已经在万通地产内部讨论了 3 年多。万通已经经历过两次生死大劫了。第一次是在海南的房地产淘金热中,万通就预感到形势将会不妙,于是跑到北京发展,幸好跑得快,算是躲过了一劫。

1993年底,北京万通开发的第一个地产项目———万通新世界广场,在北京第一个采用销售代理商的方式销售,以每平方米3000美元的价格一举销售成功,万通地产自此在北京一举成名。但是好景不长,随着房地产业在全国迅速发展,国家为了控制房地产过热现象,发布政策抑制房地产业发展,国内房地产业顿显萧条景象,万通同样遭遇困境。

虽然每次都因为市场策略操作成功,万通逃过生死大劫,但是为什么万通总要随着经济周期的波动经受炼狱呢?

我们发现,全国近3万家房地产商几乎都在用一种方式在做生意,那就是香港模式。所谓香港模式,简单地说,就是房地产开发的全部流程,从买地、建造、卖房、管理都由一家开发商独立完成。通常房子建好后,地产公司不持有物业,直接出售,只有当房子出售情况不理想时,才改为出租物业。

据估算,由于全部流程由一家开发商完成,如果在北京做一个30万平方米的项目从最初筹划到最后全部完成,时间往往拖延数年之久,占用资金量极大,如果任何一个环节出现问题,或者恰逢经济周期的低谷,都会造成资金运转不灵,房地产公司很容易遭受致命打击,从此一蹶不振,很多烂尾楼就是如此形成的。

因此,万通的经验和教训是具有普遍性的。香港模式已经不能适应目前阶段的房地产开发和经济发展的现状,这是房地产行业规避风险周期的需要。

高度专业化和产品单一化作业、在细分市场上逞强的美国模式:专业细化+金融工具(REITS),在中国是可以生根的。

美国房地产业是一种专业化细分,加上发达的不动产金融服务的模式。美国模式强调房地产开发的所有环节应由不同的专业公司来共同完成,比如房地产投资公司只负责融资投资项目,项目开发则由专业开发公司建造,其他销售和物业等环节也由不同公司完成。生产的产品在确定开发时,就已经确定是用于出售或是出租等不同的目的,产品范围也相应有所限制,不同公司根据自己的专业特长分别生产住宅、写字楼、公寓等不同的产品。专业化细分是中国房地产未来的发展方向。

在美国,融资方式除银行提供贷款外,还依靠退休基金、不动产信贷等多种金融工具等综合运用,全国大多数人都可以通过不同方式参与房地产的投资。由于全民参与化解了资金高度集中带来的危险,也容易抵御由经济周期带来风险。

万通未来蓝图是只专注于投资房地产领域。原先是拿土地——开发——销售——服务的串联方式，现在我们改为房屋——土地——商用物业——土地的并联方式，分为住宅建设、土地开发、商业物业、定制服务等四个事业部开展这四个领域的经营。

现在国内房地产上市公司的负债率平均在 70% 以上，而香港前五大上市公司基本在 30%～40%。房地产开发的一个完整流程被分解成很多小的流程以后，每个小流程完成的时间大为缩短，万通不同的事业部分别只用在短时间内经营不同的业务，大大缩短了资金周转的时间，促进资金变现的速度和降低各环节的风险。如果万通的收入有 50% 以上来自租金与服务收入，那么经济波动只会减少利润，但是不会有致命问题，这样万通会把财务综合的负债率降到 30% 左右。我们在 3 年以内会把长期收租和土地服务的收入提高到 50% 以上。

"地产定制"意味着中国房地产商业模式的一场变革，也意味着房地产行业的分工将更加科学，更加专业。

"个性化定制"是根据客户的需求，为其提供的从寻找土地到设计、施工、财务安排直至交付使用等一系列量身定制式服务。定制的物业形式可以是独立住宅，也可以是办公、商业、学校、酒店等各种独立物业形式。万通下属的"万通筑屋"公司按照客户要求提供定制的独立住宅，预算和房子的风格要求由客户提供，万通只负责按照施工建造，建好后收取总造价 15% 的服务费，此外还有开发、管理、服务的输出，也就是为不具备开发能力的企业提供这种输出服务，收取服务费。

以首家专业地产服务商形象出现的万通筑屋为中国的地产服务提供了崭新的商业模式：其一，独立住宅个性化定制与服务，例如根据开发商的要求寻找客户、按客户需求寻找土地、对客户进行房屋个性化设计、投资测算及理财服务、独立住宅建造、不动产经营服务等。其二，个性化物业定制与服务，包括企事业单位办公住所的定制、低密度高舒适度的独立或集合功能的建筑群定制等。

以上内容是根据 2003 年 11 月 18 日深圳新闻网采访冯仑的资料整理，我们之所以用两年前的资料，是因为这些观点在房地产业非理性的发展时期透着冷静与理性,也预示了中国房地产业转型的可能选择,有利于资源节约和规避经济周期风险的美国模式:专业细化+金融工具看来是一个可借鉴的模式,只是这种转型需要花多长时间还难以回答。

4 国际电信运营商的转型

在20世纪末和本世纪初的几年中,随着第一次互联网泡沫的破裂,在世界范围内主要电信企业都遭到了重创。在北美,受到光纤传输容量增长的"莫尔定律"的影响,巨额资金被埋入地下;在欧洲大陆,受3G业务的诱惑,主要运营商都把巨资投在购买3G牌照上。此外,在国际化和业务综合化的探索上也遭到了重创。表现在股市上,电信企业的市值一泻千里,与最高点相比缩水超过了90%。于是世界上主要电信运营企业都纷纷在冬天里开始了转型的征程。(以下表中资料根据相应公司年报和公开资料整理)

法国电信:NExT之路

转型的动因	◆1998年,法国电信市场开放后,法国电信(FT)面临新对手的激烈竞争,其国际和国内长话收入和份额连年下降。 ◆其经营的子公司(Orange、Equant等)由于缺少协同效应,客户界面复杂,发布捆绑业务的速度慢等原因,在各自的领域或亏损,或面临恶劣的竞争环境。 ◆2002年,法国电信收入466亿欧元,较上年增长8.4%。但全球扩张和3G牌照使法国电信背上了沉重的负担,法国电信当年的净亏损达到207亿欧元,净债务高达680亿欧元。
转型的标志性事件	◆FT在2002年宣布Ambition 2005计划,将通过一系列的战略转型举措,融合旗下各子公司的业务,重新成为全业务的、欧洲领先的运营商。 ◆2003年,FT收购旗下经营移动业务的子公司Orange。 ◆2004年,FT收购旗下经营互联网服务的子公司Wanadoo。 ◆2005年,FT收购旗下经营数据服务的子公司Equant。 ◆2005年,FT推出为期三年的重大转型计划——NExT(意为电信服务的新体验)。

主导商业模式的转变	◆FT 将其商业模式由原来各子公司分别面对各自客户,转变为统一的家庭、个人、企业三大核心业务部门分别负责目标客户的所有业务。并成立独立的销售和服务部门,统一客户接口并改进服务。且所有业务都由公共的 IT 和网络部门提供无缝服务。
转型持续时间	◆2002 年宣布转型计划,至今 3 年时间。
转型的特征	◆融合战略——收购旗下的子公司,进行业务整合,定位全业务、欧洲领先运营商。 ◆组织架构重组——成立家庭、个人、企业三大核心部门,其他部门为其提供业务和技术支撑。 ◆创新驱动——FT 对研发和创新高度重视,不断增加资金的投入,并推出鼓励研发人员创新并将成果迅速商业化的积极政策。
转型成功标志	◆取得很好的初步效果:用户数增长显著,收入、现金流增长强劲,净负债有效减少。 ◆转型仍在进行中。
转型关键因素	◆战略执行效果——融合战略执行有力,取得了预期效果。 ◆鼓励创新的机制——使得 FT 能够不断地迅速找到新兴市场,增加了找到新的增长点的机会。

英国电信:ICT 的赌注

转型的动因	◆英国电信(BT)在上世纪 90 年代中后期曾进行了大规模的全球扩张,但在随后的国际电信业低潮中曾一度陷入了经营困境。 ◆随着固网市场竞争的日益激烈和移动对固话分流的加剧,BT 的经营一度陷入困境。2001 财年(2001 年 3 月 31 日止),英国电信运营收入 204 亿英镑,而税后净亏损为 16.8 亿英镑。2002 财年,英国电信运营收入 184 亿英镑,税后净亏损 28.8 亿英镑。英国电信陷入经营业绩的低谷。

转型的标志性事件	◆2002 年,BT 按照客户群对组织构架进行了调整 。成立全球服务部。 ◆2004 年初,BT 公布了其"21 世纪网络计划"白皮书,目标是成为一个以网络为中心的信息通信服务提供商。 ◆2004 年 7 月,BT 与几家固定移动运营商发起建立了一个名为 FM-CA 的联盟,促进固网移动的融合。 ◆2004 年,成立名为 One IT 的工作组,为用户建设、设计、拓展和管理 IT 网络和通信系统。
主导商业模式的转变	◆由传统固网运营商向提供宽带、移动、ICT 和全球服务的通讯服务和解决方案提供商的转型 。 ◆通过 MVNO(移动虚拟网络运营)模式向用户提供移动业务。
转型持续时间	◆以 2002 年作为转型的起点,已经历了 3 年多的时间。
转型的特征	◆ICT——成为 ICT 领域的领导者,是 BT 转型的目标。 ◆固网移动融合——前期剥离移动业务后,BT 一直在寻求固网移动融合的业务模式,实现全业务运营。
转型成功标志	◆取得显著成果:2005 财年,BT 的"新一波"业务(移动、宽带、ICT)收入达到 45 亿英镑,比 2004 财年增长了 32%,已占总收入的 24%。 ◆仍在转型之中。
转型关键因素	◆新业务的持续增长——"新一波"业务前期取得了较好的增长势头,能否保持高速增长,为 BT 带来持续的增长动力,并最终成为 BT 的支柱业务,是转型能否成功的关键 ◆21 世纪网络计划——BT 为该计划投入巨资,能否顺利完成由传统网络向全 IP 网络的转换,对业务转型影响深远。 ◆人力资源——BT 的 ICT 人才每年以 30% 速度增长,而从事传统业务的人员则在萎缩。

西南贝尔:塑造新 AT&T

转型的动因	◆由于移动分流、宽带接入、Cable VoIP 大量进入市场等原因,西南贝尔(SBC)的语音收入近年来急剧下降。 ◆大量互联网电话提供商(Vonage,Skype 等)涌现,对传统固话造成巨大压力。 ◆宽带日益变得日用品化。 ◆SBC 自身却面临带宽不够,网络维护和运营负担沉重,扩容成本巨大等种种困难。 ◆西南贝尔 2004 年运营收入 408 亿美元,仅比上年增长 0.7%;而净收益仅为 59 亿美元,同比减少了 30.8%。
转型的标志性事件	◆2004 年,SBC 启动了固网转型的"光速计划",以实现一根宽带上多种 IP 业务的整合。其计划在未来 3 年内在光纤网络上投资 40 多亿美元,将光纤深入最后一公里。 ◆2004 年,SBC 与 Bell South 组建经营移动业务的合资公司 Cingular 以 410 亿美元收购 AT&T 无线,成为美国移动运营市场的领导者。 ◆2005 年,SBC 宣布以 160 亿美元收购 AT&T,以加速其在企业通信市场的扩张。 ◆2005 年,SBC 计划裁员 1 万名员工,主要集中在传统的固定电话服务部门。
主导商业模式的转变	◆SBC 致力于成为提供语音、数据和视频业务(triple play)的全业务运营商。 ◆短期内,SBC 通过压缩成本和捆绑销售来改善目前利润减少和市场份额下降的情况。 ◆SBC 的目标是实现多种 IP 业务的整合,向目标客户提供综合信息服务。其更多的关注用户需求和用户体验,而不是产品。
转型持续时间	◆2004 年开始转型,仅有 1 年时间。
转型的特征	◆三网融合——通过光速计划,实现语音、数据、视频的 triple–play。 ◆巨资收购——通过 Cingular 收购 AT&T 无线;收购 AT&T。通过收购实现快速转型。 ◆业务扩张——从本地电信业务扩张至长途、企业用户领域。

转型成功标志	◆2005 年 1 月,长途电话巨头 AT&T 被本地电话运营商西南贝尔(SBC)收购。在交易获准后,西南贝尔作出一项重大决定——放弃现有的西南贝尔品牌,转用 AT&T 这一百年电信品牌。2005 年 11 月 21日,美国最大的电信公司——新 AT&T 正式推出全新设计的企业标志,为第一天的业务运营掀开序幕。 ◆AT&T 公司主席兼首席执行官 EdwardE. WhitacreJr. 表示:新的品牌标志象征了新 AT&T 正在推行的战略性转变。新标志的诞生说明,虽然 AT&T 品牌拥有悠久且令人骄傲的历史,但其带给客户的仍然是不断推陈出新的精神。
转型关键因素	◆"光速计划"的实施效果——投入巨额资金,能否在未来取得相应收益是关键所在。 ◆并购后的协同效应——并购 AT&T 无线后,短期出现了服务质量的下降。长期内,如何消除并购的不利影响,发挥出协同效应,是并购以及转型成功的关键。

德国电信:Excellence 计划

转型的动因	◆固话业务增长空间有限。 ◆2000 年以前区域型组织结构不利于新业务的快速发展。 ◆2000 年,德国电信运营收入 279.5 亿欧元,而购买 3G 牌照的巨额费用使得德国电信税后亏损达 33.3 亿欧元,面临巨大压力。
转型的标志性事件	◆2000 年,DT 改区域型组织结构为"四柱"型组织结构:T－Com,T－Systems,T－Online,T－Mobile,以迎合国际扩张以及电信、信息、媒体、娱乐和安全服务的整合。 ◆近年来,DT 已裁员几千人涉及所有部门,重点是固定业务部门 T－Com。此外,DT 计划在 2006～2007 年间再裁员 1 万人。 ◆2004 年,DT 宣布将 T－Com 和 T－Online 合并重组,共同致力于宽带和信息服务业务。 ◆2005 年,DT 启动 Excellence 计划,目标是保持欧洲增长速度最快的综合运营商。

主导商业模式的转变	◆由传统运营商转型为欧洲领先的综合电信业务运营商和服务公司。
转型持续时间	◆2000 年开始转型,至今有 5 年多的时间。
转型的特征	◆组织架构重组——第一次由区域型重组为"四柱"型;第二次将旗下两大公司合并。 ◆压缩成本——裁员、出卖非核心资产等一系列措施以降低运营成本。
转型成功标志	◆取得初步成绩:2004 财年净收益 46 亿欧元(2003 财年 13 亿欧元)。总收入增长了 37%,达到 579 亿欧元。债务降低了 114 亿。 ◆仍在转型之中。
转型关键因素	◆协同效应——DT 下属各公司之间的协同效应至关重要,T – Com 和 T – Online 的合并就是为了增进协同效应。 ◆战略执行——现金流的有效运转,部分非核心资产的出售,保证了战略的有效执行。

AT&T:转型探路者

转型的动因	◆1970 年以来,美国长途市场打破垄断,MCI 和 Sprint 进入长途市场,AT&T 的主导地位逐步下降。 ◆1984 年,美国政府将 AT&T 强行解体,产生 7 个经营本地业务的地方贝尔,AT&T 则主营长途。 ◆第一次转型之初的 1997 年,AT&T 收入 513 亿美元,同比仅增长 1.5%;而净收益为 46.4 亿美元,同比下降 21.5%。 ◆1999 年,FCC 开始批准地方贝尔提供长途业务。 ◆在第二次转型之初的 2000 年,AT&T 收入为 660 亿美元,同比增幅 5.4%;而普通股股东应占收益仅为 31.8 亿美元,同比减少了 41.6%;股价由 1999 年底的 50.81 美元跌至 2000 年底的 17.25 美元。 ◆2004 年一季度,AT&T 在美国长途市场的份额虽然保持第一,但仅占了 30%,有 900 多家提供固定长途业务的公司与其竞争。

转型的标志性事件	◆1996 年,AT&T 新任 CEO 阿姆斯特朗宣布向全方位信息通信运营商转型。 ◆1996 年以来,AT&T 花巨资收购了 TCI、MediaOne 等有线电视公司,希望借有线电视电缆向客户提供本地电话和因特网高速接入服务。 ◆2000 年 AT&T 又一次一分为四:AT&T 企业服务公司、AT&T 消费者服务公司、AT&T 无线公司(后被 Cingular 收购)和 AT&T 宽带公司(后被 Comcast 收购)。 ◆2004 年 7 月,AT&T 宣布:不再发展新的电路交换方式的住宅电话用户,把业务重点集中在企业市场和 VoIP 上。
主导商业模式的转变	◆第一次转型:由长途电话公司向全方位信息服务公司转型。 ◆第二次转型:由全业务电信公司向业务更加专注的公司转型。
转型持续时间	◆第一次转型:1996 年～2000 年,持续 4 年时间。 ◆第二次转型:2000 年～2005 年,持续 5 年时间。
转型的特征	◆并购——希望通过并购有线电视公司,进入本地市场。 ◆分拆——由提供全业务分拆为业务更加专注的四个公司。
转型成功标志	◆第一次转型失败标志:2000 年,AT&T 再一次一分为四。 ◆第二次转型失败标志:2005 年,SBC 宣布收购 AT&T,并已获得 AT&T 股东批准。
转型关键因素	◆转型时机——第一次转型的战略方向是对的,但时机把握有问题,遭到地方贝尔的合力阻击。 ◆战略执行力——对转型的困难估计不足,战略执行不力,导致整个转型战略的失败。 •转型环境——AT&T 一方面面临过度竞争的长途市场,另一方面却又要进入相对垄断的本地市场(地方贝尔服务领地内的市场份额均在 80% 以上),转型的市场环境恶劣。

电讯盈科:IT&T

转型的动因	◆2000 年 8 月,盈科数码动力有限公司与香港电讯合并而成电讯盈科(PCCW)。 ◆2000 年,由盈科动力与香港电讯合并而成的电讯盈科主营业务收入为 72.9 亿港币,而税后亏损就达 69.3 亿港币。 ◆电讯盈科意识到 IT 服务领域是一个持续快速增长的市场。
转型的标志性事件	◆2001 年,电讯盈科表示,由电讯公司向 IT 及电讯并行的公司转型。 ◆2001 年,电讯盈科与 Telstra 成立合资公司,业务范围包括 IP 骨干网和移动电话。 ◆2002 年,电讯盈科与中国石化成立合资公司,为中石化提供 IT 服务。同年,与中国电信协议成立合资公司,为国内金融业提供系统集成服务。 ◆2005 年,电讯盈科与网通达成协议,收购网通宽带 50% 股份,在宽带和 IPTV 领域进行合作。 ◆2005 年,电讯盈科宣布明年进军英国电话市场,提供基于互联网的电话服务。
主导商业模式的转变	◆由传统的电讯公司转型为 IT 及电讯并行(IT&T)的公司,并致力于发展中国国内及海外市场。
转型持续时间	◆以 2001 年为转型起点,至今 4 年多的时间。
转型的特征	◆IT&T——向提供 IT 服务和电信服务的综合信息服务提供商转型。 ◆扩张——向香港以外的地区以及电信服务以外的领域进行业务扩张。 ◆资本运作——采取建立合资公司的形式进行业务拓展和合作。
转型成功标志	◆取得初步成效——IT 服务业务占总业务收入的 11%;向内地和海外的扩张取得初步成效。 ◆仍在转型之中。

转型关键因素	◆合资合作——业务扩张采取先建立合资公司,再提供服务的模式,取得好的效果。 ◆内地拓展——在中国内地业务拓展的成功与否,关系到转型的成败。

5 GOOGLE VS 微软

GOOGLE 与微软的对决是业界竞争的终极形式,这里把他们单独进行比较,代表了对这对"冤家"的敬仰。

在 IT 业恐怕没有那家公司不想成为 GOOGLE 或微软的。GOOGLE 与微软今天发生的故事,是 20 多年前微软和 IBM 发生的故事的再现。20 多年前,因为 IBM 的疏忽,微软因而做大。而今天由于微软过分沉迷于软件程序,迟迟才拥抱互联网,给了网景可乘之机,打造出第一个商业网络浏览器。接下来,又低估了搜索的重要性。GOOGLE 与微软的竞争没有放在 IT 企业转型一节中,是因为我认为 GOOGLE 与微软在未来相当长的时间内代表了竞争的终极形式,是新经济时代的创新之争。

Google 起家于被雅虎和微软边缘化和遗忘了的东西:搜索引擎。Google 进入搜索引擎的跑道晚于雅虎和微软 MSN,但是这些搜索引擎的"前辈"在稍见规模之后,都争相打造门户网站,搜索变成优先顺位排得很低的服务。这就给了拥有"Page Rank"技术的 Google 横空出世的机会。

Google 惊人的成功还在于其能从平淡无奇的搜索相关文字式广告大发利市,在信息查询服务免费的基础上,将搜索结果和定向式关键字广告链接起来,获利丰厚,2003 年 Google 近 10 亿美元的营业额,约 95% 来自广告。实际上就是,你要使你的信息在信息的海洋中更有价值就得付费。美中不足的是 Google 商业模式的关键部分:关键字广告——并非是 Google 首创,Google 在上市之前为解决和"广告字"有关的官司争议,同意给予雅虎 270 万股股票,价值约 2.3 亿美元就是明证。

但正是 Google 利用自己对技术的偏执,把边缘化的东西做到了极致,成为核心,甚至危及了 IT 业霸主——微软的地位。

看来,核心与边缘有时只是相对的。

如果说 Google 开辟了信息服务的新时代并不为过。

太初,Google 问世之前,大地一片黑暗。

我们在图书馆里跌跌撞撞。我们埋首于《世界百科全书》。我们翻阅《期刊文献书目索引》里面密密麻麻的文字。

我们听信捕风捉影的传言,以及所谓权威专家信口雌黄。我们瞎猜,我们揣度。最后,我们放弃,自甘堕落于无知之境。

现在,Google 世纪大放光明,我们才晓得前 Google 时代的世界是如何幽暗隐晦。在遥远的未来,历史学家将通称 Google 现身前的时期为"黑暗时代"。

——乔尔·艾肯巴克(《华盛顿邮报》,2004 年 2 月 22 日)

不管 Google 与微软的对决结果如何,他们的竞争都是新经济时代竞争的代表,他们的竞争完全超出了财富争夺的层面,他们争的是创新制空权,争的是整个世界为之激动的东西。

以整个世界为试验基地,以整个世界为竞争的场所,为世界提供更好的东西,"不使坏"和"对世界尽一己之责",是 Google 创办人一直坚持的箴言。Google 首次公开发行股票采用双层股票制的部分用意就是要确保 Google 不致屈服在常见的机构投资人施加的压力之下,只求短期的成果,忽视长远的发展。

Google 与微软的对决告诉我们,转型是这个过剩经济时代企业共同的特征,因为像微软这样的企业都时刻面临着挑战。转型在企业知识层面上必然意味着一定的知识替代和结构调整,其表现是挑战极限的生存方式。在转型成功的因素里,偶然性与必然性并存,系统运筹的能力更加重要。对电信企业来说,如果转型仅仅表现为物理网络本身的变化,业务品种的增加,这种转型本身的价值就会很低,也难以持续。

Google 与微软竞争的是一种生存方式。生存方式决定生存质量,中国的企业也已经跨入了这样一个时代,只有改变生存的方式才能提高生存的质量,这是因为我们原有的生存方式所依存的基础发生了变化。如果不能确立这个前提,我们今天所作的努力很可能会为未来的发展设置障碍。在剧烈变革的时代对企业的未来战略定位进行理性思考十分重要。早在140多年前,达尔文就指出:"能够生存的物种并不是最强或是最机智的,他们是那些最能适应变化的物种。"在过往的经济时代实际上大部分时间是企业在主导着变化,竞争只是在企业间发生的事。在知识经济时代客户开始主导着变化,而竞争的模型里一旦加入了客户的变量,企业竞争的历史就将重新书写。有时,我们实在是不需要过于自责,不全是管理无能,而实在是环境变化太快。在这场经济大变局中,转型正在成为企业的一种生存方式。

THANKINGSTORY:一封英国来信的启示

一封英国来信,近日在江城市城建等部门引起了震动。

事情缘于武汉鄱阳街53号的景明大楼。这幢建于1917年的6层楼房因造型别致和结构坚固而被武汉市列为优秀历史建筑,目前有六家民主党派在此办公。不久前该楼主管部门接到英国一设计单位的来信,谓此楼系该单位当时设计,设计使用年限为80年,现已超期"服役",声明此后出现任何安全问题均与其无关。

信的语气谈不上客气,信的文字却极为严谨。读罢此信,感慨良多,联想开去,启示不少。

不难想象,在80年间,一家设计公司从主管到设计人员,不知换了多少茬,可他们居然还记得自己80年前在国外设计的建筑,还不忘在其设计年限到达时郑重其事地以信函通知对方,这恐怕就是现代企业应具的商业信誉和企业精神。

"向用户负责"是企业生存发展的基础。但负责既不是一句空话,也不是一个模糊字眼,负责要有实际内容,包括负责的具体对象和期限。一家企业对自己设计或生产的产品能够拥有多长的寿命,必须进行科学的测算和评估,既不能毛估估,更不能信口开河。这家设计单位声明对景明大楼80年内负责,80年外不负责,亦即该负责时负责,不该负责时不负责,体现了一种实事求是的精神,这比那种叫得连天响的"终身××",不知要实在多少,让人不能不敬佩,不信服。

"一石激起千重浪"。一封英国来信,使人领悟了什么是市场竞争,什么是商业信誉,什么是用户至上,什么是企业生存发展之道。"它山之石,可以攻玉。"

我们众多的企业能不能从这封异国来信中悟出点经商营销的真谛来呢?

一孔之见

现在国际电信业可以说进入了一个转型通道,就转型而言,中国电信似乎与国际运营商处在同一起跑线上,一切差距似乎消弥了。就技术与网络而言确实如此。但是我们一定要看到在一些企业基本面上的差距依旧在,先易后难的路径选择意味着中国电信代价高昂、难度大的管理进化刚刚开始,转型只是管理进化的一种尝试。

第6章　需要不断验证的定义

美是什么？自古以来，人们一直都没有回答好这个问题。

当古希腊的先哲们用"美是什么"来追问美的时候，他们所关注的焦点也就从一般事物是如何获取美、拥有美、展现美转移到了美本身这个问题上来。然而要找出美的定义又必须通过各种美的事物，但各种美的事物与美的定义之间却存在着很大的差异，柏拉图也不得不感叹要找到美是多么的困难。

在日常的认知过程中，人们对于美的认识通常是通过美的事物来完成的，但美与美的事物却并不是同一回事。比如人们可以认为美丽的女孩是美的、美丽的花儿是美的；也可以提出各种证据来证明大海是美的、天空是美的……但没有任何一个人会愚蠢地认为美是女人、美是花儿、美是大海、美是天空……很显然，在美与美的事物之间并不存在任何形式的等效。

转型，绝对是一个非常现代的词，但是要解读它同样是一件十分困难的事。当我们说，网络转型，业务转型，人力资源转型，战略转型和企业转型时，其各自所对应的转型内涵是不同的。

看来事先给出转型一个适合中国电信实际的明确的定义是不可能的。中国电信的转型应该是企业的关键元素在各自转型的过程中经过不断选择凝结形成的更高级形态的过程。为此，我们需要大约十年的时间来完成对转型定义的解释和验证。

1　一个容易被误读的概念

转型，就出现的频率而言，在中国电信上上下下，乃至整个电信行业成了最具人气的词汇。《执行》一书的作者又因其恰当地推出《转型》一书而再次在企业界被顶礼膜拜，但是，从头翻到尾，难以觅到转型一词的确切内涵，也许是在中国科学院读书时形成的思维定势，对一个问题的理解往往希望从最基本的内涵开始。一年多来，《人民邮电报》上又连篇累牍地刊登了系列的转型文章,其中不乏见解深刻,启迪转型认识的文章,大家都把转型作为读者天然理解的知识,但是同样对转型本身也都闪烁其辞。

> 当一个概念可以从不同角度做出各自的理解时,必须警惕概念被误读的可能。

管理大师哈默在 1993 年提出了"企业转型"的概念。所谓企业转型,就是提升企业的组织、流程、文化,让其整体效能出现极大幅度的提升。企业中相关人员的工作内容,乃至于整个企业的商业模式、流程等,都能去芜存菁,重新整造。这个定义主要是针对流程再造提出的,很难涵盖目前中国电信企业实践中所要表达的转型内涵。

实际上,系统和全面地对转型进行探讨和阐述的不是企业界,而是美国军方。根据中国网 2003 年 8 月关于军事革命和军事转型定义的文章摘编如下:

2001 年的四年一度防务评审报告给转型的定义是:

"发展和部署能够给我们部队提供革命性的或不对称优势的战斗力。"(着重于能力)

"转型来自于开发一些新的方法,创造作战概念和能力,用旧的和新的技术,建立新型的组织编制"。(着重于组织)

"转型可能包含军事行动的形式发生根本性变革,军事行动的规模也可能改变。某种战争形态可能会被另一种战争形态取代,例如进行空、陆、海战的方式可能发生根本性的变化,还可能出现新的战争类型,例如在新的战斗空间领域发生的武装冲突。"(着重于行动形式)

"转型将涉及到知识、社会和技术等方面。通常要求战争概念,以及组织文化和行为方面发生根本性变革。"(着重于文化和行为)

拉姆斯菲尔德为防务评审而成立的专家委员会提交的转型研究报告给出的定义是:

"由于概念、组织、过程、技术应用和装备变化的结果,作战效能和作战效率大幅度提高,成本大幅度降低。"(着重于转型结果)

国防部转型办公室给出的工作定义:

"由于在支撑法则中产生新的根本性转变或有了新的发现,建立起新的力量源泉,造成军事竞争优势有了重大增加的那些连续的过程和活动。"(着重于竞争优势)

"转型首先是一个连续的过程,它没有终点。"(着重于过程)

"必须理解转型是技术、组织和概念的共同发展。在这些领域中任何一个领域的改变都会促使另外两个领域反应。"(着重于协同)

联合部队司令部的定义是:

"转型是形式、性质或功能发生变化的过程。在美国军队内,转型要求改变我们军队的形式或结构;改变支援部队的军事文化和学说的性质;调整我们的作战功能,以便能够更有效地应对新世纪我们国家将遇到的威胁挑战。"(着重于转型的功能)

美军负责采办、技术和后勤的国防部副部长说,

"正在进行的军事能力转型,即所谓的军事革命,中心是发展能够大幅度提高联合作战效能的改进的信息和指挥控制能力。"(着重于指挥能力)

美国国会研究服务处在评审海军转型的报告中给出转型的定义:

"防务转型是指军事技术、作战概念和组织发生不常有的大规模变化,导致进行战争的方法发生重大变化。与通常的现代化的渐进性和改良性军事变化相比,转型更像是突变或破裂性变化。"(着重于转型带来变化的强度)

陆军 1999 年 10 月第一个给出转型的定义:

"把陆军改变成能够主宰全部军事行动的部队的过程。"(着重于本身能力的全面提升)

陆军 2002 年转型路线图给出的定义是:

"建立创新文化的连续过程,这反过来寻求利用和营造不断创新进行军事竞争。"(着重于创新)

空军 2001 年 3 月提出转型概念定义:

"军队通过改变作战概念、组织结构和技术,大大增强作战能力或应对变化中的安全环境的能力,夺取并保持优势的过程。"(着重于能力和优势)

海军战争学院的定义是:

"转型是指在军事领域的各个方面都发生很大的、根本性变化。"(着重于转型带来的变化)

战略和预算评估中心主任克雷派尼维奇说:

"可以认为转型是大规模创新。军队认为冲突的特点正在发生重大变化,因而进行转型。军事转型的期间一般与一场军事革命相关联,在军事革命

中,技术、作战概念和组织变化结合在一起,带来军事效能产生激进的跃变。"(着重于军事效能)

还有其他一些定义,比如:

"转型这个术语被越来越多地用作代表美军必须在结构和学说方面采取广泛的变化,以应对21世纪新兴挑战。"(着重于军事理论)

"转型指的是军队从工业时代走向信息时代,重新界定战争方法,防务战略从冷战时期可以预见的威胁转变为诸如恐怖主义所造成的不可预见的、不对称的威胁。"(着重于转型的时代特点)

从以上叙述中,不难看出:美军内部对军事转型(或者防务转型、部队转型)有多种说法,没有一个统一的定义;并且存在一定程度以军种为中心的转型方法,这有可能打乱整个国防部的转型工作;各军种和功能单位有可能将自己的计划贴上转型标签。

但是转型办公室主任却认为:"坦率地说,我并不介意人们用什么词,只要转型过程含有某些关键要素。"

中国电信的转型可以说包含在上述括号中归纳的所有方面,由于转型概念可以从不同角度来理解,在中国电信的各个部门、各个省公司和本地网一定要避免出现以自我为中心的转型理解,在关键要素上一定要与集团保持一致。转型的误读必然会导致行动的偏差,会使中国电信的转型工作难以整体推进。

2　英国的海岸线有多长?

我们对一个概念的理解取决于我们所依据的内在尺度。

1967年法国数学家B. B. Mandelbrot提出了"英国的海岸线有多长?"的问题,这好像极其简单,因为长度依赖于测量单位,以1km为单位测量海岸线,得到的近似长度将短于1km的迂回曲折都忽略掉了,若以1m为单位测量,则能测出被忽略掉的迂回曲折,长度将变大,测量单位进一步变小,测得的长度将愈来愈大,这些愈来愈大的长度将趋近于一个确定值,这个极限值就是海岸线的长度。

答案似乎解决了,但Mandelbrot发现:当测量单位变小时,所得的长度是无限增大的。他认为海岸线的长度是不确定的,或者说,在一定意义上海岸线是无限长的。为什么？答案也许在于海岸线的极不规则和极不光滑。我们知道，经典几何研究规则图形，平面解析几何研究一次和二次曲线，微分几何研究光滑的曲线和曲面，传统上将自然界大量存在的不规则形体规则化再进行处理，我们将海岸线折线化，得出一个有意义的长度。

可贵的是 Mandelbrot 突破了这一点，长度也许已不能正确概括海岸线这类不规则图形的特征。海岸线虽然很复杂，却有一个重要的性质——自相似性。从不同比例尺的地形图上，我们可以看出海岸线的形状大体相同，其曲折、复杂程度是相似的。换言之，海岸线的任一小部分都包含有与整体相同的相似的细节。要定量地分析像海岸线这样的图形，引入分形维数也许是必要的。经典维数都是整数：点是 0 维、线是 1 维、面是 2 维、体是 3 维，而分形维数可以取分数，简称分维。

对管理成效衡量的难度不亚于回答"英国的海岸线有多长"这个问题。我们对一个概念的理解取决于我们内在的尺度。

目前对于面临转型的中国电信而言，有四种可以参照的尺度：

第一个尺度是 IBM，核心业务和商业模式彻底转型，从传统的以计算机硬件制造为主的国际商用机器转变为以 IT 服务为主的应需而动的国际商用服务。

1993 年之前，公司的净亏损额一度高达破纪录的 80 亿美元。郭士纳于 1993 年在逆境中接手公司，通过强调服务，把公司带出困境，反败为胜。2003 年 IBM890 亿美元的收入中有将近一半来自其服务部门。2004 年 12 月 IBM 成功把 PC 出手，经过十多年的努力，IBM 实现了成功转型。

第二个尺度是 BT，立足于本国业务，建立稳固的现金流来源，同时积极推进 21cn 工程，通过 ICT 业务开拓跨国公司市场。

第三个尺度是 SBC，寻求实现全业务，积极推进三重业务，实施光速计划，通过对 AT&T 的并购进入企业方案领域，新 AT&T 的重新确立将把转型推向新的高潮。

第四个尺度 AT&T，不断寻找新的增长点，结果新的增长点没有做起来，原有的领地也遭到了侵蚀。结果最终难逃被并购的命运，增长动力主要来自对未来的预期，但一旦经济出现逆转，就会受到沉重的打击。

第四个尺度是中国电信最不愿意使用和竭力回避的，但是，充满诱惑和不确定性的未来加上难以割舍的老大情节，使得这个尺度是极易被使用的，从目前中国电信所处的竞争态势及其发展逻辑来看与当年的 AT&T 有一定的相似之处。使用那个尺度来衡量并不取决于企业的主观选择，而在于客观上企业在选择什么样的路径。

使用第三个尺度，中国电信目前面临的是监管的限制和新的业务模式建立的挑战。

使用第二个尺度，中国电信面临的是已经分割完毕的国际竞争格局。

使用第一个尺度，中国电信面临的是全方位的根本性的挑战。

使用不同的尺度来衡量，在未来我们的选择就会结出不同的果实。在企业内部更微观的层面，具体到一个员工都会对转型有不同的尺度，具体到每一件工作所体现的转型内涵也有很大不同，这就对客观地测度转型的进度带来了很大的挑战。

3　实践的滤器——中国电信的转型理解

> 我们今天和未来一段时期的努力和投入将会通过实践的滤器凝结成新的光荣与梦想。

管理的概念通常有两种定义，一种是学术的定义，一种是实践的定义。对于中国电信来说，转型的定义应该是自己转型实践的凝结。一个管理概念会由于实践而具有特别重要的意义，而不是一场实践因为一个管理概念而伟大。

自从中国电信于 2004 年年底提出转型战略后，中国电信业正式拉开了转型序幕。各大运营商纷纷提出各自的转型战略，《人民邮电报》上转型文章也成为重中之中。我们现在关心的是在这场转型大潮退潮之后，在"海滩上"会留下多少可以珍藏的"贝壳"。

转型目前还是缠绕在繁重的发展任务中，我们需要在实践中不断过滤出转型的本质使命和任务，不能把发展与转型混淆在一起，特别是要防止在工作中把自己或部门想干的事情贴上转型标签的倾向。当企业进入新的发展平台时，我们应该能够体会到，转型是实现平台转换的阶梯，是对发展内涵的本质提升。可以说，转型属于一个企业发展时期的特种任务，我们需要给予特殊的关注。

转型成功后的中国电信必然形成具有标志性的支持未来较长一段时间可持续增长的核心业务和核心能力，而这些核心业务和核心能力有许多不是今天就能规划的,需要在传统与创新、竞争与合作的不断交织中经历实践的滤器才能最终形成,而这最终形成的东西才构成中国电信的转型内涵。如果要求我们今天给出中国电信的转型内涵,确实是一个比较奢侈的想法,因为任何一个管理命题的确认必须经历实践的严格检验。而这一个过程必然以十年为底线。这是基于中国电信的转型不会比 IBM 的转型花更少的时间。

给出中国电信的转型定义是学术和实践的双重考验。因为这两个字要承载的是中国电信未来很长一段时间的痛苦与欣喜、挫折与辉煌。这两个词应由全体电信人共同用实践来诠释。

当我们正处在转型的过程中时,用实践的滤器来表达转型的内涵和功能要求是比较合适的。

我们这里以业务的转型为例。在转型过程中,需要不断通过实践的滤器对转型业务进行筛选,舍弃掉不符合转型要求的业务,不断把精华留下,最后沉淀下来的,终成正果的转型业务及其管理模式就构成中国电信转型的实质内涵。今天,中国电信对转型的理解和诠释还停留在概念和目标层次,相信十年后,中国电信的转型一定会给出自己独具特色的答案。

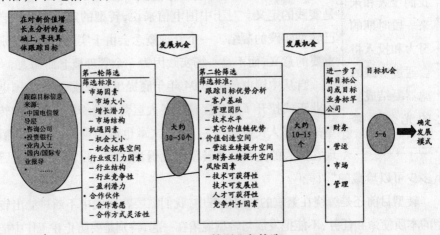

图 6-1 转型业务筛选

当我们要问未来十年对中国电信有什么特别的地方,实际上,时间本身是没有特别不特别的区别的,把"特别"的事情填补到时间里,这样的时间才可以称之为特别。转型对中国电信是具有十分重要意义的历史过程,这十年对中国电信来说会因为转型而不同。

THANKINGSTORY：从世界电信日主题的变化，看电信内涵的发展

1865 年 5 月 17 日，为了顺利实现国际电报通信，法、德、俄、意、奥等 20 个欧洲国家的代表在巴黎签订了《国际电报公约》，国际电报联盟（International Telegraph Union ，ITU）宣告成立。1932 年，70 多个国家的代表在西班牙马德里召开会议，决定自 1934 年 1 月 1 日起正式改称为"国际电信联盟"（International Telecommunication Union）。1969 年 5 月 17 日，国际电信联盟第二十四届行政理事会正式通过决议，决定把国际电信联盟的成立日——5 月 17 日定为"世界电信日"，并要求各会员国从 1969 年起，在每年 5 月 17 日开展纪念活动。

1973 年国际电信联盟再次通过决议，要求各会员国继续开展各种纪念活动，活动方式可以多种多样。为了使纪念活动更有系统性，每年的世界电信日都有一个主题。

历年世界电信日的主题为：

年代	主题	年代	主题
1969 年	电信的作用及活动	1989 年	国际合作
1970 年	电信与培训	1990 年	电信与工业发展
1971 年	太空与电信	1991 年	电信与人类的安全
1972 年	世界电信网	1992 年	电信与空间：新天地
1973 年	国际合作	1993 年	电信和人类发展
1974 年	电信与运输	1994 年	电信与文化
1975 年	电信与气象	1995 年	电信与环境
1976 年	电信与信息	1996 年	电信与体育
1977 年	电信与发展	1997 年	电信与人道主义援助
1978 年	无线电通信	1998 年	电信贸易
1979 年	电信为人类服务	1999 年	电子商务
1980 年	农村电信	2000 年	移动通信
1981 年	电信与卫生	2001 年	互联网：挑战、机遇前景
1982 年	国际合作	2002 年	信息通信技术为 全人类服务：帮助人们 跨越数字鸿沟

年代	主题	年代	主题
1983 年	一个世界,一个网络	2003 年	帮助全人类沟通
1984 年	电信:广阔的视野	2004 年	信息通信技术:引领可持续发展之路
1985 年	电信有利于发展	2005 年	行动起来,创建公平的信息社会
1986 年	前进中的伙伴		
1987 年	电信为各国服务		
1988 年	电子时代的技术知识传播		

一孔之见

从世界电信日主题不断变换的历史过程中,应该可以归结出不少可以称之为转型的内涵。但这些内涵显然具有很强的历史阶段性。

中国电信今天的转型,需要我们在改变自我的过程中,不断融入发展的内涵。我们不能被既定的内涵锁住手脚,也不能被内涵所对应的实践的不确定性迷失方向。

第7章　中国电信的转型特征

转型已成为世界电信业一股不可阻挡的潮流,我们宁愿相信,这是世界电信运营商在走向新经济时代的未雨绸缪。

但是转型对于中国电信来说必然有其个性化特征,世界上也没有可以整体照搬的模式。如果不能从本质上认识这一点,中国电信的转型很难取得真正的成功。

1　非危机条件下的转型

> 大多在非危机状态下进行的转型最终均以失败告终。对中国电信来说,这是转型必须首先面对的考验。

"像个体的人一样,企业的组织结构也在不断变化,以便顺应市场的发展变化和关键人物的加盟或离开。在大型企业中,此类变化基本上难以引起人们的注意。而有些时候,企业必须超越这种循序渐进的演化,以更快的速度实现变革,告别过去,加速巨变,即转型。

"成功实现转型的企业及其领导者,如 IBM 公司的 Lou Gerstner、奥迪公司的 Ferdinand Piech、花旗银行的 John Reed 等等,均已成为商界传奇。这些企业经过转型,竞争力空前提高,企业上下对自己的所作所为充满自豪,并为股东带来更大的回报。这一切哪样不是企业的首席执行官所梦寐以求的? 然而十分奇怪的是,只有那些陷于危机中的企业的领导人最能够实现真正意义上的企业转型。David Simon 和 John Browne 之所以能够将英国石油公司(British Petroleum)由英国最积弱的工业企业转变成为最强工业巨头之一,是因为公司面临即将破产之险;Steve Jobs 挽救苹果公司于大厦将倾之际。与之形成鲜明对照的是,大多在非危机状态下进行的转型最终均以失败告终:员工的态度与行为毫无变化,雄心勃勃的目标不得不大打折扣,计划最终被放弃,企业所面临的只是比以前更糟的窘境。特别是在事事顺利之时,企业管理人员有理由对实施转型犹豫不决,虽然他们知道不采取行动将导致企业缓缓衰退,甚至最终使大厦倾覆,但同时也有足够理由惧怕转型可能产生的不确定结果。

"领导非危机状态下转型的人面临一个非常严酷的挑战,这一挑战的实质是要创造一个全新的企业,让员工、顾客、投资方都耳目一新。而这个未来的现实必须十分明确、引人瞩目,不仅要比当下的现实更美好,同时必须是必要的,甚至是无法避免的。"(摘自:麦肯锡高层管理论丛,2001年第1期)

从中国电信目前的发展态势来说,虽然遇到了很多问题,以至于不得不诉求转型。但是从中国电信的业绩指标来看,如果说,中国电信目前处于危机状态,比如像IBM20世纪90年代初开始转型时所处的状况,大概很少有人会同意这样的判断。2005年8月19日,国务院国资委首次公布了中央企业2004年度经营业绩考核结果,中国电信与中国移动成为电信行业仅有的两个得"A"的企业。8月21日、22日两天,中央电视台《新闻联播》连续报道了中国电信和中国移动。

从目前中国电信在业界所处的竞争地位而言,尽管中国电信发展中遇到了很多困难,但是,至少在目前离危机还有一点距离。那么基本上,我们可以做出另外一个判断,那就是中国电信吹响转型号角之时,仍处于一个较好的发展态势。

如果这个判断令人置信的话,中国电信需要做的就是要打破非危机条件下企业转型的失败定律。因为在危机条件下的转型意义不言自明,而在危机还没有到来之前要说明企业为什么必须转型则要难得多。胜利的美酒和失败的苦果必须同样辨明。企业全新的未来必须清晰明确且激动人心,员工必须确保转型能为自己带来好处。否则,根深蒂固的习惯很难受到置疑并被彻底抛弃,也难以去学习和形成新的习惯。

但是人类掌握复杂的新活动(如心脏外科手术技能、高尔夫球艺等)不是通过阅读或思考,而是通过亲身的体验。员工要很快转变角色参与到转型中去同样要求员工拥有直接、具体的切身体验,他们不可能简单地被领导人的讲话、文件或录像材料所感化,每个人都需要通过自身体验进行重新诠释。企业要加速这个过程就不能靠员工自发地慢慢体验,而是要善于从员工的日常工作中提炼出具有转型意义的事例,进行总结和传播,通过不断强化,加快体验的过程。跨越了体验门槛,转型就会在企业生根。

2 综合创造优势

> 综合是过剩经济时代需求的内在价值特征。

综合是供给和需求发展到一定阶段,供给大于需求成为一种普遍的经济形态时必然出现的一种经济运行方式,这时候考验的是企业玩转下面这个简单数学表达式的能力:

$$1+1<2\rightarrow1+1>2$$

$1+1<2$ 代表资源共享所带来的资源消耗下降,而 $1+1>2$ 代表产品、服务集成带来的消费者需求满足的价值提升。

从基本的经济层面来说,经济学上的恩格尔系数描述了满足人们的基本生理需求的消费所占可支配收入的比例,以此来衡量经济的水平,那么我们不妨把这个范围扩大一些,把满足一定时期人们的基本生活需求(包括衣、食、住〔按年进行分摊〕、行、基本的教育投入、基本的通信消费)的消费在可支配收入中的比例作为修正的恩格尔系数,那么一个国家的经济水平越高,恩格尔系数是趋于下降的,发达国家一般低于30%,中国东部沿海地区低于50%,也就是说整个经济的超过一般以上的需求,已经上升到马斯洛需求层次的高端。

在高端需求中一个显著的特点就是物质的内涵大大地下降了,而知识、信息、关系等内涵的价值大大地上升了。也就是说物质做为一种需求载体越来越处于一种次要地位,并且这种需求的满足很难独立地完成(一是需要群体联动,二是需要互动)。消费的私人属性逐渐转化为社会属性,消费的价值维护和创造特性越来越显著,消费的价值实现功能有了质的飞跃,这时候满足需求过程中的个性体验就成为主要驱动因素。由于需求的非物质特性越来越居于主导地位,其所消耗的社会必要劳动时间很难确定,个性化差异成为一种常态,这就使得在巨大的需求空间中,需求像布朗运动一样不规则,难以捕捉。同时在供给要素趋同的情况下,综合就成为制胜的法宝,同时也挑战着企业的运筹能力。

综合的第二个经济特征就是融合性,我们并不是需要创造一套模式组合,然后选用对一个具体情形来说最有效的模式。我们需要的是把新模式视为一套模式组合的一部分——兼容并蓄,用这套融合的模式组合来思考这个世界,用它来解决手头的具体问题。这是综合方法论的重要内涵。

综合在产品和服务层面就表现为综合产品或服务,就是通过各种方式把产品或服务按照客户需求集成的过程,这从根本上是供给层面的事。另一方面,要在客户层面,针对客户的需求感知,确立起客户需求的综合特征,才能真正确立起客户的全面体验。

举个例子,一家工业树脂生产企业的管理人员认为其产品属于大宗商品,客户无所谓从哪一家厂商购买这种产品,所以与对手的竞争全凭价格。这种认识导致产品利润空间不断缩小,利润率大幅下降。但是根据对客户购买倾向的系统分析,客户购买决定的70%取决于质量和服务,而非价格(图7-1)。而当这家树脂生产商针对主要客户开展了一项全方位需求分析之后,他们发现客户分为3种类型。如图7-2所示,约有20%左右的客户最关心技术支持以及是否能够及时联络到卖家的销售代表,30%看重供应商的产品系列以及新品开发能力,只有不到50%的客户最关心价格和及时交货。

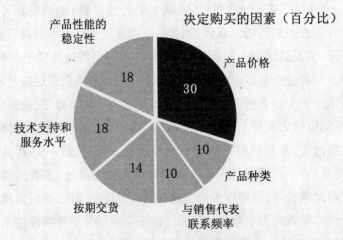

图7-1 价格并非一切

通过这项调查,这家树脂生产企业开始改变其对不同客户群体的方式服务。除了确定每一群体的需求之外,它注重发掘其他特征,如该客户群所服务的客户及其业务经营方式。这些努力使得这家企业能够清楚地根据客户需求进行分类,而无须逐个进行访谈。公司也得以确定其服务中的优势所在以及优先客户,从而在一年之内就将销售额提高了15%。(摒弃商品的传统观念,

起关键作用的喜好		服务主导型客户（占20%）	产品主导型客户（占35%）	价格敏感型客户（占20%）
	产品价格	-8	-15	23
	按期交货	-2	-16	16
	产品性能的稳定性	-11	22	-2
	产品种类	2	30	-28
	技术支持和服务	20	-11	-8
	与销售人员联系的频率	25	-1	-11

图7-2 三种类型的客户

麦肯锡高层管理论丛, 2001年第1期)

"在过去,市场经营者往往是通过能够为顾客提供质优的产品以及其他一些特色的功能利益而获得成功的。而如今,仅仅这些是远远不够的,原因是这种功能利益非常容易被效仿。例如汽车工业,产品的品质与性能不断地在改善,符合统一的高标准,消费者也显然意识到了这一点。因此,当今的市场营销人员急需寻求新的途径,使自己的产品和服务与众不同。"

"问题的答案在于要强调流程利益(这种利益使得买卖双方的交易更加简单、快捷、省钱更令人愉快)以及关系利益(对那些愿意透露自身情况、显示他们购买行为的顾客给予他们回报)。换言之,创建成功营销战略的基础已经从一维变成了三维。"

"麦肯锡在四个行业中展开了市场营销的课题研究,它们分别为汽车工业,化妆品,信用卡以及长途电信服务。研究表明:跟只注重功能利益相比,当今的消费者对这两种新型利益给予同等的,甚至更多的重视。这意味着,如果你的公司不能满足这三种利益的要求,那么将面临着同行们的冲击。"(三维市场营销,麦肯锡高层管理论丛, 2000年第2期)

从行业的角度来看,电信服务业并不能独立满足客户沟通、娱乐和学习的需求,尤其是娱乐和学习,需要与传媒、娱乐、计算机、教育等行业合作完成。

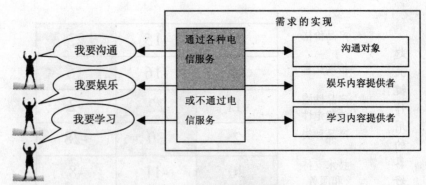

图7-3 需求的实现过程

图7-3中"需求的实现"向客户提供两方面的价值：

（1）连接的价值：提供通路——使客户找到沟通的对象和内容提供者；将沟通对象和内容提供者的各种信息传递给客户。

（2）信息的价值：由沟通对象和内容的提供者创造和生产，满足客户真正的需求。

电信服务业在提供连接价值的同时，也在利用自身的优势向相关行业渗透，以通过整个价值链，向客户提供完整的服务，获得更广阔的发展空间。这正是电信业、传媒业、计算机业三者融合的动因。

客户的需求就是我们努力的方向。表7-1是中国电信的业务与客户需求的关系：

表7-1

客户的需求		我们的业务
沟通	与亲友的沟通	固定电话、长途电话、公用电话、200、300、201电话、701业务、因特网服务、IS-DN、ADSL、FTTB + LAN、PHS……
	与工作伙伴的沟通	固定电话、长途电话、公用电话、201电话、800业务、VPN、线路出租、会议电视、因特网服务、ISDN、ADSL、FTTB + LAN、电话号簿、Call Center、服务器托管、114查号、（移动电话）……
	与信息设备的沟通	远程控制服务……

	客户的需求	我们的业务
娱乐	影音娱乐	ICP、因特网服务、ISDN、ADSL、FTTB + LAN、VOD 点播、声讯服务……
	互动游戏	
学习	被动的学习(网络教育)	
	主动的学习(搜寻知识资料)	

从中我们可以发现：

（1）针对客户的每一项需求，我们可以提供多种业务、采用不同的途径满足。

（2）客户的很多需求靠我们单个的业务无法满足，需要几个业务的组合来满足，有的还要从外部获得支持。

（3）对于不同类型的客户，在这三方面的需求又有很大的不同。如大企业客户、中小企业客户和住宅客户之间的区别。

传统上，通常客户都要自己发现"需求的实现区"，包括寻找最便捷和便宜的连接、最有效的信息。因为近些年的技术进步产生了很多新的连接方式，但电信服务商还没有从客户需求的角度对这些技术进行重整，而是按照技术的特点将其分类并推向市场。造成的结果就是客户和内容提供者都在寻求更好的传递信息的途径，从而选择连接方式本身就成为一种价值，这也是系统集成和 IT 咨询得以迅速发展的原因之一。

由此我们得出结论，未来电信业通过综合可以获得的增长将主要来源于两个方面：(1)整合连接方式提供简洁的沟通手段，获取"选择连接的价值"；(2)向内容服务渗透，获取"信息应用的价值"。

电信业、传媒业和计算机业(包括软件和硬件)是与信息化直接相关的三个产业，直接影响到社会信息化的发展，同时它们也是受信息化进程影响最大的三个产业。传统上，它们作为独立的产业都拥有各自的市场和服务，相互间不发生直接的竞争。但技术的变革和管制的放松使它们逐步走向融合，一个崭新的信息服务业的远景蓝图已经缓缓展现在我们的眼前，这个行业的价值就在于与传统产业发生更深层次的融合，向客户提供随心所欲的内容和应用，带动整个社会的发展。

在未来，客户面对的应该是一个信息运营商，而不是现在的电信服务商、内容提供商和软硬件提供商多个。信息运营商负责整个系统的建立和运转、信息的管理和传送，为客户提供信息管理的价值，使任何人、在任何时间、任何地方都能够接通网络，并用自己喜欢的方式简捷的获取沟通、娱乐和学习的价值，最大程度上提供给客户个性化服务的价值。这是综合的最高形式。

可以看出，综合从宏观层面上是经济的和产业的要求，从微观上也是客户更好地获取需求价值、企业拓展价值空间提升竞争优势的要求。

3　信息服务①价值提供

> 提供一种新的服务并不难，难的是使服务具有价值。

以国家统计局对产业的划分做为依据，电信业从来都属于服务业的范畴。那么今天我们把信息服务作为中国电信转型目标的关键词，必有其特别的内在规定性，这就是以"连接价值"为核心的服务向以"信息应用价值"为核心的服务转变。

以"连接价值"为核心的服务是以连接资源的占用和使用的排他性为特征的，这也是电信运营商"月租费＋通话费"收费模式的基础。其服务的本质内涵是以"连接的质量"为核心的。其服务功能是标准化的，服务是功能导向的。

以"信息应用价值"为核心的服务是以有价值信息的快速获取为特征的，并不具有排他性，难以建立起"月租费＋使用费"的收费模式。其服务的本质内涵是以"获取信息的有效性"为核心的。其服务功能是个性化的，服务必须是客户导向的。

从连接的价值提供到信息应用的价值提供，电信产业的价值区域迅速放大。在此过程中，连接价值核心会逐步让位于信息应用价值核心，单纯的网络运营商有被边沿化的趋势。从这个意义上来说，中国电信在面临着巨大挑战

---

① 信息服务在这里是指：在各种形式的用户组合中，包括点对点、点对多、多对多组合，暂时及经常性组合，移动及固定，个人、家庭、社区、企业、政府，终端用户及中介等组合中，各种形式的信息，包括语音、文字、数据、图像、视频、传感、数字化或模拟等，通过公共通信网的传递、发射、播放、接受、交换的活动；各种形式的信息通过公共通信设施进行的产生、采集、存储、开发、处理的活动；通过通信技术和计算技术对公众或私有通信和信息服务能力的建设、维护和管理的活动。

的同时正站在一个产业巨大发展的前夜。从图7－4所示信息服务业核心价值转移的路径来看,围绕信息应用价值的信息整合和分发以及信息定制和增值将成为信息服务的核心。

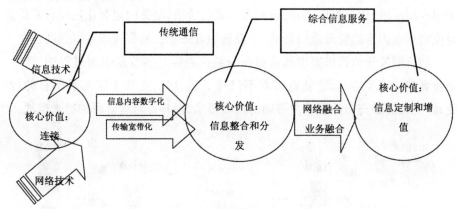

图7－4　信息服务业核心价值

信息服务业带给我们充满希望的产业前景。我们想一想做为现代工业很重要基础的动力系统,或者电力系统。如果动力系统,只是解决照明问题的,其实就不会有现代工业产生。不会有机械的,大机械的,自动化的工业,也不可能有各种各样的家电,而这些环节其实都是电的能量释放产生的。互联网无限放大了人们的信息需求,而我们整个经济和生活的信息应用实际上还没有达到一个很充分的程度,还远没有到它的能量充分释放,还没有做到真正在企业的经营生产过程中每一个环节都是通过大量的信息处理来完善的;在企业与企业之间的交易过程中,都是基于大量的信息交互所决定的;在我们的日常消费过程中大量的体验是通过信息完成的。第一次互联网泡沫的破灭不是因为人们的信息需求不足,而是因为围绕这些需求提供信息服务的网络企业没有找到信息服务价值化的途径。互联网要充分发挥能量还需要较长的时间,这是因为大多数企业的信息应用系统没有做好,这对电信运营商来说既是机遇又是挑战。

Google 的成功在于"关键字广告",一方面向想使信息更有价值的一方收费(所谓的后向收费),另一方面使需要信息的一方更快地获得有价值的信息,从而在无垠的信息瀚海中架起了一座沟通的桥梁。信息技术的飞速发展,使得电信运营商可以提供客户需要的所有产品,现在的问题就是要发明创造服务模式,怎么样去满足人们信息的个性化需求,因为通信的产能过剩了,那么怎么样使个性化的需求得到满足,这才是综合信息服务产生的根源。信息服务的形式很多,但服务没有标准,仅有的一些标准都是网络的标准,不是基于用户的标准,用户难以感知,也就难以创造价值,服务的定制化也没有基础。对应到企业内部的管理就是新的、不成熟的业务走大流程效率难以提高。

信息服务价值提供要求运营商参与到企业客户的信息应用过程中,理解企业客户的真实需求,这就意味着不仅要了解自己,更要了解几乎所有的行业,这当然能够充分体现客户导向的内在要求,但却是对运营商的巨大挑战。

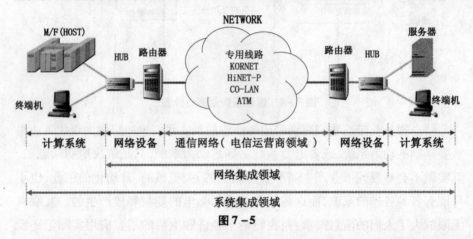

图 7 – 5

运营商要切入企业客户的信息应用流程,就要在各个行业里都高瞻远瞩,对变化和趋势了如指掌,对运营商来说绝非易事。而且从历史来看,这从来不是运营商的长项。如果我们要为企业客户提供超出传统网络运营商的信息服务价值提供,不仅要补上了解各行各业信息应用流程的课,而且从现在起就要积累服务于这些流程的经验和知识,体现运营商转型的专业水准。

同时,我们要为公众用户提供信息服务价值,使用户通过信息的消费提高生活的质量,就要真正使信息服务成为客户全新的体验。这对中国电信来说是巨大的挑战,我们并不具备足够的专业素养,如果我们能够向玩转网络一样玩转罗兰贝格公司的 Profiler 工具,我们恐怕才会理解体验成为服务要素的价值。

要建立起信息服务领域的产业优势,必须跳出传统基础网络运营商的模式,有所突破,但又不可脱离网络,无论从竞争力和趋势而言,"网络运作"概念是中国电信实现战略转型的关键。网络运作并不是业务概念,而是中国电

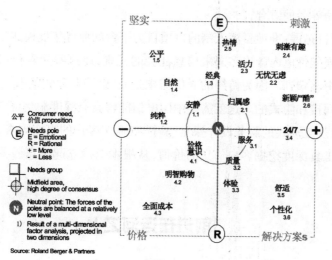

图 7-6

信要以网络运作为核心,同时向信息服务尽心延展。"网络运作"的关键要素为"立足网络、围绕客户、服务增值,强强合作,项目拓展"。具体而言,"网络"应超越现有的电信网络,是指未来包含宽带、无线的综合、无缝漫游、IP 化及高带宽的信息网络;"运作"的核心在于把网络从一种主要对内的资源变成一种商业合作的资本,体现观念转变;"立足网络"是进入信息服务的战略定位、选择原则和收益手段;"围绕客户"是对网络不仅好而且为客户好用的要求;"服务增值"是对服务的新要求;"强强合作"应带来突破和实质性提高,不是浅尝辄止;"项目拓展"是实现方式,着重业务拓展的手段。"网络运作"需要对传统基础网络运营商的主要成功因素如产品、服务、客户/渠道、收益模式、发展模式等进行全新定位,并成为现代综合信息服务提供商的关键成功因素,包括:

• 网络好用:为客户提供方便的端到端服务、提供网络的组合,提供便利的、可盈利的平台;

• 为客户增值的服务:提供有吸引力的服务,包括客户能得益的品牌、平台、社区等;提供有差异性的服务,如独特的内容主题;

• 用户组合、群体及商业伙伴:在传统的三大客户群之外增加 SP 及内容商,拓宽吸收原有客户的渠道;

• 多种收入形式:如通信费、内容费、收入分成、服务费、对收入(接入)

的间接拉动等多种组合;

● 项目拓展:准项目法人制的以项目为平台的业务拓展模式。

信息服务价值内含许多未来信息社会的元素,而这些元素很难在现实的客户需求中感知到。因为传统的通信需求是直接和显式的,而信息服务需求则更多是间接和隐式的。这就需要中国电信能够具有深度洞察客户长期行为的能力,通过互动式的服务设计探索、验证和确立客户的真实需求,借助信息化和数学工具深度挖掘客户信息的价值,从根本上确立起信息服务领域的领先优势。

4　前进在运河之上

中国经济现代化的运河战略是中国电信转型的深厚经济基础。

　　中国电信转型的综合内涵很重要的一点就是要与中国的现代化路径选择相契合,这是根本的基础,其核心就是中国目前选择的信息化带动工业化的新兴工业化道路。

　　(1) 什么是经济现代化的运河战略? 经济现代化的运河战略是综合经济现代化的一种通俗说法。综合经济现代化是 21 世纪经济现代化的三条基本路径之一,其他两条基本路径分别是经典经济现代化路径和第二次经济现代化路径;每条基本路径都包括一些细分路径。2002 年,经济发达国家已经全部进入第二次经济现代化;经济发展中国家有三种情况:刚刚完成经典经济现代化的国家;没有完成经典经济现代化、也没有对第二次经济现代化做出响应的国家;没有完成经典经济现代化,但对第二次经济现代化做出积极响应的国家。

在 21 世纪前 50 年,经济发达国家将继续推进第二次经济现代化;经济发展中国家有三种选择:第一,直接进入第二次经济现代化,适合于已经完成经典经济现代化的国家;第二,先完成经典经济现代化,然后再进行第二次经济现代化;第三,同时推进两次经济现代化,知识化和工业化并进。第三种选择就是所谓的"综合经济现代化",因为它是两次经济现代化的合成,是一条新型经济现代化道路。由于不同经济发展中国家的起点不同,终点(赶上发达国家的时间)也不同,所以,综合经济现代化不是一条路径,而是一组路径。

　　(2) 综合经济现代化是一个历史过程,它既是生产模式、核心技术、主导产业、基本结构、基本制度和基本观念等的新工业化、知识化和绿色化过程,也是从新工业化向知识化的转变过程,又是劳动生产率和国民收入的持续增长过程,还是追赶和达到世界经济先进水平的国际竞争过程。一般而言,综合经济现代化包括新工业化和信息化并重、非工业化和知识化并重、知识化和绿色化并重等三个阶段。

形象地说,人类经济历史是一条长河,原始经济、农业经济、工业经济和知识经济分别是经济长河的四个阶段。2002 年经济发达国家已经达到知识经济的发展期,经济发展中国家仍然处于工业经济的阶段。经济发展中国家为了迎头赶上经济发达国家的先进水平,而不是跟踪和模仿经济发达国家先工业化后知识化的道路,在工业经济和知识经济两个阶段之间开辟一条"经济运河",新工业化和知识化协调发展、经典经济现代化和第二次经济现代化协调发展,并逐步从新工业化向知识化、从经典经济现代化向第二次经济现代化转型,最终赶上经济发达国家的知识经济的水平(图 7-7)。

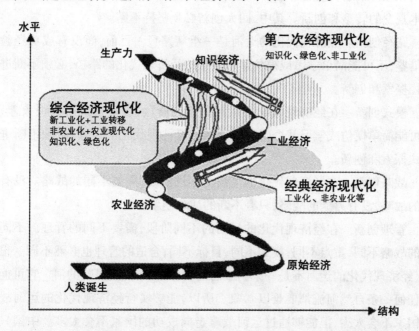

图 7-7　21 世纪前 50 年中国经济现代化的运河战略(综合经济现代化路径)

(3) 中国经济现代化的运河战略包括中国经济现代化的基本路径、产业结构和地理结构等三个部分。下面分别叙述三个部分的简要内容。

第一、中国经济现代化运河战略的基本路径。基本路径：在21世纪前50年，采用综合经济现代化基本路径，协调推进经典经济现代化和第二次经济现代化，协调推进新工业化、知识化、绿色化和全球化，协调推进从新工业化向知识化的转型，全面完成从经典经济现代化向第二次经济现代化的转型，达到世界经济现代化的中等水平；在21世纪后50年，全力推进知识化和绿色化，全面完成第二次经济现代化，迎头赶上世界经济现代化的先进水平。

根据经济现代化运河战略的要求，相对于传统工业化，新工业化具有六个新特点。在新工业化过程中，完成工业化是阶段目标，实现知识化才是最终目标。

可以预见，整个经济现代化的运河是一个不断急剧转型的过程。从农业经济向工业经济的转型，从工业经济向知识经济的转型，在一个国家的同一时间阶段内进行，必然涉及经济全方位的震动和剧烈变化。它包括全面的经济转型和经济创新，包括生产模式、核心技术、主导产业、基本结构、基本制度和基本观念的转型和创新。其中，四大创新必须坚持不懈。

路径创新。经济现代化的运河是一组新路径。目前，尚没有成功经验可以借鉴，不可能简单学习或模仿某个国家的经济现代化的路径，必须不断进行路径探索和创新。

模式创新。在经济现代化的运河的不同阶段，合理模式将有很大差别。不可能简单模仿或学习某个国家或地区的经济现代化的模式，必须不断进行模式探索和创新。

战略创新。在经济现代化的运河的不同阶段，需要不同的战略。没有通用的战略，没有万能的战略，只有不断的战略创新。

管理创新。在经济现代化的运河的不同阶段，需要不同的管理。不同阶段的战略不同，重点不同，模式不同，目标不同，合适的管理也必然不同。很显然，经济现代化的运河不是一条驯服的河，而是一条充满风险的河。它可能会比任何一条自然河流都要难以驾驭。所以，能够实行经济现代化的运河战略的国家不会太少，但能够通过运河战略走向成功的国家不会太多。中国只能成功，不能失败。

第二、中国经济现代化运河战略的产业结构。经典经济现代化的主导产业是制造业。第二次经济现代化的主导产业是知识产业。中国经济现代化的运河战略要求同步推进经典经济现代化和第二次经济现代化,推动从经典经济现代化向第二次经济现代化的转型。这就要求加速中国经济结构的战略调整。

在未来 50 年,中国经济的产业结构将处于转型和调整过程之中。从经济现代化的管理角度考虑,可以将产业结构重组为基础产业、支柱产业和战略产业三类。基础产业是国民经济的基础性产业,支柱产业是国民经济的主导产业,战略产业是具有前瞻性和战略意义的产业。在 21 世纪前 20 年,中国经济现代化可以按三类产业进行布局和调整(表 7 - 1)。

表 7 - 1   中国经济现代化运河战略的产业结构

三类产业	产业集
基础产业	现代农业、建筑业、交通运输业、商业等
支柱产业	普通制造业、金融服务业、知识型服务业等
战略产业	高技术产业、信息产业、文化产业等

第三、中国经济现代化运河战略的地理结构。中国地区经济现代化非常不平衡。这既为经济现代化的运河战略提供了条件,也为运河战略的实施增加了难度。《中国现代化报告 2004》提出了中国地区现代化的“三大片、八大区”的战略布局。它们是:北方片包括东北地区、华北沿海和黄河中游地区,南方片包括华东沿海、华南沿海和长江中游地区,西部片包括西北和西南地区。

在未来 20 年,中国经济现代化运河战略的地区布局大致为:华北沿海等三个地区重点推进第二次经济现代化;东北和长江中游地区同步推进两次经济现代化;西南地区等三个地区重点推进经典经济现代化(表 7 - 2)。

表 7 - 2   中国经济现代化运河战略的地理结构

三类地区	地区	经济现代化的重点
第一类	华北沿海、华东沿海、华南沿海地区	重点推进第二次经济现代化
第二类	东北地区、长江中游地区	同步推进经典经济现代化和第二次经济现代化
第三类	西南地区、西北地区、黄河中游地区	重点推进经典经济现代化

(以上关于中国经济现代化运河战略的资料摘编自《中国现代化报告

(2005)》123、178~183 页,中国现代化战略研究课题组,中国科学院中国现代化研究中心,北京大学出版社)

沿着中国经济综合现代化的运河通道,中国电信能够更快地完成向综合信息服务提供商的转型,并且这个转型必定是在区域上呈现梯次推进的过程。如果没有中国经济现代化的运河通道,中国电信作为企业要独自完成转型就缺失了经济基础。

THANKINGSTORY:皮格马利翁效应

皮格马利翁(Pygmalion)是古希腊神话中的塞浦路斯国王。相传,他性情非常孤僻,喜欢一人独居,擅长雕刻。他用象牙雕刻了一座他的理想中的女性的美女像。他天天与雕像依伴,把全部热情和希望放在自己雕刻的少女雕像身上,少女雕像被他的爱和痴情所感动,从架子上走下来,变成了真人。皮格马利翁娶了少女为妻。

美国心理学家罗森塔尔(R. Rosenthal)曾做过这样一个实验:罗森塔尔提供给一个学校一些学生名单,并告诉校方,他通过一项测试发现,该校有几名天才学生,只不过尚未在学习中表现出来。其实,这是从学生的名单中随意抽取出来的几个人。然而,有趣的是,在学年末的测试中,这些学生的学习成绩的确比其他学生高出很多。罗森塔尔认为,这就是由于教师期望的影响。由于教师认为这个学生是天才,因而寄予他更大的期望,在上课时给他更多的关注,通过各种方式向他传达"你很优秀"的信息,学生感受到教师的关注,因而产生一种激励作用,学习时加倍努力,因而取得了好成绩。由此可见,积极期望对人的行为的影响有多大,相反,消极的不良期望对人行为的影响也不容置疑。

罗森塔尔(R. Rosenthal)就把这种现象称为"皮格马利翁效应",在学术界也叫"罗森塔尔效应"。英国诺贝尔奖作家萧伯纳先生曾写了部作品叫《皮格马利翁》,讲述的是一个语言学家如何把一个伦敦街头粗俗的卖花女用 6 个月的时间培养成了高贵的女公爵。后来还拍成了电影,由著名奥斯卡女星奥德丽·赫本主演,这就是获得第 37 届奥斯卡的《窈窕淑女》(MyFairLa-dy)。

一孔之见

中国电信的转型无疑是要塑造一个"光荣与梦想"的新形象。在这个过程中我们需要的不仅是克服一切困难的勇气,更需要我们满怀热忱地投入想象、热爱、努力与激情来共同塑造这个新形象。

第8章 中国电信的转型路径

我们在前面研究国际上领先的IT企业和电信运营商转型路径的过程中，发现并没有一个可供中国电信整体借鉴的模式。大家不约而同地站在了同一个起点，思考着同样的问题。为此，需要中国电信自己不断进行路径探索和创新。

如果说在今天就要求解答中国电信未来十年的转型路径，必定是一个无解的题，因为未来的不确定性与我们不断的选择使这条路径变得难以把握。

但是解码未来的最好办法就是把它创造出来。为此，我们需要做好确定的事；其次，要学会磨砺我们选择的智慧；第三，我们要经受得起破坏性冲击的考验。

1　转型体系

确定好近期必须做的事，把握好转型的关键要素，并系统化其逻辑规定性，是转型初期的首要任务。

中国电信所面临的各种不确定性就是未来发展过程中的一道道门槛，尤其是在数字化、网络化和全球化的产业背景下，中国电信要顺利实现转型首先需要制定自己的《转型路线图》，从转型背景、转型目标、时间安排、转型管理等方面描绘转型蓝图。2005年8月中国电信完成和下发的《关于实施企业战略转型的指导意见》共25条，就是中国电信自2004年下半年提出转型以来正式发布的中国电信的《转型路线图》。下面对转型指挥、协同行动、建设转型能力、平衡转型风险等内容进行阐述，以支持转型体系。

中国电信要成为综合信息服务提供商，必须在集团范围内培养可互通的能力。所谓"互通"，是指集团内的部门、单位或团队能够为其他部门、单位或团队，提供服务和接受其服务，并通过使用这种交换了的服务有效地协同行动。可互通的能力包括：协同完成的指挥与控制，健全的端到端的信息处理能力和客户服务能力。

协同完成的指挥与控制能力包括：提供通用解决方案，支持部门和单位的态势感知和理解；在实施操作前计划和演练行动任务；在行动过程中实施指挥与控制。

健全的端到端信息处理能力，是指使用机动灵活的信息化基础设施，把部门的、单位的、团队的和客户的信息，链接成协同行动的"内部网"，扩大协同的区域和范围，使基于网络的响应实现无缝到达。

端到端的客户服务能力，是指通过协同的多功能网络平台和完善的信息处理流程，建立从客户需求端来到客户满意端去的无缝的客户服务系统。

中国电信在向综合信息服务提供商转型目标指导下，需要确立三个支持协同的行动，即协同行动框架内的重大行动、稳定行动、战略制衡。也就是说，在未来协同行动中，中国电信各单元主要进行重大竞争行动、稳定行动、战略制衡3种支持性行动。重大竞争行动是对有重要竞争能力的对手实施的大规模联合竞争行动。稳定行动是与合作伙伴共同实施的行动，旨在建立秩序，促进市场稳定。战略制衡是防止竞争对手威胁中国电信的生存或企业利益。要实施这三种行动中的任何一种行动，中国电信各单元都必须具备很强的资源运筹能力、行动指挥能力、团队机动能力和强大的后端支持能力。因此，中国电信需要把这3种能力的转型放在重要的位置。

这3个重要的协同行动不是孤立地存在，它们之间有一种基本而又复杂的相互联系：在任何地方迅速而成功地实施重大竞争行动的能力，都能凸显集团实施整体竞争行动的可信度和有效性，具有重要的制衡价值，同时也能够加强关键地区竞争格局的稳定。要实施这3个协同行动，集团公司必须具备下列能力：(1)模块式可裁剪的多功能团队，可按集团的要求迅速实施协同行动；(2)得到增强的团队成员、协同行动、特定竞争区域的支援能力；(3)得到提高的可以执行特种任务的团队能力。

为此在全面推进转型过程中，中国电信需要从以下几个方面着力：(1)在集团公司所有部门、省级公司、本地网和专业公司中，设置一体化综合互通人力资源项目、政策和程序，以便在适当的时间和地点向协同行动提供适当的支援；(2)培养和造就具有转型意识的团队领导者；(3)通过转型经验交流平台，为转型培养骨干和积累知识，尽快把经过检验的概念、经验纳入转型知识库。

表8-1　10·5·3·1转型体系图示

结构	成功要素	关键能力
十年纲要	全面解读转型指导意见	牢记转型要求,锁定转型方向
五年规划	优化整合十一五关键行动	破解关键行动,理解挑战要求
趋势规律	探索行业升级演进规律	掌握趋势规律,以不变应万变
知识清单	系统列示转型知识、技能	更新知识技能,不断实践提高
三年滚动规划	组合式优化设计针对各种情况的模拟方案	提高市场客户感知,演练协同行动能力
能力平台	全方位构建转型能力平台	提高企业综合素质,强化转型长期要素
一年方案	规范预算计划,科学解析任务;把握任务关键,警示可能误区	提炼执行策略,学会规范执行

同时要建立系统的转型风险管理防范体系,包括:(1)在没有新的转型任务时,做好眼前的工作,学会按规则做事,建立[行为约束集],其形态是制度和故事;(2)在产业重新形成竞争格局时,要抓住机会,形成链式选择,建立[判断依据集],其形态是条例和故事;(3)在任何时候都要储蓄防震能力,对抗破坏性冲击的能力,比如有足够的现金流,疏散冗余的能力,建立[关键作用集],其形态是指引和故事。

此外,我们把转型的关键要件总结成表8-1,做为转型工具箱,权做一家之见。

2　转型三角形

> 如果不能对转型过程进行系统分析,就难以掌握转型进程,进而会增加转型风险。

要切实推进转型,必须建立相应的转型分析体系。在资源、业务和管理三方面揭示转型的本质要求和相互关系,这里资源的定义①是指公司拥有的大量独特的有形资产。在有形资源的稀缺并不成为主要的制约因素条件下,无形资产、组织能力和资源之间的连通能力就成为资源价值的本质内涵;在目前中国电信还不能提供全业务,缺移动业务实在是中国电信为用户提供完整服务价值的硬伤。但是监

① 公司战略,东北财经大学出版社,2000年3月第一版。

管破冰指日可待,能否提供全业务将不再是困扰中国电信的难题,在这种情况下,当中国电信可以自由地选择自己做什么的时候,业务之间的替代与消弭、矛盾与冲突并没有因此而消失。这时候,考验中国电信的是如何根据客户的需求提供"组合"的业务,产生最大的"综合"价值;无论是资源的连通还是业务的综合,都对管理的精确性提出了根本性的要求。在一场越来越势均力敌的战斗中,如果大家不能在"武器"的种类上分高低,必然要在武器的"精确"使用上分高低,于是精确管理就成为充分发挥"连通"与"综合"效能的管理基础,我们将在下篇专门对精确管理展开论述。

我们借鉴资源学派的战略三角形建构中国电信的转型三角形[①]:

有形资产是可以在公司资产负债表上体现的唯一资产,包括:网络设施、各种生产用房以及原材料等;无形资产包括中国电信的声望、品牌、文化、技术知识、专利商标,以及日积月累的知识和经验;组织能力是资产、人员与组织投入产出过程的复杂组合。传统上中国电信有许多业务和资源,但整合效率的提高还有较大的空间。毫无疑问,中国电信转型战略的成功实施,决不是仅仅依靠单个构成要素的质量,而且要同样程度地依靠各个要素作为一个有机整体的运作方式。在此,中国电信的战略三角形就包括转型目标、资源、业务和管理四个要素。

公司要成功转型取决于这些要素中的每一个互相依赖、互相支持,以一种互相促进的方式协调运转的能力。为此需要时刻关注三个连接点:(1)公司资源与业务之间的适合性;(2)公司业务与管理之间的适合性;(3)公司管理与资源之间的适合性。

(1)资源应该能够在公司展开竞争的业务中创造出某种竞争优势。这就需要根据每项业务中的关键成功要素对资源进行评价。但是公司不可能依据某种特殊的资源产生持续的优势,而是必须在公司的产品和服务所必须的全部其他资源的基础上展开竞争。能否创造竞争优势应该是资源与业务适合性的主要标准。

(2)公司的经营理念、体制和经理人员的经验与能力使得公司擅长经营某些业务,而不是所有业务,也就是说每种业务都有其管理的内在规定性。如

---

① 公司战略,东北财经大学出版社,2000年3月第一版。

果公司要经营一种新的业务就需要考虑这种业务的管理规定性,如果差异性很大,公司总部对这种业务的监督与控制就会很弱。要么改进公司管理能力,这通常会有一定的滞后,要么限制业务的选择。能否对某种业务实施有效管理,有效掌控投资和成本是业务与管理适合性的标准。

(3) 公司的结构、体制和流程必须能够促使公司实现业务组合的目标。使得公司的管理基础能使公司的资源在综合信息服务的业务中得到有效的利用。通过各个职能或单位共享价值链中的某些活动而实现的利益,或是从公司的能力转移中所实现的直接利益,促使这些转化为现实的特殊组织机制是重要基础。如果缺少了这种体制与结构,许多潜在的协同效应根本就不可能实现。资源的质量与利用效率是资源与管理一致性的标准。

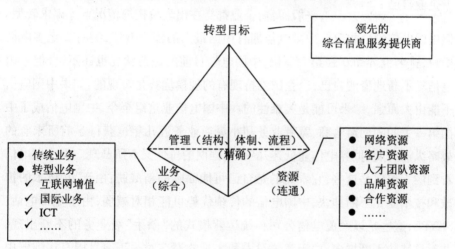

图 8-1

中国电信目前业务的竞争地位,考验的是公司现在的实力,而能力比拼考验的是中国电信管理的深度。在有形资源越来越趋同的情况下能否玩转转型三角形就对管理的依赖度很大。转型战略的执行着眼于竞争优势的保持和获得,不仅需要关注外部环境的变化,还要理顺内部组织体制与流程、资源和业务三者的关系(图 8-1)。资源(客户关系、网络资源、人力资源、品牌资源等)需要合理的组织体制和流程来有效运作和利用,并通过业务(适合市场需要)的形式,才能够转化为价值。

3 转型实施

当媒体的转型热潮退去,当业界专家转向新的热点,必须持续把转型进行到底的是企业自己。

自王晓初先生出任中国电信掌门人后,即把企业转型作为中国电信未来发展的重中之重。在王总的极力推动下,中国电信总部各部门和省公司制定了一系列关于转型的意见和计划。于是,中国电信的转型开始如火如荼地全面展开。透过轰轰烈烈的表象,可以看出目前中国电信转型凸显六大特点。

特点一:直面现实,做大做强

一般而言,企业都是在出现危机的情况下才谋求转型。但中国电信恰恰相反。中国电信拥有中国最大的固定网络,拥有 2 亿多电话用户,排名世界 500 强第 262 位,中国电信目前的经营状况也还不错,但中国电信却不断地警醒自己:只企图维持现有的规模优势是短视的,如果中国电信不能由大而强,结果可能是灾难性的。中国电信业重组至今,中国电信成了中国第一大的固网运营商,宽带业务和小灵通业务近几年也获得了前所未有的战略纵深发展,世界电信业低迷几年后,固网的价值又有所凸现。但中国电信看到的不仅仅是这些,它看到的是自己可能面临的新威胁:由于 IP 技术的扩散和技术变化不断加快,中国电信的传统优势可能相对减弱;由于宽带电话、SKYPE,这些足以颠覆电信公司传统运营模式的"杀手"级业务的不断出现,非对称威胁不断增多;由于竞争对手和大量的潜在对手正在发展直接削弱中国电信优势的能力,中国电信面临的挑战在增多……这种直面现实、做大做强的理念成为中国电信全面推进企业转型的不竭动力。

特点二:目标明确,步骤连贯

中国电信的转型指导意见明确提出了六大转型目标。

一、中国电信转型就是从传统基础网络运营商向现代综合信息服务提供商转变。

二、向现代综合信息服务提供商转型要建立以客户为中心,通过价值链合作提供话音、宽带接入、视频内容三重打包服务的商业模式。

三、非话音业务收入占企业收入(含移动)比例达到 45%。

四、全面实现以客户品牌开展营销服务,建立健全以客户为中心的商业模式。

五、资本性开支(含移动)占收入比下降到25%左右,经济增加值(EVA)达到国内电信企业领先水平,其他主要价值指标达到国际可比电信公司平均水平。

六、是建立与企业战略转型相匹配的人才队伍和学习型组织,员工人均经济增加值达到国内电信企业领先水平。

在此基础上,中国电信提出了实现这转型目标的"三步走"创新战略。各专业部门和省公司根据这转型目标和"三步走"战略,制定各自的转型路线图。有了明确的目标,转型方针、政策和战略就能保持一致性和连贯性,就能较好地解决中国电信的近期需要、中期需要和远期需要。这就既可保证中国电信现有竞争能力稳步提高,又可保证中国电信从"传统"向"综合"的平稳过渡。

特点三:领导推动,上下互动

中国电信转型之所以能够在较短时间内全面展开和快速发展,主要得益于集团高层领导的大力推动。

2004年12月11日,王晓初总经理在年度工作报告上首次提出中国电信从传统基础网络运营商向现代综合信息服务提供商转变的要求,吹响了中国电信转型的号角。其后,王总在集团公司会议上和下基层调研时多次发表推进中国电信转型的讲话,阐明中国电信转型的必要性和转型目标,要求加速推进中国电信转型。接着,中国电信企业战略部牵头拟定了转型指导意见,而且明确了专业部门和省公司在企业转型中的职责以及集团公司企业战略部承担转型办公室的职责。

特点四:周密计划,稳步推进

对于中国电信来说,从"传统"向"综合"转型,是一次脱胎换骨式的变革,没有先例可循,稍有不慎,就可能对公司现有的业务造成损害。因此,从集团公司到各专业部门和省公司,在大胆推进企业转型的同时,都制定了周密细致的计划,一步一个脚印地稳步向前推进。

中国电信的《转型指导意见》不仅确定了中国电信转型的定义、范围、战略和实施办法,而且详细具体地明确了转型的领导和职责。各专业部门和省公司又根据《转型指导意见》进一步细化和具体化自己的转型活动,使自己的转型路线图具有很强的可操作性。有了详细具体的转型路线图,各专业部门和省公司就可逐项落实转型计划,稳步把转型活动推向前进。并且集团2005年下发的转型指导意见注明为试行稿,充分表明了集团实事求是,稳步推进的态度。

特点五:措施有力,强调实效

为了全面、快速地推进企业转型,中国电信采取了多种切实可行的措施,并收到了比较明显的效果。这些措施主要包括:

一、建立转型办公室并明确其职责。

二、大张旗鼓地宣传企业转型的必要性和重要性,激发全体员工的创新热情。不仅从上到下密集培训,而且以内部刊物《电信决策研究动态》为转型经验交流的平台,实现转型知识共享。

三、制定科学合理的转型蓝图并扎扎实实地付诸实施。

四、减少或中止不符合转型战略要求的网络建设投资。

五、加大转型业务投入。

六、对新型业务实行新的机制。

七、设立转型创新基金。

在未来几年内,这些强力措施将会产生明显的效果。

THANKINGSTORY:在空地上种上草

一位著名的建筑师为某单位设计建造了一组现代化的办公大楼。这是三幢建设在一大片空地上遥遥相望的漂亮的大楼,建筑师超人的艺术素养得到了淋漓尽致的体现。大楼轮廓初具的时候,看到的人都已经赞不绝口了。

工程快竣工时,工人们问他:"三幢大楼之间的人行道如何铺设?"

"在大楼之间的空地上全种上草。"建筑师回答。

大楼主人和工人们都感到纳闷,但这是著名的建筑师的话,他们不好反对,就在这空地上全种上了草。

一个夏天过后,在三幢大楼之间,和三幢大楼通往外面的草地上,已经被来来往往的行人踩出了若干条小路。这些小路有些因为走的人多,就宽些,有些因为走的人少,就窄一些,但他们蜿蜒伸展,错落有致,就像是几条树林间的小道。

到了秋天,建筑师又带着工人们来了,他让工人沿着人们踩出的路痕铺就了大楼之间和通向外面的人行道。然后在道路两旁种上了树木和花草。

每一个走在这些道路上的人都说:这几条路,是比大楼更伟大的杰作。

一孔之见

建筑师创造了两个伟大的作品,而在这两个伟大的作品里,正有着相互补充着的转型真谛。

建筑师设计建造了三幢和谐地组合在一起的大楼,它这是在告诉我们:转型,应该是一项有目的的工程。转型必须有一个清晰的蓝图,它就是皮格马利翁用刻刀雕刻他手中的汉白玉,并使之成为一尊美丽的少女雕像,并用你关注的目光使这尊雕像复活的过程。

可是,我们不要忘记,这个故事中还有另外一个更伟大的工程:那几条按人们的"脚"量身定做的道路。这既是故事真正吸引人的地方,也是这个故事所能给予我们转型的最好启示。

它是在告诉我们:转型,在有着清晰目标的同时,更是一个"顺性而为"的过程。是一个探索和顺应产业发展规律的过程。

下　篇

精　确　管　理

精确管理,中国企业界已经或多或少在尝试,但是把精确管理与企业转型紧密联系起来的只有中国电信,或者说精确管理在中国电信就有了特别意义。

精确管理是一种具有创新性的管理系统,它建立在已知的科学管理理论之上,一方面紧密结合企业实际,力图克服过去"直接管理"的弊端,试图形成一套适应和支撑转型的一些管理基本规则和操作思路;另一方面精确管理是应对极限竞争时代的必然选择。

中国电信转型的高潮在于精确管理体系的最终形成,精确管理是中国电信转型必须迈过的一道坎;是中国电信通过转型成为领先的综合信息服务提供商的必由之路。

要理解精确管理,首先需要理解精确管理与中国电信以往的管理有什么本质不同,如果不能理解这一点,不仅会使各级管理者陷入困惑,难以与现有的管理变革作区分,而且,精确管理的地位也难以确立,对管理的根本性提升作用也难以充分发挥。

要对过往的管理进行归结并不是一件容易的事,我们不能说过往的管理是传统管理,因为上市以来,中国电信已经在管理上进行了许多现代化改造,至少从形式上具备现代管理的特征;我们也不能说过去的管理是经验管理,因为以全面预算为核心的量化管理使得企业的许多决策和管理能够基于客观的数据和分析。能够体现过往管理特征的应该是"直接管理"。"直接管理"同时也可以作为精确管理的对应,在这个基点上精确管理不啻是一场管理的革命。

在中国电信不懈努力求解转型方程式的同时,也必须求解精确管理方程式。转型方程式与精确管理方程式实际上就构成了联立方程,需要中国电信在未来的转型征程中给出最优解。

精确管理方程式:

精确管理 = 双核模式 + 最好知识 + 证明程序 + 增长方式升级 + 信息化 + 登高 − 直接管理

第9章　精确管理基础

　　创新不一定是技术上的,甚至可以不是一个实实在在的"东西"。从影响上看,只有少数技术创新可与报纸或保险这种社会创新抗衡。分期付款制改变了经济。任何领域只需引进分期付款制,它就能将经济从供应驱动型转变为需求驱动型,不管该领域的生产水平如何。现代形式的医院是18世纪启蒙运动的一种社会创新,它对医疗保健的影响大于许多药物上的进步。管理——即"有用的知识"——首次使拥有不同技艺和知识的人能够在一个"组织"中一起工作,它是本世纪的创新。

　　　　　　　　　　　　——彼得·德鲁克(摘自《创新与企业家精神》)

　　精确管理做为一种管理上的创新,它将为中国电信的转型事业奠定深厚的管理基础。提出一个创新的概念很重要,更重要的是把它付诸实践,接受实践的检验。

1　精确管理是什么

> 精确管理的本质是对自我的不断挑战,根本动力源于企业对卓越的追求

　　精者,去粗也,不断提炼,精心筛选,从而找到解决问题的更佳方案;从静态的角度讲就是最佳方案,从动态的角度讲就是不断精炼,寻找更好方案的过程。的确,从静态角度讲就是符合事实的,真实的;从动态的角度讲就是符合事物内在联系和规律性。精确管理从一般意义上讲就是不断提炼符合事实的解决问题的更好方案的过程。

　　对中国电信来说,这个一般的定义对应过来就是,精确管理是对客户需求最佳满意模式的有效逼近过程。包括两个方面的含义:一是在最佳满意模式的条件不具备情况下,企业所能达到的最佳逼近;二是在逼近目标确定的情况下,企业达到目标付出最小的代价。第一个方面的含义强调的是精确的现实存在性;第二个方面的含义强调的是精确

的经济规定性,是精确性与经济性之间的平衡。由此归纳出精确管理的十个特征。

基本特征之一:直面现实

转型不是空中楼阁,这是一个基于现实问题和事实的一种非理想条件下的系统构建工程。为此,我们需要:

(1) 要认清自己。关键是要避免集体无意识的形成。二加二等于四,这是一个最简单的等式。那么在什么样的情况下,二加二不等于四?

一个人在同事面前说了二加二等于三的话(可能是主观故意,也可能是客观认知错误),就会在领导面前说二加二等于五……在集体无意识的状态下,就会说二加二等于任何数,就是不等于四。想一想我们在工作中,在会议中是否讲出了自己的真实想法?

因为我们在对事实的认知中通常是互相求证,当这个简单的等式被集体算错时,集体无意识便形成了;集体无意识一旦形成,灾难就会降临。对市场的认识,对客户的理解就会出现偏差,这是由于在目前不确定弥漫的市场环境中,企业往往是通过不断纠偏获得对现实的认知。

从这个意义上讲,二加二不等于四就是一场灾难,因为你违背了客观规律。二加二等于四也是一场灾难!因为你违背了集体的意志。集体无意识一旦形成,挺住的又有几个呢? 讲实话是企业认清自己的最基本的方法,也是至高要求。

(2) 接受条件的有限满足。转型工作不是在一张白纸上展开,也不是要等到条件都具备时才开始。转型条件包括外部条件和内部条件。对转型条件的有限满足是中国电信和每个员工必须面对的现实,也就是说现实的转型是基于相关方参与转型的条件不能完全满足的前提。

在过去十多年中国电信业大发展时期,国家出台了许多政策促进电信业的发展,但是在中国电信未来的发展中,来自国家的更多是促进市场有序竞争的监管与控制,要想获得倾斜的产业发展政策基本上没有可能。特别是,虽然中国电信已在海外上市,但是作为国家控股企业,在体制机制上还有不少难以适应竞争的需要。

在转型的一些外在条件并不完全具备的情况下,转型的内在条件,企业更没有理由抱怨和等待,必须靠自己去创造和把握。在任务的转型特征还不明显的情况下,要认真做好当前的工作。

(3) 不回避问题的复杂性。要迎难而上,善于掌控和驾驭复杂问题。系统运筹所带来的细节复杂性,未来不确定所带来的动态复杂性,无潜力生存所带来的极限复杂性,都是在未来转型过程中所必须面对的。

这一特征内含的是对企业个性深刻理解的精确特性。

基本特征之二:客户导向性

客户,而不是产品决定了一个企业的成败,客户导向性的本质是端到端的客户服务能力,是指通过协同的多功能网络平台和完善的信息处理流程,建立从客户需求端来到客户满意端去的无缝的客户服务系统。

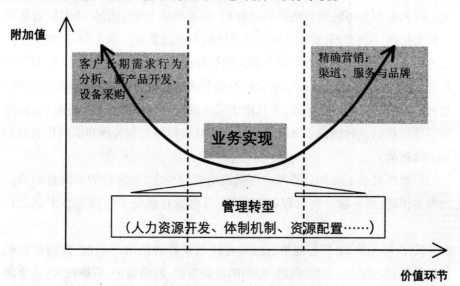

图 9-1 精确营销拉动微笑曲线向上移动

2005 年 9 月 9 日王晓初总经理在企业战略工作座谈会上指出:"精确管理首先是要做好精确营销。精确营销是市场细分和捆绑套餐设计的基础,不能简单拍脑袋、一刀切;品牌建设从某种意义上来说,是通过品牌来理清和规范我们的资费政策,更要加强从企业品牌到产品品牌的优势传递和延伸,因此精确管理要从精确营销开始,逐步在其他方面展开。"

宏基创始人施振荣 1992 年提出著名的"微笑曲线",坐标的 X 轴是研发、制造、行销,Y 轴是附加价值,曲线向上伸展,代表着通过创新、产品和品牌、服务等要素,产品附加价值得以向上提升。

图9-1是中国电信的微笑曲线,通过客户导向的产品开发和精确营销使产品附加值得以向上延伸,同时提升产品实现的网络价值。

中国电信的微笑曲线解释了精确市场营销的价值本质。这一特征内含的是价值导向的精确特性。

基本特征之三:因地制宜

因地制宜对管理者的挑战很大,其本质要求在于通过对集团转型战略的深刻理解与对自身约束条件的高超把握,制定出体现集团战略整体要求的又切合当地实际的、既有宏观的战略协同性又有微观的操作性的管理方法或方案。首先要对集团转型战略正确地解码,其次要求对自己所处环境发展规律高超的把握,而最为重要的是要使二者能够有机地契合。基于此,因地制宜就成为精确管理的内在基本特征。最大的挑战在于,在因地制宜方面,集团与省公司信息的不对称,使得因地制宜有可能变成基于局部利益偏好的路径选择,有可能偏离集团的转型路径,并且由于未来设计与现实利益的偏好对比,在实际中往往难以及时纠偏。真正做到因地制宜对领导力和管理知识的积累都是巨大的挑战。

因地制宜是王晓初总经理一再强调的管理理念,是管理的实践意识第一的根本体现,绝不像一些人理解的那样,因地制宜就是下面想怎么干就怎么干。

2005年3月21日王晓初总经理在江西调研时指出:"当前,在做好精确的财务管理的同时,要重视做好精确的市场营销、网络维护、资源配置,实事求是、因地制宜地推进企业信息化建设,为精确管理提供有力的支撑。"

结合各本地网正在进行的BPR流程实施工作,2005年6月底王晓初总经理在贵州电信调研时针对组织效率和渠道冲突等问题强调指出:"BPR有非常好的理念,但要实事求是、因地制宜,真正掌握方法并结合当地实际,在实践中找到适合自身企业的管理模式,不能机械教条地照搬。"

这一特征内含的是全局的统一性与局部个性的精确匹配特性。

基本特征之四:灵活应变

2005年9月9日王晓初总经理在谈到中国电信面临的问题和未来发展趋势的看法时指出:"作为企业战略部门,要研究这些问题,要有前瞻性,来真正应对这些挑战，努力把中国电信做活、做强、做大。中国电信目前规模已列世界500强的中位，用户2亿。规模足够大，但内部管理基础还很薄弱。我们讲转型，最根本的是我们企业各级领导人的思想观念，这是解决所有问题的关键。"

"如果大力发展以IP为主的业务，我们的队伍适应吗？从商业模式到内部的机制、体制，最根本的是人，人才的激励和保障体制我们适应吗？"

王晓初总经理在做强、做大前面加上"做活"两个字，可谓寓意深刻。"灵活应变"其本质的内涵在于企业能够快速高效适应环境的变化，提高战略柔性，实现可持续的"长青基业"。

首先要能够克服路径依赖形成的锁定。这就需要我们不断进行假设条件的检验，及时根据条件的变化做出调整。从新制度经济学的观点来看，推行任何一项改革措施都属于制度变迁，中国电信在转型周期中进行的各项改革也不例外，并且很多改革措施的选择都具有很强的时间性，但是这些改革措施并不会自动升级替代。而任何制度变迁都具有"路径依赖"的特性，即一旦人们选择了某一项制度，这种制度就会在以后的发展中得到自我强化（类似于物理学中的"惯性"）。这是因为，任何一项制度形成之后，就会产生这种制度的"受益者"即"利益群体"，他们对这种制度有强烈的"需求"，总是力求通过巩固现有的制度来阻碍进一步的改革，哪怕新的制度比现有制度更有效率。如果现存制度的"受益者"们的"能量"足够大，制度的变更便很难发生。如果继续沿着"初始的路径"（即现有的制度）走下去，整个企业就有可能锁定在无效率之中，而一旦进入了锁定状态，要想脱身就非常困难。

其次要能够实行差异化的管理，适应不同板块业务的需要。但是公司要经营一种新的业务就需要详细考虑这种业务的管理规定性，如果差异性很大，公司总部对这种业务的监督与控制就会增加难度，这对总部的管理是一个挑战。例如当我们不得已同时选择三类业务时（表9-1），我们已经陷入了"缺乏管理统一性"的困境之中。我们必须寻求三类业务的内在统一性，防止因缺乏统一性而造成整个组织运行体系的"离散"，防止因经营力量的分散而失控。所谓"不能收敛，就不能控制"。

表9-1 不同板块业务的差异化管理

		核心业务	新兴业务	战略业务
人才管理	人才类型	营运人才为主	创业人才	前瞻性人才
	人才管理策略	短期业绩为主	自我管理为主	给予事业发展机会
业务计划	计划重点	保护、延伸和提高现有业务利润	新业务模式建立	判断未来的机会选择
	计划内容	年计划	创业战略	投资决定
业绩管理	业绩	短期财务业绩	增长和资金利用效率	成功率
	衡量标准	利润、成本、生产率	销售增长、市场份额、新客户	项目各阶段设定的目标

第三要能够不断创新,使企业的增长之源永不枯竭。创新就是在充满变化和竞争的环境中,企业为了实现发展目标,不断寻求更好的解决方案的过程。解决方案则是指在一定时期内将许多新的事物(对企业来说)整合形成的创造价值的模式。这些新的事物可能是以下一个或几个因素的组合:新技术;以新业务、新服务形式出现的新应用;新市场或新的市场细分;新的组织形式、新的管理方法或新的流程等。

创新命题对中国电信的挑战在于就是要不断激活每个单元的创新活力,使整个组织能够保持足够的张力。(见图9-2)这个特性能够有效克服直接管理中产生的"跳蚤现象"。把跳蚤放在瓶子里,它一跳就能出去。如果把盖子盖上,它的每次跳跃都会被盖子弹回,时间一久,它就不会跳那么高了。有一天,盖子被打开了,跳蚤却再也跳不出去了。

这一特征内含的是对变化动态感知和响应的精确特性。

基本特征之五:专注性

在过剩的市场中,企业要想成功,应对自己选择进入的领域或业务给予足够的专注,寻找出价值链中的关键环节,培育和锤练核心竞争力,并不断积累经验、推陈出新,避免因低层次的重复而陷入困境

(1)把事情做到位是企业兴旺的保障,管理者具有长期的愿望和策略是企业可持续发展的基础。成功需要长期的专注,专注比低层次重复成功的可

第九章

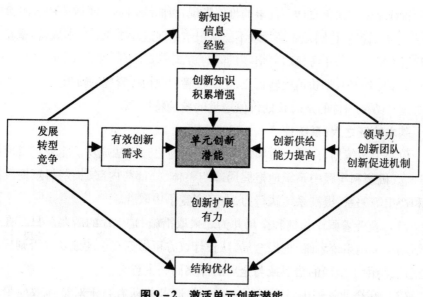

图9-2　激活单元创新潜能

能性大,把一件事做到极至比重复 10 次每次做到 80% 更有价值! 问题是在企业的运作实践中,许多管理者更倾向于追求短期的绩效。

(2) 只有专注才能解决企业为客户创造价值的管理上"最后一公里"问题。产品和服务在市场中的地位,往往不是取决于某一项技术的先进程度,或者是通用意义上的管理经验,而是仰仗其在满足客户细微需求上的专业水准和声誉,这只有靠长期专注才能产生。市场虽然有需求,但客户凭什么相信你会满足这种需要?! 只有不断创新才可以使一种产品完善到使大多数人乐于使用的境地,而没有专注何谈创新?

(3) 只有专注才能逼近极致,获得长期价值。这就需要不断经历从实践到理论,再由理论到实践的过程,不断提炼和总结。这包括投资的积累、知识的积累和队伍的培养。问题在于在短期专注的价值并不明显,如图 9-3 所示。

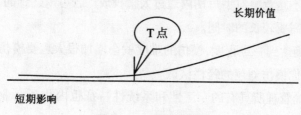

图9-3　专注价值图

转型之路:精确管理与企业个性　131

直线是低层次重复做一件事的价值表现,而曲线则是专注做一件事的价值表现。如果管理,特别是业绩管理不能从根本上促进专注能力的形成,转型就会遇到很大瓶颈。每年考核以后清零的管理方式需要认真审视。图9-3中的T点是短期影响和长期价值的转折点,是直接管理向精确管理的转折点。

这一特征内含的是对长期价值逼近的精确特性。

基本特征之六:系统性

仅靠个案策划、自身能力和近期投入,企业已经无法成功。企业需要能够从理念、机制和实践中系统地把握局部与整体、外部与内部、长期与短期及投入和产出等关系,提高系统执行力,方可在竞争中取胜。

(1)企业着眼于长期和全局并为之采取措施,是生存的需要。只有在管理活动中采用系统思维,把握全局,从长计议方可做到真正的成功。否则局部的正确,会由于全局的错误或与全局的冲突而失去意义。

(2)在企业管理中对边际效应最大化追求的动力高于对整体效应最大化的追求,主要是因为激励机制是边际效应导向的。第九个馒头的作用?9个馒头的故事虽然可笑,但并不离谱。

(3)在时间维和重要性两个坐标构成的坐标系上,对任务和资源进行优先性排序,体现一种匹配的精确。资源配置效率的提高需要系统地营造,并有赖长远目标的制订和准确的定位,而不可分散目标或看重短期利益。

这个特征内含的系统元素间相互关联的精确特性。

基本特征之七:难模仿性

实施精确管理的企业不仅仅能够比竞争对手更快地抓住市场机遇和赢得客户,更快的获得效益,并且能够在某一行业或市场中建立起竞争对手难以模仿的优势。

(1)企业长期的自我完善和积累建立起的品牌和声望,是大量的用户体验在支撑,决不是竞争对手短期内通过大量投放广告可以达到的,因为体验需要时间,通常需要较长的时间。

(2)精确达到一定程度,模仿的难度就会增加很大。要模仿一般人的跨栏没问题,但你模仿刘翔的跨栏试试。

(3)精确管理所具有的专注性和系统性特征也内化了企业优势的难以模仿性。

这个特征内含的是进入门槛的精确特性。

基本特征之八：可测性

可测性是精确管理的一个内在要求，如果一个管理行为不可测，也就谈不上精确。可测性包括三个方面：

（1）测量体系和方法（包括定性方法和定量方法）的科学性。如果一个尺子是橡皮的，就难以保证测量的准确性。

（2）行为主体行为的合规性。如果企业中随意发挥的事太多，不按规则办事，测量的难度和成本就会大大增加。

（3）行为过程的显式化。如果企业中黑箱太多，测量的对象信息就会难以获取或被扭曲。对管理行为的规定和任务完成的格式化可以提高过程的可测量性。

这个特征内含的是精确的内在科学性。

基本特征之九：和谐性

这里的和谐是指严格规则基础化的和谐。建立在博弈各方可信度较高的基础上，可以使行为可预测，提高协同的精确性。猜疑、误解、不信任往往会导致行为的扭曲，产生很多人为的不精确。良好的互动机制是系统精确运作的基础。这里特别需要强调文化的重要性，在一个和谐性很差的文化基础上，精确管理难以生根。

在环境变化加剧，企业的各种元素间互动关系越来越强时，系统的和谐是协同精确性的根本要求。这个特征内含的是互动精确特性。

基本特征之十：归因于内

必须理解在转型时期，工作模式必然是在条件有限满足情况下的最优模式寻求，工作转换过程中的困难与挫折在所难免，如果一遇到困难就归因于外，必然会扰乱整个工作的持续。

要提高员工在逆境中的责任承担能力，创造条件开展工作的能力，决不能等万事俱备才做工作。

任何管理模式本身都不会是十全十美，如果归因于外总可以找到借口。特别是转型过程中可能的利益调整使得会把不满和责难归咎于管理模式。而往往是一种管理模式要发挥最大的效率，首先大家要相信它的逻辑，一起努力才能做好。归因于内也是提高协同的潜在要求。

归因于内是勇于承担责任，不断挑战自我，把事情做到位的精神力量，是精确管理高效协同，不断突破短期绩效上限的需要。这就要求在转型的过程中，各级领导人要争做"方案使者"，尽量不要做"问题使者"。

这个特征内含的是各个个体对偏离精确的自动纠正特性。

2　精确管理为什么

> 理解精确管理存在的价值和使命，是确立精确管理的重要出发点。

精确管理的存在价值在于为中国电信的转型奠定先进的管理基础，在于为中国企业突破20多年来改革开放企业获得巨大成长后进一步做大做强的管理瓶颈积累和探索经验。为此，首先要经历中国电信转型实践的检验。

精确管理作为"直接管理"的对应，其首要的使命是克服"直接管理"的4大缺失和3大陷阱，突破"直接管理"运行的箱体。"直接管理"适应了大发展时期投资驱动的增长模式对速度的要求，但是其自身存在的缺陷使其很难适应客户价值和创新驱动的增长模式对速度的要求。

当经济的形态从短缺变为过剩的时候，也就是说普遍的过剩成为一种经济常态的时候，主要适应外延式增长的管理模式就走到了尽头，就目前的整个电信市场来说，通过扩张未被触及的市场，来获得快速的数量增长的空间越来越小、难度越来越大。现在市场的一个突出特点是向纵深发展，在这种市场中，比的是功夫和耐力，因此，"市场没有迟到者"的特征十分明显。这里把精确管理分为三个层次：一是产品功能的精确化，其特点是技术主导，规模发展；二是企业各项管理功能的精确化，其特点是管理主导，服务制胜；三是企业整个系统的精确化，其特点是智慧主导，结构优化。第一层次主要是，专注产品本身的竞争力，其结果是技术主导，追求规模效益，极易造成产品结构的不合理；第二个层次主要是，专注于提高企业各项功能的竞争力，包括人力资源管理、财务管理、市场、销售、服务、客户忠诚等，通过以服务为媒介提升整体管理能力，在这一方面可以说很多中国企业仍处于初始阶段，要补的课还很多。第三个层次主要是专注于通过有竞争力的客户信息力对上述各项管理功能进行整合的客户化能力，是通过对整个企业系统的结构和参数的改变提升系统的竞争力，客户信息力对各项管理功能的整合是以客户为中心运营模式的核心。

目前中国电信仍处于第二层次，要进到第三层次还面临许多挑战，一个企业可以实施的战略主要基于实施战略的能力而不是战略资源。

其次，精确管理需要承担起极限竞争时代的管理使命。从一般的竞争战略着手，如果一个企业要获得优势地位，要么比竞争对手在成本上有优势，要么比竞争对手在为客户创造独特价值上有优势，前者是在生产要素短缺的条件下通过技术和管理创新来确立，后者则是在客户需求稳定的情况下，通过企业在客户需求管理上的积累，挖掘客户的需求特征来获得。但是，现在的情况是所有的生产要素都供给过剩，而客户的需求在发生结构性的变迁，企业实际上已经很难创造出传统的成本优势和差异化价值优势，或者说传统的竞争策略正在不同程度上失灵，这时候就发生了所谓的极限竞争①。

杰克·韦尔奇曾经说过，20世纪80年代将会是一个行业竞争逐渐激化的"生死搏斗"年代，而90年代这种竞争则更为激烈。尽管在这一时期，全球很多地区呈现有史以来最大的牛市，人们收入节节攀升，经济发展呈现出前所未有的繁荣局面，但事实最终证明，通用电气前任董事长杰克·韦尔奇的话是正确的。到20世纪90年代中期为止的20年间，用以衡量企业丧失领先地位比例的"颠覆率"翻了一番（图9-4）。新技术使各行业的老牌龙头企业黯然

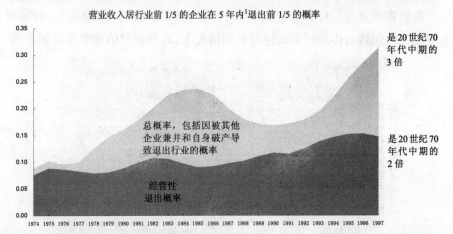

营业收入居行业前1/5的企业在5年内¹退出前1/5的概率

¹35个不同行业在5年内的加权滚动平均概率；图标中显示的年份是滚动平均值计算年份的最后一年（如1997年的概率包括1997～2002年间数据）

图9-4　传统强势企业受到的挑战

———————

① 《麦肯锡高层管理论丛》2005.1，William I. Huyett, S. Patrick Viguerie）。

失色。与此同时,身手更加敏捷和灵活的竞争对手凭借更准确的价值定位和更低的成本,似乎从一夜之间就冒了出来,取代了老牌企业的行业龙头地位。

然而,从很多方面来说,20世纪90年代还只是全球经济大规模重塑的开始,这一趋势还将在未来持续10~20年时间。在这段时期,创新、劳动生产率和GDP将在三个供给因素的共同推动下以前所未有的规模大幅增长。这三个因素包括:第一,全球化。其主要特征是低成本的大规模经济体与全球供给和需求基地实现一体化。第二,技术创新。加之20世纪90年代建设起来的网络和通信基础设施在这一时期将得到充分利用。第三,经济自由化。蛋糕仍在做大,而且增长速度很快,但让我们愈加不安的现实是,增量(包括利润)的分布极为不平衡,也不可预测。我们已经迎来极限竞争年代。

在这一形势下,很少有老牌企业能够从容应对。它们的决策流程普遍过于迟缓,观念陈旧,应对措施通常是渐进式的,不够大胆。很多老牌企业需要一套建立在速度、灵活性和抗冲击能力基础上的有竞争力的新型应对模式。很多有关企业战略的教科书中找不到现成的应对模式,企业领导人以往应对渐进变革时积累下来的成功经验也不足以提供借鉴。

将在哪些领域出现极限竞争?

极限竞争分为三种类型(图9-5)。第一种是传统的"阵地战"。在需求萎缩或无法保持与供给同步高速增长的情况下,此种类型的竞争常出现于成

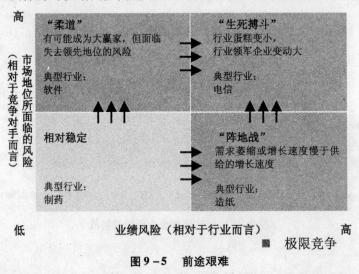

图9-5 前途艰难

熟的、无差异化的行业中。无论是出于哪种原因，结果都是由竞争加剧导致利润萎缩——但对市场领军企业不会造成什么冲击。

第二种类型堪称"柔道式竞争"，这和第一种类型恰恰相反：整个行业的蛋糕在做大，但行业内部企业的排名始终在发生变化。领军企业通常会成为大的赢家，但小型企业由于经营方式更加灵活，会通过产品创新或采用新的业务模式弥补规模或范围上的不足，使得领军企业始终面临被颠覆的危险。众多新兴行业（如软件）以及消费潮流主导型的传统行业（如餐馆和品牌服装）都属于这一类型。

最后，"生死搏斗"兼具以上两种类型中的不利局面：整个行业的蛋糕在萎缩，行业内部频繁洗牌。我们对行业领军企业及其失去领军地位的比率进行分析，结果显示，目前很多行业有沿着图9-5矩阵中的纵轴方向向上迁移的趋势。同时，在一些供给因素（主要是能够渗透到临近产业并对临近产业产生颠覆效应的重大创新要素）的拉动下，这些行业还有向右迁移到"生死搏斗"方阵的趋势。电信业就是一个很好的例子。无线电话用户量的增长、宽带的兴起及VoIP（互联网语音传输协议）的到来，正在迫使企业纷纷重新思考自身的业务范围。电信服务提供商深知，随着其他具有竞争力的产品和服务形式成熟起来，传统有线业务必将萎缩下去。要实现增长，就需要提供更多的服务类型，包括无线、宽带甚至娱乐业务。这种对业务范围的重新界定，引发了大规模投资，产生了新的竞争对手，带来了巨大的不确定性。整个行业业绩的风险以及个别企业市场竞争地位所面临的风险，都大大增加了。

（摘引自：经济科学出版社出版的《麦肯锡高层管理论丛》2005.1，William I. Huyett, S. Patrick Viguerie）

中国电信业在近几年中运营商之间愈演愈烈的竞争也在一定程度上验证了极限竞争时代的到来。

突破直接管理的瓶颈，迎接极限竞争时代的挑战既是精确管理需要承担的使命，也是促进其自身成长的深厚基础。

3 精确管理与直接管理比较

通过比较归纳出差异特征，通常是理解一个概念的很好的方法。

精确管理是对直接管理的突破,通过比较二者的差别可以更好地确立精确管理所具有的价值与作用。

表9-1 直接管理和精确管理比较表

直接管理	精确管理
以自我为中心,力求占用尽可能多的资源,力图获得立竿见影的绩效	重在公司整体的价值增长,突出局部与整体的完美协同
资源的投入运筹以绩效为长度,主要关注当前的产品和用户能带来的收入	资源的投入运筹以资源发挥作用的有效长度为依据,以改进客户关系、满足客户现在和潜在的需求,提升客户满意为主
工作的考核指标是围绕当前的业绩	围绕可积累的业绩需要,注意平衡当前和长远的需要
工作的动机是完成近期目标,取得当前的利益	工作的动机是实现可持续的发展,满足长期利益
公司收入的大部分来自近期的管理活动和投入	公司收入大部分来自较早打下的基础和长期管理策略
决策和评估某一个管理行为的依据是看它能否达到即期或短期的目的	决策和评估某一个管理行为的依据是能否对整体管理策略有益
完全以结果论英雄,成功全盘肯定,失败全盘否定	成功来自学习和积累,要肯定或否定的不是结果,而是过程
看重一些行之有效的绝招或计谋,或寻求鲜为人知的、易于见效的机会,往往热衷于引入一些新潮的管理概念	看重整体设计和长期目标,建立他人难以模仿的优势,长于从企业自身的管理实践中总结和提炼
每个管理活动都满足某个独立的目的,而这个目的可能与其他管理活动的目的无关,甚至可能相矛盾	一切管理活动都服从整体目标,某一个具体的活动及其效果无法独立存在或衡量

从短期看,直接管理可能会取得暂时的利益,但由于其无法建立根本的优势,因此,这样的企业是不会取胜的。更重要的是,在极限竞争的市场中,直接管理连短期的利益都可能难以获得!精确管理认为专注产生专业,专业赢得市场。精确管理善于长期专注几项关键的事情,把这些事情做到极致。而直接管理认为:公司的发展需要作许多事情,所以多做一些事情就能够获得成功,结果会由于事情做不到位或重复做使事情越来越多。

精确管理认为越是资源有限、竞争激烈,越要从长计议,系统地运作。而直接管理认为当今企业可动用的资源有限,竞争激烈,所以只能顾及眼前利益,无法考虑长远。

从精确管理的十个特征来看,精确管理是真正回到企业的管理现实,又面向未来求真务实的管理模式,能够有效突破直接管理的瓶颈。比如"专注性"使企业可以不断利用以前的投入来产生眼前的效益;"难模仿性"使企业减少竞争,从而使这方面的投入相对增值;"客户导向性"又使企业能够真正了解客户所需并产生客户满意,从而避免了盲目投入和开发新客户的费用;"系统性"则可以使企业的每一项投入都兼顾了其他投入、企业长远利益、企业的形象和定位,乃至所处整个行业之发展和繁荣。精确管理能够使企业在同等的投入下产生最大的效益。

精确管理关键在于突破图 9 – 3 中的 T 点,实现价值成长的根本逆转,但是我们必须建立起对精确管理的理性预期。不可企望通过精确管理立竿见影,解决企业的燃眉之急,因为精确管理之目的是使企业练就滴水穿石之功;无法做到使万米运动员跑得如同百米运动员一样快,精确管理关注的是实现企业长期的内部积累和总体实力的增加;没有固定的成功模式或计策,精确管理提供的是一个思想体系和方法;

无法确保一个企业成功,因为一个企业的成功需要一些基本因素;精确管理无法解决非市场因素的影响问题。

毋庸置疑,中国企业正在进入一个极限竞争的时代。极限竞争是靠精确取胜的经济,人才是关键的因素。精确管理是奠定企业持续竞争优势的深厚基础。

THANKINGSTORY:苏德隆说实话

苏德隆教授是我国流行病学的重要奠基人,对我国攻克血吸虫病功不可没。

1957年初夏，毛主席到上海，接见了文艺界和学术界的专家们。当时中国是血吸虫病的大国，受威胁的人超过1000万。毛主席知道苏德隆是血吸虫病防治的专家，专门走到他面前叫他谈谈对1956年"农业发展试行纲要"中提出"三年预防，五年根除"的目标的看法。毛主席问："三年能否预防血吸虫病？"苏德隆教授说："不能。"毛主席又问："五年呢？"苏德隆教授说："也不能。"毛主席此时面色有些紧张，又问道："那七八年呢？"旁边的同志见毛主席脸色已经有些不对，就杵了杵教授，苏德隆教授也察觉到了毛主席情绪变化，就缓了缓语气说："试试看吧！"他实事求是分析了血吸虫病防治工作的艰巨性，他向毛主席提出，农业发展纲要中规定五年消灭血吸虫病是难以实现的。毛主席大为震惊。后来毛主席又提出，想在黄浦江游游泳，苏德隆教授说"不"。他告诉毛主席，前段时间上海市举行的横渡浦江的运动会，游完泳的第二天就有不少运动员出现腹泻的现象，他的研究生已经在黄浦江水中分离到伤寒菌，这席话让毛主席当即放弃了横渡黄浦江的计划。在场的上海市委书记嘘了一口气。

苏教授连说几个"不"，让在场的人都为他捏把汗，但教授自己却很平静。因为这个"七八年，试试看"的话，"农业发展试行纲要"中将"五年"的目标修改为了"十年"。（摘自2004年8月14日《文汇报》作者俞顺章）

一孔之见

精确管理是管理科学化的一种进化，但是如果没有在任何情况下都讲实话，坚持科学理性的精神，中国企业的管理就很难完成这种进化。特别是对企业的中高级管理者而言，这是对企业负责的一种基本操守。

第10章 双核模式

当企业的运行稳定时,管理的挑战在于正确做事的能力。

当企业的运行不稳定,各种因素的指向并不一致时,管理的挑战在于用不同的办法做事的能力。

转型中的中国电信会遭遇越来越多的两难困境,并且对原有业务边界的不断突破,虽然是中国电信生存的需要,但是各种各样商业模式与原有电信业务有很大差异的业务会使整个组织运行体系陷入"离散"的境地。

走出两难困境,使公司各种新兴的力量可控并聚合到公司统一的价值创造轨道上,产生巨大的价值创造能量是精确管理的题中应有之意。

1　两难困境

> 冬天的日子对企业的成长长大是一种考验,挺不过去的企业,就成为企业进化过程中的一种代价。

考验和检验一个企业是否伟大,或是否能够成长为伟大企业,一个最重要的标准不是看企业在发展的春天里能长得多快,而是看一个企业在发展的冬天里能耐多久。越来越多的两难困境是中国电信转型过程中必须面对的。

从2000年开始,世界电信业开始进入发展的冬天,到2001年,世界主要电信公司的市值与最高值相比下降了大约2.5万亿美元,与此同时由于受到数据通信每两到三个月就能增长一倍的前景所鼓舞,全世界电信公司在20世纪最后的5年左右的时间里将约4万亿美元投资在光纤电缆上,巨额的资金被埋在地下,由于收入增长赶不上公司的预期,每年还必须支付成百亿美元的贷款利息,地冻天寒使得这个冬天格外寒冷。3G牌照的泡沫,国际化和业务战略转移的艰难使得这个冬天更加漫长。中国电信已经连续几年收入的增长低于GDP增长,每年的增长也越来越需要花较大的力气,传统话音业务收入的下滑趋势已难以阻挡,新兴业务的开拓也异常艰难，种种迹象表明中国电信增长的长期趋势已经趋缓，长期增长的阻碍因子越来越显著。

一个企业的非理性理应由这个企业的管理团队来负责，全球同一行业的集体失忆和非理性又能由谁来负责呢？站在整个世界经济的大背景下来看这个问题，可以说这是经济全球化进程中的一个代价，是市场进行跨国调节机制的缺失，是大战略的失误。20世纪90年代初以来电信业的民营化和管制放松浪潮极大地增强了市场的供给能力，但需求却依然重复着自己的轨迹，如果说冬天是自然界四季轮回的必然，集体的力量也无助于规律的改变。所幸的是WORLDCOM毕竟是极少数，世界上主要的电信公司都挺了过来，虽然这些曾经的王者，由于负债率居高不下，净利润大幅下降不得不出售非核心资产、大量裁员、削减资本性支出和成本，着实过了一段苦日子。虽然在2005年世界电信业已经加快了复苏的步伐，但是我们通过翻阅旧报刊来感受一下当时的一些黑色场景，有助于中国电信在转型的道路上更加理性，踏实脚下的每一步。

《经济学家》2002年9月28日刊文：电信巨人的幻灭

摘要：电信业的崩盘可能比网络泡沫破灭还要可怕10倍，它不仅拖累了资本市场和美国经济，还有泛滥的危险。环球电讯和360Networks公司在2002年都宣布了破产，而留下来的失败者是银行和股东。美国电信公司的债务总额已超过1万亿元，供应过剩可能将使电信业经历几年痛苦的重组。电信业即将迎来大变革。

《亚洲电信》2002年10月7日刊文：WorldCom事件之后的种种迹象

摘要：WorldCom假账丑闻之后，电信业正在朝着一个不可预期的阶段进发，这一阶段充斥着资产贬值和合作失败等不和谐的声音。但恰恰这个时候也是电信价格趋于稳定的时候，同时也是股票震动开始的时候。

《财富》2002年10月7日刊文：电信——比网络更大的泡沫

摘要：2001年电信泡沫终于破灭了，AT&T、WorldCom、朗讯、JDSUniphase、北电网络和其他许多公司的市值与最高值相比已经下降了大约2.5万亿美元。过去的一年中，电信业裁减了50万员工。相形之下，网络公司的市值只蒸发了不到1万亿美元。损失了630亿美元市值的安然公司与之相比就更是小巫见大巫了。

《商业周刊》2002年10月7日刊文：欧美电信业重生必经三次煎熬

摘要：正苦苦挣扎在求生边缘的欧美电信业若要摆脱压在身上的沉重包袱，就必须经过市场重组、稳扎稳打以及业务转型这三个阶段的煎熬。虽然按目前的状况，预计欧美电信业将在2004年年初左右摆脱这场旷日持久的危机，但全球尤其是美国经济是否能走出疲软的状态将在很大程度上影响欧美电信业的复苏。

《商业周刊》2002年11月18日刊文：欧洲运营商要走的路还很长

摘要：迫于债台高筑、股价走跌、投资者信心不足等压力，欧洲无线运营商纷纷采取缩减投资规模、减少市场开支等紧缩型财务计划，并取得初步的成效：现金流开始增加、债务逐渐减少、股价有上升倾向。然而运营商切不可盲目乐观，上述措施治表不治里，要想遏制住由于用户增长速度放缓和价格竞争带来的ARPU值下降的趋势，运营商必须解决互联互通、缺乏内容和市场等根本性问题。

《商业周刊》2005年1月31日刊文：SBC并购AT&T是否物有所值

摘要：在经过了周末的激烈谈判后，SBC宣布将以160亿美元的价格并购AT&T。根据周一公布的并购协议，SBC将以股票形式向AT&T支付150亿美元，另外再向AT&T股东支付一次性股息。

这些世界级的运营商在冬天里是如何过日子的呢？

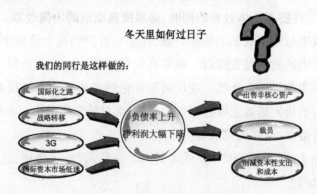

图10-1　冬天里如何过日子

尽管中国电信业由于后发优势，中国经济还没有完全与国际接轨，而能够保持这边风景独好的发展态势。但是我们必须能够读懂冬天的含义，看看我们能否有同行过冬天的本领,认真地审视自己,强健体魄,一旦遇到冬天的日子也要能过。

中国电信经历了十多年的高速发展期,取得了令人注目的成就,但是在发展过程中,中国电信同样也遭遇了不少发展性的问题,给中国电信的成长造成了不少烦恼。中国电信一路走来,时常感到困惑和致力于在企业转型过程中不断寻求突破的八大两难困境如下:

困境一、在极限竞争的市场中完成增长任务的同时,必须完成对自身的管理改造。

中国电信抓住机遇,实现了一定时期的快速增长。在快速增长时期,进行管理变革往往会没有足够的动力,还会遭到非议。而等到增长遇到问题时再寻求管理上的改造,往往使企业难以应对。从上世纪 90 年代初开始,在传统的管理体制下,中国电信创造了快速增长的模式,时至今日,中国电信正在走进一个极限竞争的市场。一方面收入的增长越来越困难,一方面直接管理模式难以为继,随着中国电信向综合信息服务提供商转型的步伐不断加快,中国电信面临着十分繁重的管理改造任务,而管理的改造往往会对短期的增长产生影响。特别是当企业进行一种系统的管理模式方法植入时,如 BPR,TL9000,6σ 等,会迁刻很大的困难。

难点在于:如何做到管理改造与增长两不误?

困境二、在提高个体效率的同时,必须提高组织的协同效率。

个体效率与组织效率不总是一致,在企业着力提高个体效率的同时往往会对提高组织的效率设置障碍。效率高的个体往往会疏于协同,实现效率双高对任何企业都是一个挑战。现代激励理论的主要成功在于提高个体绩效,提高组织内的协同绩效还没有很好的办法,而对转型中的中国电信来说,企业内的差异度很高,面临的挑战更大。

难点在于:是鼓励个体(包括员工和组织单元)乐于协同,还是不惜一切在竞争中胜出?

困境三、在整个公司运行向以客户为中心转型时,必须提高组织的效率。

当组织的重心转到客户身上的时候,无疑有助于提高客户的价值,但这时组织的复杂程度要高于以生产为中心的组织,由于组织需要培养新的能力,组织的成本往往会上升,甚至短期内组织的效率还会下降,组织必须重组以适应这种转变,而组织转型的难度往往会加大成本,这也是许多企业向以客户为中心转型无功而返的根本原因。

难点在于:如何平衡提高客户的价值与降低组织的成本之间的关系?

困境四、在不断挖掘和提高存量业务效益的同时,必须寻找和培育新的业务。

在收入与效益的天平上,往往会倾向传统业务。但是一种业务的增长空间是有限的,增长规模达到一定程度后,增长速度必然会下降,寻找和培育新的业务就成为企业的永恒主题。而在一定时期内,企业可以投入的资源是有限的,并且存量业务的投入有成熟的模式,而对新业务的投入还有较大的风险。并且往往新业务与成熟业务在运营模式上会存在巨大差异,如互联网增值业务与传统的话音业务。如何在保持原有增长和寻求新的增长之间平衡其复杂度超过想象,并且往往是存量业务的增长瓶颈与培育新业务的瓶颈同时出现。

难点在于:如何平衡精耕细作存量业务和专心致志培育新业务之间的努力?

困境五、在坚持推进技术创新,促进网络升级的同时,必须提高网络的经济寿命。

网络技术日新月异,网络间的融合已成为一种趋势,不断引入新的技术实现网络的升级换代,为客户提供高品质的综合信息服务是中国电信不懈的追求。但是当网络的更新速度大大快于网络的经济寿命周期时,网络的技术先进性与网络的经济寿命就会成为一对矛盾。我们常常希望一项技术创新能够创造最大的市场价值,但往往创新的频率与创新的经济寿命是成反比的。

难点在于:如何在网络的先进性和网络的经济性之间平衡?

困境六、在积极推进战略转型的同时,必须坚持战略的一致性。

这是一个战略的悖论:为了在一个变化的环境中可持续发展,需要变化;为了保持协调行动的能力,需要可预见性,而变化通常会损害可预见性。环境的变化经常会对企业的战略决策提出挑战,如果不能深入战略的本质,坚守战略的追求,战略往往会迷失在战术之中。

环境变量的变化有随机的,有以年为周期的,有以五年、十年为周期的,如果战略一年一变就不是战略,但如果战略不变则难以适应环境的变化。在现实的运作中,企业往往难以区分变与不变,缺的往往不是战略本身,而是战略实现所需要的坚持。

难点在于：是提高战略的适应性，还是坚持战略的一致性？

困境七、在强化规模化管理的同时，必须适应管理的综合化和流程化。

规模化经营是企业的一个梦，现成的众多管理模式都是适应规模化管理的需要，规模管理的有效性在于强调一致性。但是船大调头难，当客户的需求分化趋势越来越明显，解决方案类需求占的比例越来越高时，对管理的灵活性和个性化要求越来越高，管理的综合化和流程化趋势越来越明显。

难点在于：如何平衡规模管理的一致性和综合化和流程化管理的灵活性之间的冲突？

困境八、在企业外在的不确定性不断增大的同时，必须提高企业内在的确定性。

市场的不确定，监管的不确定，企业面临的外部不确定之事越来越多。企业必须面对有许多对企业发展有重大影响的外生变量难以掌控的现实；同时企业需要通过全面预算管理、内部控制流程和信息化系统来实现对外部变化的快速响应，实现灵活协同的管理，提高企业内部的动态确定性，做好必做之事。探索以不变应万变和与时俱进的内在一致性。

难点在于：如何实现外在的不确定性与内在的确定性之间的有效匹配？

两难的内在本质在于企业拥有更高的目标，而现实的环境又存在阻碍因素，两难是目标的一个现实对应。这八大两难困境是中国电信在转型的征程中需要不断跨越的，正可谓侧看成峰，横成岭，远近高低各不同，两难困境会由于转型的不同时期而呈现出不同的形式，如果稍有不慎，就会在两难困境中搁浅。对整个经济的冬天和行业的冬天，单个企业是无法抗拒的，只能增强自己的耐寒力。但企业需要避免的是发生企业自身的冬天，如果企业不能有效地穿越两难困境，冬天的到来就只是时间的问题。在两难困境中穿行需要对关键问题持续关注和不断对现实问题进行理性归结，探索解释困境的内在联系，使得企业能够对发展中的许多问题进行辨识和对比，避免陷入浅层次的问题堆中，当企业能够不断把问题转变为机会与价值的时候，就会领略到两难困境中的无限风光，就有了冬天里过日子的本领，转型的步伐就会更加坚实。

现在企业领导人每年要到基层调研多次，每次都会听到反映许多问题，细究起来这些问题有许多具有很强的关联性，有的只是形式不同，这时就需要对问题进行结构化处理和深度分析,归结出"元问题",这样才有可能从根本上走出问题的困扰。

2　双核模式

在企业转型中会不断有离散的力量产生。于是融合就成为一个转型的关键词。

1985 年德鲁克出版了《创新和企业家精神》(Innovation and Entrepreneurship)(海南出版社,2000 年 9 月)一书。他指出,在稳定的时代,组织必须把事情做得更好,然而在变动的时代,我们必须用不同的方法来做事。对中国电信来说,我们正在走向一个既稳定又变动的时代,这就意味着,我们必须同时做好两件事:把稳定的事情做得更好,同时要会用不同的方法来做事。

双核模式是精确管理的重要组成部分。中国电信在一手抓当前工作,一手抓转型的过程中逐步汇聚形成了一个独特的转型管理模式。由于在理念、战略、组织、业务、服务、网络、人力资源等各个环节都存在着各种力量的交错,中国电信需要发展形成一个系统的双核模式的分析框架,其过程包含"转型目标分析、主题辨识、执行保证、路径融合、绩效提升、效果验证"六个基本环节。

双核模式是指中国电信为了达到其转型目标,在加速变动的 3C 环境中,围绕转型主题,以程序优化(MB1,处理传统任务的知识芯)和非程序化的转程(MB2,处理不确定性任务的知识芯)两个知识"芯"为手段(知识芯是指同时具有处理某类管理问题最好的经验积累和理论知识,详见第 11 章),不断实现原有系统与创新系统的融合与转换,实现企业绩效持续提升的管理活动。

双核模式是可以在不同管理特征的企业运行系统之间使用的管理模式,这种模式可以支持两种不同的管理系统信号处理方式。中国电信转型面临的双重任务和创造性实践是双核模式产生的现实土壤。一方面我们要保持现实运行系统的稳定完成增长任务,另一方面又要有效应对不确定性,寻找新的增长点,进行模式创新,逐步完成新的增长系统的构建,这是企业面临的双重任务,发展的双重任务演绎出一系列两难决择。因为目前的企业有多种管理特征,同一企业也会由于不同时期管理特征的不同产生不同的运行系统(有隐性的和显性的两种形式),因此产生了不同运行系统之间难以沟通和碰撞的问题,许多企业实际动作中的问题可以说明这一点,一个人或一种改革措施在一个企业中难以发挥作用,换一个企业就可能发挥很大的作用,表面上看是人或改革措施的问题,实际上是企业中存在的不同运行系统之间产生的碰撞。。

在环境较为稳定的时代对双核模式的需求并不明显,因为企业完全有时间形成一个统一的运行系统以及相应的管理模式,但是在环境的3C特征越来越明显的时代,就很难跨越双核模式这一关了,因为一个运行系统的生命周期越来越短,不同运行系统在企业中交叉并存的现象越来越普遍,要实现不同运行系统之间的兼容,必须使管理模式同时支持不同的运行系统,能够提供统一的连接、接入、共享管理信号系统,这就是双核模式。

现有的管理模式应对一种情况常常是有效的(包括权变理论),但是难以同时应对双重任务。双核模式从理念系统一直到执行系统,体现"both – and"的思想,其核心在于充分利用两种知识芯的优势,有效应对两种完全不同的任务。

双核模式与现在通行的管理理论相比有以下几个特点:

第一、双核模式以转型目标的动态分析作为其逻辑起点,突出了对转型目标动态解码的关注,是一种面向未来,实事求是的态度。

第二、双核模式在转型目标与执行之间加入了一个新的环节,即主题辨识,通过转型主题,增强了转型目标与执行之间的链接,拓展了战略执行路径。转型主题是中国电信在其转型的一定阶段,在企业与环境,企业内各种要素互动过程中所产生的组织问题的凝结,是所有问题的"重心",与转型目标不同的是转型主题对各种企业活动具有过程的"粘性",而转型目标更多的是具有结果的粘性。

第三、双核模式的战略执行路径在转型主题下分叉为两条路径:第一条路径是程序优化(其核心是MB1,主要是修原路),第二条路径是与非程序化作斗争(其核心是MB2,主要是"铺新路"),追求程序优化和与非程序化作斗争构成了企业发展的历史,二者的平衡往往成为企业成功与失败的分水岭。通过融合,有助于有效解决非程序化解决方案的有效性对程序优化构成的侵蚀,进而影响长期和整体有效性的矛盾。

第四、"铺新路"的许多方法是传统管理所没有的,如响应场(这个概念来源于公共能量场,后现代公共行政,中国人民大学出版社,2002年11月),是有效应对非程序化问题并实现其有效转程的方法和工具。

第五、通过路径融合,不断进行模式同构检验,把流程优化过程中产生的非程序化因素与非程序化转程过程中产生的程序化因素不断进行交流,一方面规避路径依赖产生的锁定效应,另一方面又可以防止非程序化转程过程中对原有系统产生的异化,产生过高的创新赤字(创新收益低于创新成本)。

第六、企业家才能是双核模式能够提高管理绩效的关键成功因素,对整体绩效起到乘数的作用。在对待企业家才能与企业程序体系哪一个在企业的发展中发挥更大的作用问题上,双核模式认为,企业程序体系的现代化是保证企业可持续发展的基础,但只有企业家才能能够引领企业不断走向辉煌。双核模式路径融合的需要解释了企业家才能乘数效应的内在决定机制。

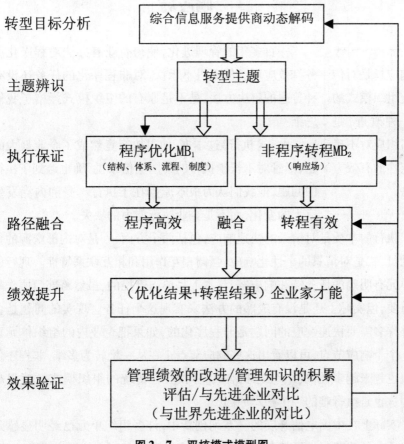

图2-7 双核模式模型图

双核模式能够有效整合传统模式看起来是相互对立的力量,(MB1)主要处理成熟业务、主流程等产生的问题和任务,(MB2)主要处理新型业务、不确定性等产生的问题和任务,不断通过(MB1)和(MB2)内在一致性的聚合发挥出传统管理难以发挥的效能。

MB1 的形成企业有很好的基础,传统业务的运营是中国电信的强项。但问题在于 MB2,新业务之间的运营模式差异很大(比如互联网增值业务和 ICT 业务),管理的同构性很差,难以形成统一的 MB2,会在一定程度上形成管理的离散,损害企业整体竞争力的提高。这对双核模式来说,既是挑战又是机遇。

3　响应场

> 响应场是对传统组织模式的一种改进,是组织应对不确定性的有效方法。

一百多年的管理进化,使得企业有办法对程序化的任务有效应对。但不得不承认,对非程序化的任务还没有一种普遍的解决方法,是不是原有的组织模式桎梏了我们的思维?

由于《执行》这本书,使得执行竟然成了企业最大的问题,尽管对于长于执行的中国电信来说,确也遇到了执行难的问题,但我们认为根本原因在于执行本身的内涵发生了巨大的变化,而不是企业执行能力的缺失。

执行的本质是对情景的快速响应,包括两个方面,一是对内部资源的低成本动员,二是对情景的个性化响应,强调相互作用和相互联系特性。现行的组织单元有明确的任务链和响应链,基本上是单向管控的,虽然跨部门协作越来越重要,但实际上还是没有成熟的办法来实现这个任务。现实的问题是企业内外许多需要快速响应的问题是非程序化的,如果把企业内的组织单元看作是一个个响应节点,可以看出这些响应节点正在从一维转为多维,非程序化的响应也越来越多,解决组织的多维响应问题,在传统的组织模式上就很难实现。这也是执行难的一个根本原因。

实际上在中国电信开展的一系列创新中,许多组织单元已经明显感到对层出不穷的改革与发展任务疲于应付,很多人于是把责难的目光投向改革,有时候也会有一些不满情绪,这是任何改革的阵痛中难免发生的,的确任何改革创新难免对原有系统产生扰动,但是如果寄希望改革创新之后仍可回到原来的工作轨道上去,显然是不可能的,因为内外环境的变化使得我们必须建立起相对应的组织运行模式,确立起新的工作观念,因为非程序化的工作所占的比例将会越来越高,仅仅响应好上下左右已远远不够了,也就是说企业内有时产生的不满情绪是由于不能适应处理大量的非程序化工作的要求造成的。

因此在双核模式中,响应场就是一个重要的概念。在企业中,想确定地规定出该做什么的企图其实就是鼓励员工只做有具体规定的事,而忽略那些虽然不具体、但却对高效的工作绩效极为重要的方面。从关键绩效指标到平衡计分卡,应该说衡量业绩的指标体系和方法的科学性得到了很大的提高,但现实中很多管理者却还是感觉不能满足管理的需要,没有达到期望的激励效果,这是因为无法衡量的任务在增长,根本的原因在于组织无法对每一个非程序化的现实情景做出及时的响应(员工的和客户的),而这里正在成为绩效的来源和泄漏地。

当然同时我们必须承认,这些难以响应的现实情景只是部分地存在着,大部分事务还是可以预先的规定着,科学地考核着。因此响应场并没有对原有的组织形态进行本质性的改造,而只是为组织装上一个更加灵敏的感知现实世界的触角,完成一些原有组织无法完成的工作。

响应场,指的是一种非正式的组织元素,是对组织中许多重大的非程序化情景的响应,是作用于情景的多维力的复合。组织意图、现场决策、情景、整合、创新是响应场的五个关键要素。

如果不能表达足够的组织意图和目标,就不会有足够的动力;如果不能进行现场决策就难以有效地响应情景。非程序化的情景,指的是某个具体的问题,但正常程序难以解决或响应成本太高;整合指的是场中存在足够的组织资源,能够产生综合效应,有效响应情景;创新指的是探索性解决问题的方法,而不是套用原有的程序。响应场是彻底回到实践回到现实情景中去感知和响应的一种方法,这可以有效地弥补通过组织的渠道上传信息,下传命令的失真和迟延。非程序化情景的增多使得我们越来越难以事先的设定,响应场应该说是解决执行难的一种较为有效的方法。

响应场必须同时具备对付非程序化情景包括复杂性、综合性、不确定性以及风险性的能力,在解决一个特殊的复杂问题时能够抓住主要矛盾,同时还必须对未来的事情具备一定的预见性。

广义说来,一个人,一个团队,都可以成为一个响应场,只要满足上述五个要素,响应场既可以放置在企业内也可以放置在企业外,在中国电信中的响应场主要包括:项目组、虚拟团队、派驻干部等,在企业外形式更多比如在客户中、设备供应商中、竞争对手中,战略伙伴中等的组织存在。

在中国电信中响应场的实践已有一些比较成功的例子,如项目组等,但对响应场的管理和作用发挥还是一个需要在实践中进一步探索,具有挑战性的问题。

这个时代,我们必须满怀热忱地拥抱交叉、互动与综合,因为这是这个时代的特征,也将成为我们的生存方式。

响应场实例:集团公司拓展小分队在上海电信指导工作

根据中国电信《关于开展重点行业整体解决方案营销试点工作的通知》要求,为保证营销试点工作顺利实施,集团公司大客户事业部抽调全国营销及技术支持骨干组建支撑服务小分队赴各试点本地网指导工作。2005 年 7 月 18 日,拓展支持小分队到上海开展重点行业整体解决方案营销试点工作。

在沪期间,集团公司拓展小分队为别为上海大客户部银行、保险、连锁、教育等 60 多位营销团队的行业经理和客户经理进行营销试点培训,分析重点行业需求,介绍整体行业解决方案。拓展小分队与行业经理和客户经理一起互动交流,共同分析探讨营销服务中存在的问题,以及如何挖掘客户潜在需求,解决营销过程中遇到的流程困难,为试点工作快速启动提供帮助和支持。

与此同时,拓展小分队走访了国家开发银行、建设银行和同济大学,分别与客户就 IT 外包服务、灾备中心和系统集成等需求进行访谈和沟通,掌握来自市场的第一手需求信息。(上海电信大客户部)

THANKINGSTORY:两个交叉的圆

一位动物学家在澳大利亚的巴克利高原研究狼群,发现每个狼群都有固定的活动范围,它们的活动半径大约是 15 公里。当他把三个狼群的活动圈微缩在图纸上时,发现了一个有趣的现象,三个圆圈是交叉的。也就是说,这些狼群在划分地盘时,留有一个公共区域。

有一年,他到希腊参加学术会议,发现两千多年前的古希腊人在社会学领域就注意到了这一现象。他们用圆代表城邦,用几个相交的圆来表示城邦间的融合和独立。在他们的理念中,城邦间既不能隔绝,也不能绝对地融合。只有处于既融合又独立的状态时,城邦才是最有生机的,希腊半岛才是最安定的。因此他们把交叉的圆作为图腾刻在神庙上进行祭拜。

交叉的圆具有神性吗? 这位动物学家发现,这种图形确实具有神性。他发现群体动物的活动圈一旦处于交叉状态,它们的繁衍能力最强,它们之间的厮杀最少。因为相交部分为它们提供了杂交的可能性,不相交部分又使它们保存了自己的个性和特色。如果活动圈重合或相离,则决不会有这种情况。要么因重合而不断厮杀,要么要因相离而种族退化。

后来他把圆的交叉理论公布于世,立即在生物学和社会学界引起震动。

（摘自《现代青年》）

一孔之见

既要分离,又要一脉相承,这是生命延续的本质。对于企业来说,新与旧,现代与传统,两极在不断地碰撞接触,我们不要企望一个黑与白完全分明的世界,让灰度存在于两极之间,我们会发现企业可以如此成长。

第11章 最好的知识

任何管理都基于一定的知识体系。

最好的知识是精确管理的知识基础。把事情做出来的知识和把事情做到最好的知识二者之间有着根本的差异。

1 最好的知识

知道如何才能做到最好，实践的积累才更有价值

2004年《大科技》杂志第三期刊登了一篇很有趣的文章，题目是"打水漂背后的物理学"，这篇文章对我们的观点很有启发，也是一个不错的开头。下面我们就从这篇文章开始展开对最好的知识的阐述。

打水漂是人类最古老的游戏之一，据推测从石器时代就开始了，如何将水漂打得既多又远，一直是人们感兴趣的问题。这种游戏规则相当简单：看谁的石子在水面跳跃的次数多，科尔曼·麦吉，美国德克萨斯州人，一直保持着在1992年创造的当今这项游戏的吉尼斯世界记录。当时麦吉抛出的石子在布兰科河上一直跳跃了38下。最近，法国科学家经过研究，揭开了打水漂的奥秘。

法国里昂大学的利德里克·博凯博士在教8岁的儿子打水漂的时候，激发了他用物理学的知识把打水漂的过程搞清楚的兴趣，经过艰苦的研究，得出了一组研究打水漂的方程式，发表在2002年的《美国物理学》季刊上。根据他的研究，要想达到麦吉所创造的打水漂吉尼斯记录38下，要求一块石头以25英里/小时、每秒14转的方式抛出。而真正的秘诀在于你扔的石头应当以20度的"黄金角度"撞击水面。

这篇论文得到了马赛大学失去平衡现象研究所的克里斯托弗·克兰尼特的注意，他的两位同事根据这篇论文的原理制作了一个"打水漂机"，实际上就是个机械化弹弓，用来发射不同大小的铝制飞碟。科学家向一个水池发射

飞碟,同时用高速摄像机将飞碟在水面弹跳的过程拍下来——飞碟接触水面的时间通常不到百分之一秒。

在试验中,研究人员改变了飞碟的直径、厚度、速度以及入水角度和旋转等因素,经过反复尝试,他们验证了博凯的发现是正确的,打水漂的关键在于角度:如果石块入水的角度大于45度,它根本弹不起来,会直接沉入水中;当石块与水面的夹角为20度时,它在水面上弹跳的次数最多,"这就是打水漂的黄金角度"。克兰尼特补充说,旋转的石块要比不旋转的弹跳次数更多,因为旋转可以使石块更稳定,并减少消耗的动能。水漂的数量还与石块的速度成正比,直径5厘米的铝片以20度夹角接触水面时,速度必须达到每秒2.5米以上,否则就会落水。而扁平、圆形的石块则是打水漂最理想的材料。这项有趣的发现最后发表在《自然》杂志上。

以前也有学者研究过打水漂的理论,但他们的结论都是建立在推理而不是实验的基础上。克兰尼特说:"打水漂机帮我们揭开了这种弹跳现象的物理真谛。"

克兰尼特的打水漂实验有着十分重要的实际意义。当航天器从空气稀薄的太空重返地球、进入"浓密的"大气层时,它的运动方式就与打水漂有几分类似,也有一个在大气中"弹跳"的过程。因此打水漂实验将帮助物理学家更准确地模仿航天器回收过程,提高回收的成功率。

从打水漂的科学原理的形成,到实验验证以及在航天器回收过程中的应用,是一个典型的从知识形成、知识转换到知识应用的成功案例。

打水漂每个人都会,但要打得最好,必须要有科学技术的支持,当然个人也可以通过不断实践,提高自己的水平,但要向麦吉一样把水漂打得很好,却只有很少人能做到。这样做有三个问题需要解决:一是个人凭经验摸索需要付出很大的努力,成本很高;第二是纵然个人通过努力达到了相当的高度,其他人也难以模仿,知识难以共享;第三是纵然是麦吉可以通过带徒弟的方法带出许多高手,但打水漂也永远只是打水漂,永远也难以在航天器回收中得到应用。我们可以得到下面这个知识链:

(M)麦吉的知识(经验积累)→(B)博凯的知识(建模型)→(K)克兰尼特的知识(试验验证)→(A)航天器回收的应用(应用推广)

拥有不同知识的企业核心竞争力差异十分明显,但是这个问题在实践中的显现并不明显,因为尽管拥有不同的知识,但是在他们的产品(打水漂)上很难体现出差异来,这也是跟随模仿型发展模式的瓶颈。通过知识价值的放大效应不同企业创造价值的差异就更大。

为此定义最好的知识 $bk = [M, B, K, A]$

在企业中,M 是指企业的最佳实践,而不是指一般的经验;B 是对最佳实践的理论建模,而不是一般的归纳总结;K 是对模型的选择性试点验证,而不是一般的数据检验;A 是知识价值最大化过程,而不是简单的推广。最好的知识是一个渐次达到的过程,企业拥有的知识基础决定了自身精确管理的水平。当然,知识的有效运行需要相应的管理体系的进步。

我们不妨在这里做一个简单的对应,M 是来自实践的知识,B 是科学知识,K 是技术知识,A 是科技知识的再应用。这样我们就会在企业运作的微观层面上理解什么是科学的发展观,发展科学技术,提高对实践的理解和指导((M)麦吉的知识→(B)博凯的知识→(K)克兰尼特的知识,然后再回到 M 知识的过程);什么是科学技术是第一生产力,这就是(M)→(B)→(K)→(A)的知识过程,不仅要回来指导提高打水漂的生产率,而且要进一步应用到航天器的回收。

在企业的发展过程中,会遇到许许多多同样的问题,每天忙于做很多事情,但我们不知道是否做得最好,我们需要做得最好的知识。做得最好的知识 bk,来源于实践,有科学原理的支持,经过实践的验证,并且能够创造很好的应用价值。我们不缺怎么做的知识,我们缺的是做得最好的知识,从最好的知识出发,我们知道企业内部的 R&D 部门的挑战是什么,基于最好知识的精确管理对企业的价值有多大。

企业发展的很多事情都与做得最好的知识有关,有许多事情看似容易,道理却很复杂,但是由于会做和做得最好之间留下的空间实在太大,有很长的时间可以保证今天比昨天做得好,进步的空间很大,但通常很难做到最好。但是如果我们没有做得最好的知识,我们会重复消耗很多体验的成本,而最好的知识往往超出了体验所能达到的程度,最好的知识可以引领企业走向卓越。我们已经有点理解为什么引进了那么多高层次的人才,花大力气进行培训,投入巨资建信息系统进行知识管理,而企业的效率却没有根本的提高,因为我们所拥有的只是一般的知识而不是最好的知识,一般的知识只能做出一般的业绩。

2 知识共享不可能定理

> 共享的知识不能只是可以作出来的一般知识，而应是做得最好的知识，这对企业绝对是一个挑战。

知识共享是几乎所有企业的共同追求，但是任何需求的满足必须符合知识自身的运行规律。在实践中企业普遍缺失的是 B 型知识，而大量存在的 M 型知识不仅层次低又缺乏共享的方法。而在一个职业发展机会有限，个人之间存在竞争的企业环境中，实际上拥有 B 型知识或 M 型知识的员工通常情况下缺乏知识共享的动力。

我们都知道知识共享对企业创造价值的重要性，但是我们首先要回答知识拥有者为什么要共享？

这里所谓的知识，当然不是指写在书本上，可以通过传道授业解惑获得的知识，这些知识是没有任何知识产权属性的知识。我们指的是企业或个人经过自身的实践、加工提炼具有个体属性的知识。

企业强调知识共享的前提是需要共享的知识能够不断被创造出来，否则共享就没有多大价值，也是不可持续的。而知识创造是具有个人属性或企业属性的事情，如果不能首先确定知识创造者对知识的所有权属性，使共享泛化，实际上这种共享是很难持续的。我们不能假定每个人都会无私地奉献自己所拥有的知识来设计制度，而假定知识首先是不可共享的，才能在合适的制度安排下，使共享成为可能。以人为本的一个重要内容就是对个人知识价值的认可。

上述是从一般的经济人理性选择出发所做的假定。在这个假定之下来分析，可以共享的知识的创造在创造者有动力的情况下也是十分的不易。在企业中通常有许多有经验的人，他们拥有大量的 M 知识（从实践中获得的知识，不一定是最佳实践），但 M 型知识要上升到 B 型知识十分困难，在企业中并不多见有多少成功的例子。一方面是因为并非所有的 M 型知识都能转化为 B 型知识，另一方面，大多数企业中人没有时间和能力来完成这种转换。而 M 型知识要共享十分困难。

要破解知识共享的不可能定理，需要有足够的 B 型知识，也需要有大量的方法把 M 型知识转化为 B 知识,当然也需要有足够的能力来做这件事。

其实把 M 型知识转化为 B 型知识的能力是企业最为核心的竞争力。因为 B 型知识的缺乏会直接导致 K 型知识和 A 型知识的缺乏,进而影响企业的价值创造能力。但是 B 型知识的获得并不容易。没有人会认为企业运行的事会比打水漂更简单,但是要知道博凯特博士为了获得打水漂的 B 型知识,用了 25 个方程来推导:

$$F = (1/2)C\rho V^2 Sinn + (1/2)C\rho V^3 Sint \tag{1}$$

$$\cdots$$

$$M(d^2Z/dt^2) = -M - (1/2)\rho_w V_{x0}^2 C(aZ/Sin\theta) \tag{3}$$

$$\cdots$$

$$N_C \sim (R\dot\phi_0^2/g) \tag{25}$$

在这里把这些方程列举一些出来,是想说一些看起来简单的事情,比如打水漂,这是童年时代每个人都会玩的游戏,但是要做到最好有多么不容易,要把最好的道理讲清楚需要多少科学知识。在这个意义上来说,精确管理也可以说是对最好知识不断逼近的过程。

3　知识应用的演进规律

> B 型知识和 K 型知识的缺乏是精确管理建立的主要障碍。

M→B→K 的演进规律揭示了企业转型所需要的知识更新,实际上也内在地规定了知识尺度下的转型所需要的时间。

对员工个体而言,一般不具有 B 型知识,但会具有一些 B 型的基础知识,如在学校获得的专业知识和在企业培训获得的知识,用 L 来表示;而在企业工作一段时间后会拥有一定的 M 型知识,但一般不是最佳经验积累,用 P 来表示。

在个人的职业生涯中这两类知识互相影响、相互结合对工作效率影响存在一个三阶段规律:

假设知识的效益函数满足　$R = f(L,P) = CL^\alpha P^{1-\alpha}$

L—受教育年限+培训折合，

P—工作年限(近似地表示 M 型知识)，

C 是企业管理制度的影响因素。

对于员工个人来说知识效益函数的演变有三个阶段:第一阶段,L 知识主导阶段,这一阶段主要是通过实践过程,寻找个体的 L 知识与企业知识的对接,积累符合企业需要的 P 知识,对企业的主要作用是带来新的 L 知识,员工对企业的贡献还较低,但处于上升阶段,这一阶段大约需要 3 年左右的时间;第二阶段,L 知识与 P 知识相匹配阶段,这一阶段是员工对企业的贡献盈余进入逐步增大的阶段,大约持续 5 年左右的时间,第三阶段,P 知识主导阶段,在这一阶段由于 L 知识逐渐过时,如果得不到及时更新,就会降低知识的成新度,员工基本上依靠积累的 P 知识应对工作。问题在于由于环境的变化,原有的工作特性也发生了变化,当积累的 P 知识逐渐开始过时,这就使得员工的工作效率开始下降。但是由于员工在企业中业绩与声望的积累,实际上就拥有了非常重要的关系资源积累,基于此他可以有效地整合企业内部的有形或无形资源用于其工作中,由于关系资源实际上随着时间的推移呈增值趋势。问题在于企业的制度越不规范,这种资源的价值就越高,但是由于企业 L 知识总体水平的低下,这种员工个体积累的 P 知识尽管作为个体价值是增值的,但整体发挥协同效率的价值会很低,甚至会成为企业在知识层面上进行更新的障碍,这是企业转型中面临的一个两难困境,要提高企业 M 型知识的整体效率,必须对共有知识平台进行创新,但这在短期会造成个人 P 知识的不适应,产生效率低下的症状,这在以业绩论英雄的企业考核制度下,这就很容易产生员工企业对改革的不适应。

员工的 L 型知识包括员工长期学校教育所获得的知识,企业的公共知识,员工所从事岗位所需要的专业知识;P 型知识包括:企业文化的个性认知、企业公共知识的个性认知、所从事专业工作的经验积累,在企业中的个性关系知识积累。如果企业中管理制度不规范,企业的公共知识平台与现代企业所需要的知识平台差距太大,就会使得企业的公共知识难以起到应有的作用。而 P 型知识起主导作用,特别是由于个性关系积累知识起着至关重要的作用,这也就使得许多管理人员在内部可以有"很高"的管理水平,但"空降兵"却难以发挥作用,这对转型中的企业需要引入新业务板块的高级管理人员时就会产生很大的障碍,人力资源的整体开发和利用水平就会难以提高。

在这种情况下,管理人不是精心工作,而是应付人际关系等事务。如果企业中评估体系不够规范,使得人际关系积累还成为一个员工获得较高评价的重要基础,就会造成企业的管理人往往是内战内行,外战不行,在企业内具有很高的企业价值,离了"谁"也不行,但一旦走向市场,市场价值却很低,有能力经营企业,却无能力经营市场。如果这种状态成为一种常态,那么企业与市场对人力资源价值的认知就会产生巨大的离差,如果我们相信市场所具有的公正性、竞争性和客观性,我们就必须反思企业中形成的这种认知对企业的未来发展意味着什么,尤其是当企业在竞争的市场上要确立具有竞争优势地位的过程中,如果不下决心进行改变,我们能够预期这对企业将意味着什么。

从员工知识效益函数的演进规律来看效率最高的是第二阶段,第三阶段学习新的知识的障碍很大,因为经过第二个阶段以后,形成了自己富有特性的个性化思维模式,这个模式的形成是经过了艰苦的努力,也取得了很好的效果,如何能跳出"成功"模式与时俱进,重新激活自己在第一阶段向第二阶段跃进的创新活力和创业动力,进入新的角色循环,更高层次的循环,既是不断转换适时的人生角色,突破思维定势,保持思维模式的动态优化的有效途径,又为突破个人发展的不可逆循环开辟一个新的维度。这就对企业的人力资源开发工作提出了一个非常重要的启示,那就是,要提高新进员工的知识平台,并要员工能够融入企业的文化,系统接受企业的程序化知识,并且,要谋求员工与企业的长效合作机制,因为 M 型知识既有个人特性又有企业特性,长效合作能使双方得到最大程度的双赢。

B 型知识和 K 型知识在企业中十分缺乏,需要建立一支内部的队伍来完成这项使命,以使中国电信能够建立起知识经济时代领先的知识应用模式。

THANKINGSTORY:德国人:我们只是实在

南非的德塞公园是在国际上投标建设的,中标的是一家德国的设计院。当时就有非议。建成后,市民们更不满意,能找出许多不尽人如意的地方。

后来南非人再建公园,就不用外国人了。上世纪 70 年代,南非人自己动手,修建了一个很大的公园——克克娜公园。没想到,两年后南非人的看法却发生了惊人的变化。

在雨季到来时,克克娜公园被大水所淹,而德塞公园却没有一点雨水的痕迹。德国人不但为整个公园建了下水道，还垫高了两尺。这是当初人们不能理解的地方，直到大水到来，人们才为此感到惊奇。

克克娜公园在举行集会时，秀丽的公园大门因为过小，造成了安全事故。这时人们才想到德塞公园大门的宽敞方便。而当时人们对德塞公园大门的过大给予了批评，认为它有点傻。

炎热的夏季，到克克娜公园遮阳的地方太少，所谓的凉亭子只是花架子，容纳不了多少人。而德塞公园纳凉的亭子，因为棚檐宽大，能容纳许多人。

几年后，克克娜公园的石板地磨损严重，不得不翻修。而德塞公园的石板地却坚如磐石，雨后如新。而当初因为德塞公园的石板路投资过高，南非人差点叫德方停工。当时的德国人非常固执，一定要坚持自己的做法，双方争得脸红脖子粗。当地人曾一度认为，德国人太死板、太愚笨。现在看来德国人是对的。

德国人在设计时，考虑了南非的方方面面，包括天气与季节，地理与环境。而南非人自己却没有顾及这些。

德塞公园建完后，多少年没有变样，而克克娜公园总要修修补补，已经花掉了建德塞公园两倍的钱。为此，南非同行曾问德国同行，你们怎么会这么精明？德国人回答，我们只是一个实在，并非精明，精明的倒是你们南非人。

纵观历史，无论是做人，还是做事，实在的品格在最初往往都无法被证明，甚至是费力不讨好的，有时还很容易被人错怪。只有时间过去，经过风雨的磨砺，实在的东西才能发挥出它固有的光彩和价值，才能被完全的证实。（摘自2000年8月5日《北京晚报》作者星竹）

一孔之见

没有最好的知识，精确管理只能停留在浅层次上。最好的知识不仅意味着效率，还意味着节约，但是按最好的知识办事不仅需要能力，还需要一点勇气和坚持。

第12章 精确就是可证明

由于管理的复杂性,很多变量难以控制。在企业的管理实践中,基本上是一个问题一个答案,也没有从前提推出结论的程序,比较强调主观能动性和特殊性。这样做一方面使方案难以管理,另一方面也使很多知识难以共享。

精确管理把一类问题作为一个整体加以考虑,建立一个统一的、确定的证明程序,对该类问题中的每一个问题,应用证明程序进行有限推理之后,既可以从命题的假设推出结论,大大提高解决方案导出的效率。

1 规则的确立

> 规则一方面是一种约束,另一方面利用规则也是更快达到目标的途径。

实施精确管理的过程同时就是把适应市场竞争要求的现代企业运作规则内化的过程,按规则办事不仅可以提供管理证明的依据,而且可以确立协同者的可预期性,提高组织协同的效率。

实质有效是在变革过程中许多企业管理者反规则的最后的堡垒。黑箱操作实际上是一种管理偏好,桌面上的竞争和博弈靠的是对规则的理解和智慧,桌面下的竞争靠的是技巧和钻规则的空子的能力,更容易突出个人能力,监督成本也很高。看一看中国足球和巴西足球的差别我们就能更好地理解这一点,在巴西黑哨、球霸之类的现象恐怕很少出现。

规则的确立包括两个方面:一是符合现代企业要求的规则体系是否系统和完善,二是规则是否在企业中得到严格遵守。对大多数中国企业来说,第一方面的问题已经不难解决,现在存在问题比较大的是第二个方面,对不执行规则的裁决很少作出,即使做出也往往是以结果论英雄,裁决的公正性难以得到保证,这是企业中很多规则难以执行的重要原因。正如一位全国人大代表对司法腐败的抨击那样:"一次不公正裁判的恶果甚至超过10次犯罪。这是因

为犯罪仅仅是无视法律,好比污染了水流;不公正的审判则毁坏了法律,好比污染了水源。"(读者 2001 年第 14 期)

　　规则是相关行为者的一种共同的约定。在企业内部是指经过规定程序确立的企业的规章制度、流程和工作原则等。我们在一个企业中做事,潜在的经济设定就是,我们共同来做比我们一个个单个行动所做的更有效率,协作就成为我们在一个企业中工作的本质特征。如果要使我们的互动协作高效并且可持续,必须使我们自己的行为可预期,一个效率比较高的途径就是大家共同遵守规则。

　　从博弈论的角度出发,如果我们要持续地协作,遵守规则是各协作方最有效的选择,因为遵守规则使协作方的行为可预期,互动的协作成本就会下降。但是我们必须认识到这并不保证在一定时期内个人利益的最大化,也就是说,遵守规则在短期内并不一定是某个博弈方的最有效选择,这也是不遵守规则的经济本质。因为规则反映的是统计多数的意愿和要求,但并不排除对部分个体效率的限制。

　　国有企业是在不断突破原有体制束缚下,发展壮大起来的,其发展的一个内容之一,就是要破除计划经济条件下许多原有的规则。然而在破除旧的规则的同时,并没有系统地确立起新的规则,并且破除旧有规则所取得的成就这样一个发展路径强化了企业忽视规则的动机,在某种意义上甚至可以说,国有企业有一种内生的反规则力量。国有企业的发展历史充满了这种理念,这是国有企业培育世界级竞争力的最大知识障碍。

　　这也是世界通行的管理原则在中国难以有效实行的最根本的文化壁垒。遵守规则与实质有效最根本的差异在于,遵守规则强调的是信息共享、规则透明,整体协调基础上的有效性,因为规则是高度互动的各方整体协调的最有力的粘合剂。而实质有效则更多的是强调个体效率,整体协同性差,信息共享难度极大(实质有效的本质在于对无规则约束或有限规则约束条件下局部或个体效果的追逐),并且,实质有效还会导致监督难度增加,监督成本上升,这也是为何中国企业的扁平化管理难以有效推行的内在原因。由于中国企业长期在计划经济条件下生存,长期以来,在企业内形成了强调整体一致性的(与整体协同性有根本的差别,前者不鼓励差别,后者鼓励协调基础上的差别)文化,这在改革开放的初期,较好地平衡了实质有效性的负面影响。问题在于,这种模式只能得到平均效率,效率要上一个台阶,则必须进入遵守规则的通道,局部的创新必须遵守整体的规则,才能获得创新的整体效率。但是实质有效与遵守规则交替的规律,决定了进入遵守规则通道之前要经历一段瓶颈,目前大多数企业正处于瓶颈期。中国电信上市以后在制度建设方面做了大量工作,效果正在逐步显现。对中国电信这么大的企业,必须确立起规则的理性权威,特别是在各种力量交错的转型期。不管规则本身是否还需要改进,有规则才能有和谐与效率,虽然按规则办事不能保证获得最高效率,但它可以保证避免人为的低效率。

在对待遵守规则与实质有效的关系上,精确管理认为:在程序优化的路径上强调遵守规则,遵守规则使我们的行为可预期,可以提高互动沟通效率,降低协调成本。最为重要的是遵守规则是互动各方长期收益最大化的有效途径,因此我们有理由认为遵守规则是一个企业基业常青的内在本质之一,无论外部环境如何无序,内部的遵守规则是最有效的选择。但精确管理同时认为:在非程序化转程的路径上强调实质有效,因为在原有规则不起作用的区域需要探索和创造新的规则,然后再通过相互融合,实现遵守规则和实质有效的内在一致性。

严格遵守规则既是效率的长效机制,也是成为世界级企业的本质要求。

在实践中要特别防止类似冰棍理论的危害。

著名学者郎咸平25日在济南再次以国企改革中的 MBO 为靶子,炮轰了一些人对于国有资产不断消融的"冰棍理论"。

郎咸平认为,国有企业改革中所显现的问题,是一个缺乏信托责任的问题。国有企业老总做好是应该的,没有讨价还价的余地,事实上你做错了事情并未负起相应的责任。这是因为我们的土壤出了问题,一个没有信托责任的土壤,这会造成社会贫富更加悬殊,社会更加不安宁。

郎咸平说,有人提出一套荒谬的理论叫"冰棍理论",说国有企业底子不好,就像冰棍一样逐渐融化,与其自己融化光了,不如送给国企老总。这是一种无道德、无良知的理论,是掠夺国有资产的理论。

郎咸平认为,我国国企改革目前缺乏的是严刑峻法所催生的信托责任。"现在国企改革缺的不是激励机制,而是需要用严刑峻法推广信托责任",郎教授对此深信不疑。(新华每日电讯,2005-9-27)

所谓"冰棍理论":2001年中国进入 WTO 后,"冰棍理论"一度影响很大。持有此理的人说,处于静止状态的资产,好比一只冰棍,即使不去吃它,它同样也会慢慢化掉。尽管在国企改革中,舆论再三呼吁防止国有资产流失,而一些地方领导还是以批评"宁愿烂掉不愿卖掉"观念为名,公然地黑箱操作,简单化地一卖了之,他们手中的盾牌就是"冰棍理论"。

2　管理的证明

> 证明是从条件推导结果的逻辑过程,证明的过程是利用企业已有知识有效逼近现实需求。

在企业中建立了较为完善的规则体系和形成较强的执行力的情况下,就可以着手建立管理证明的程序。证明程序包括:规则集、方案基、管理建模、规则依据和方案检验等,证明流程图如图 12－1。关键是要确立证明的前提与原则,特别是所依据管理原则的符合性,方案基的可表达,检验的可置信。

从中国电信进行的世界级电信企业对标项目来看,项目组归纳出,世界级电信企业的四个主要能力方面:客户领

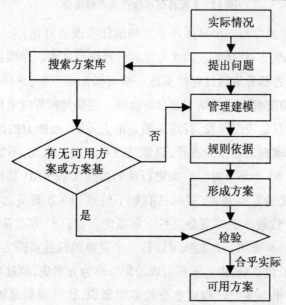

图 12－1　管理证明流程图

先,运营卓越,资源高效,创新领导的领先特征(如图 12 - 2)。通过 14 个维度和 37 个子维度得出 85 个具体环节。整个体系具有很强的的系统性和科学性,如果能够很好地推广使用,会对中国电信的管理提升起到很好的推进作用。

在eTOM框架的基础上,建立了电信企业竞争能力评价体系(TSOE)作为对标工具,将中国电信与世界级电信企业进行比较。

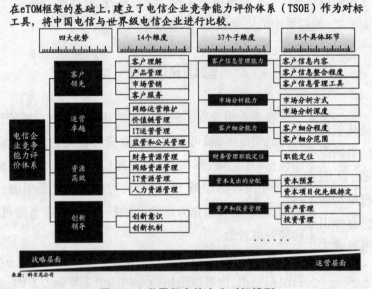

图 12 - 2 世界级电信企业对标模型

但是如果企图在每一个具体环节上与最佳实践的对标,来找到改进的短板,并落实到 KPI 上,就会陷入到无穷尽的管理细节之中。令项目组颇感为难的是,许多管理者都希望通过对标实施一些可操作的方案,来快速改善业绩,站在管理者的角度有这样的期望也合情合理。但是与世界级电信企业进行对标,绩效的差异只是表层现象,有意义的是能力差距,而能力的改善需要较长的时间,硬要谋求短期业绩的改善,只能是饮鸩止渴。为此,不妨对模型作一些延伸使用,把 85 个环节对应的关键行动的最佳实践 KAI(如图 12 - 3),作为企业管理优化的方案基,方案基具有如下特点(1)方案基之间互不重叠;(2)公司的综合管理改进方案是某些方案基的组合;(3)方案基是开放的,根据需要可以更新和添加。方案基可以是一个完整的最佳实践方案,也可以是关键环节上的最佳实践,由方案基组成的集合称为方案集,经过理论的梳理和应用推广,方案集事实上就构成企业的 B 型知识,比一般的案例库对企业的价值要大的多。

KPI通过对标体系（TSOE）驱动关键行动
（KAI – Key Action Indicator）

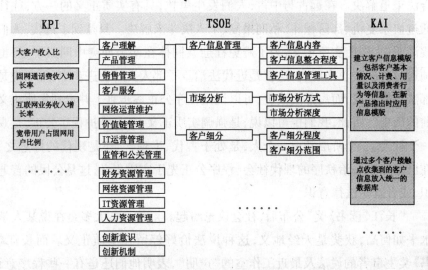

KPI	TSOE	KAI

图 12 - 3 方案基图例

所谓管理建模，就是要建立起主要管理要素之间的因果关系。通过持续积累建立完备的方案库，复杂的建模工作就会比较少，对于系统性的复杂问题可以请外部专业的咨询公司进行方案定制，但是内部必需要有一支强有力的团队可以对方案进行综合评价和彻底内化，否则，这些方案就难以起到相应的作用，对企业资源也会是一种浪费。

管理的证明对企业原有的管理模式来说是一个很大的挑战，但是却是企业管理规避随意性，降低风险性，提高方案定制的知识含量、规范性、有效性和速度的科学保证，也是精确管理的内在要求。

THANKINGSTORY：**程序公正与实质正义**

这两个概念比较拗口，但在一个现代公民社会，又至关重要。或许能通俗地说：如果有两个人为另一个人是否获奖发生争执，第一个人说那人作品质量高，程序不合也必须获奖，否则就不公道；第二个人说，那人作品就算天下第一，如果不合程序，也不能获奖，突破程序，会引起更大的不公。听完他们辩论，我们就大致可以判断：第一个人是要实质正义；第二个人是要程序公正。

其实中国古人对这两者的关系,已经有感觉。"君子爱财,取之有道",前者所说是实质正义,完全合理,后者所言则已触及程序公正,合理的要求必须通过合法渠道解决。在远古与中古,人们发生争执,具有实质正义的一方,往往是通过血亲复仇、部落械斗、私刑报复、个人决斗来解决。只是到了近代,人们才逐渐明白,即使实质正义,为了避免社会共同体在暴力冲突中同归于尽,也必须通过程序公正来解决,这就是近代法治。一部人类社会进步史,可以说是一部法治完善史,而一部法治史,可以说是程序公正逐步赶上并走到实质正义之前的历史。由此,我们也可以说,是强调实质正义,还是维护程序公正,是观察一个社会、一个阶层乃至一个人,是处于古代、半现代、还是现代的标志之一。在已经确立法治秩序的现代社会,程序公正先于实质正义,这是公民的普通常识,或者就叫法律意识。

"长江《读书》奖"公布后,社会议论纷起。辩护一方大多是在说某人学术水平如何高,获奖是天经地义,这种说法恰好停留在实质正义。而长江《读书》奖主事者的说法及最近工作室的"声明",表明他们还是有一些程序意识,但在程序解释中,又暴露出他们明知故犯的毛病。下面以评委钱理群和学术委员会召集人汪晖获奖为例,看看毛病出在哪里。

钱先生人品好,文章也好。但程序规定,评委的作品不能参奖,钱先生是评委之一,一旦获奖,争议即起。对此,主事者《读书》杂志这样说:著作奖和文章奖的评审是由两个学术委员会分别独立进行的。根据章程,凡有作品入围者,均不担任相应奖项的学术委员(长江《读书》奖工作室声明第五条);2000年4月21日至22日,著作奖学术委员会评审出专家著作奖。4月23日,文章奖学术委员会评审出文章奖(上述声明附工作日志第十一);钱理群和汪丁丁4月22日还在进行评审工作,由于他们两人的文章入选了文章奖,23日两人退出文章奖评审委员会,结果是钱理群的文章当选,汪丁丁落选(见《南方周末》6月9日)。

开头两句都有错。葛剑雄教授已有文章分析后一句是曲解章程,那"相应奖项"四个字是事后加的(见《中华读书报》7月5日)。我这里则分析第一句也站不住,恐怕是子虚乌有。我们可以看一下文章奖和著作奖评委组成:

文章奖评委11人:陈嘉映、陈燕谷、黄平、陆建德、罗志田、孙歌、王晓明、万俊人、信春鹰、许纪霖、杨念群;

著作奖评委 15 人:陈嘉映、陈燕谷、黄平、陆建德、罗志田、孙歌、王晓明、万俊人、信春鹰、许纪霖、杨念群、甘阳、王焱、钱理群、汪丁丁。

　　前者比后者少四人,甘阳在香港不能赴会,王焱因病没有参加,最后少的两个人,恰好就是 23 日才退出的钱理群和汪丁丁。名义上是两个学术委员会,但人员完全重合,用老百姓的话来说,这叫"一套班子,两块牌子"。工作室声明说"评审是两个学术委员会分别独立进行",可能吗?除非他们分身有术,才能在"进行"时既"独立"又"分别"。看一下他们的工作日程,其实是一套班子两个议程:21 日、22 日评著作,这时叫"著作奖评委会",23 日评文章,这时叫"文章奖评委会"。《读书》解释说"钱理群和汪丁丁到 23 日退出",以此之矛,攻彼"分别、独立"两说,两说皆破。如果不是一套班子两个议程,而是"两个学术委员会分别独立进行",钱、汪二先生何必"退"?说穿了,只是在同一套班子中,退出与己有关的一个"议程"而已,"两个学术委员会分别独立进行"何来之有?主事者说他们的程序比诺贝尔评奖还要严格,那就应该组成两个成员完全不同的评委会;实在凑不齐,出现"一套班子,两块牌子"的中国特色,人们也能谅解。但在中国特色下,为爱护评委,主事者或工作室应该在评审一开始就明言,因为只有"一套班子",无论是著作还是文章,谁作品已经入围,谁就只能在两个选择中择其一:要么当评委,放弃参奖;要么参奖,放弃当评委。这才是"回避",这才是比诺贝尔奖还严格,也体现君子爱人以德。

　　汪晖对批评的回应是,6 月 22 日发回三年前旧稿《"死火"重温——以此纪念鲁迅逝世六十周年》,把自己和批评者的关系比附为鲁迅和他的论敌,显然不妥当,也损害了他的实质正义。7 月 1 日写作"两点说明",对得奖表示辞谢,这一点则应该得到欢迎。使汪晖情绪激动的因素有很多,这里限于篇幅不能面面回应,与本题有关的是:他说自己完全没有参与这个奖项的诸多事宜,因此得奖与否,不涉程序公正。对此,《读书》杂志和工作室解释得更详尽:第一次解释见《南方周末》(6 月 9 日),《读书》杂志接受记者采访称:汪晖作为《读书》杂志社的成员,和其他所有杂志成员一样,是不具备推荐、评选资格的。但评选活动开始时,他已经在国外进行学术交流直到现在。《汪晖自选集》得奖后,《读书》杂志原有将之撤下的打算,但这是经过程序产生的结果,《读书》杂志没有这个权力,民主的结果只能尊重。

　　这段话有点奇怪。前一句承认汪晖不具备推荐、评选资格,已经足够,应该就此打住,以后再有种种也是不合法。"得奖后,《读书》杂志原有将之撤下的打算",可见也知道首先要资格合法,然后才有程序合法,资格不合法者不得进入程序,即使程序被启动,运作结果也不应承认。但是,后一句绕过来了,说还是不撤,理由是"经过了程序产生了结果"。这不是明知故犯,自相矛盾吗? 说是"民主的结果只能尊重",这样推卸责任的说法倒有点像汪晖在声明中激烈抨击的样子:"将矛头指向全体评审委员。"这是什么样的"程序",什么样的"民主"呢? "文革"结束已经三十二年,我们知识界最优秀的精英终于有机会来自己选一回,还不是选人,而是选书、选文章,怎么就会一下子掉入那个怪圈:明知资格不合法,却以程序运作造成既成事实,再以既成事实追认不合法为合法? 这种说法究竟是爱护汪晖,还是陷汪晖于不义?

第二次解释见工作室声明:汪晖在设奖的酝酿初期,就对之多有疑虑。但由于他是三联书店聘请的兼职主编,不便对三联书店的重大事务表示可否,所以一直对评奖一事保持距离。加上 1999 年 10 月出国,更明确了对本届评奖完全不参与的态度。因此,汪晖不是本届评奖工作的召集人,也完全没有参加包括章程设计、书目推荐和评审在内的任何工作。

这一解释有进步,绕过了前述资格合法与程序合法的明显矛盾。但有一个要害绕不过:汪晖没有辞去《读书》执行主编,这个奖是长江《读书》奖,不是长江《三联书店》奖,说那么多关于三联书店的话没有意义;汪晖也没有辞去该奖评选的最终权力机构——学术委员会召集人职务,还是此次声明中说的,不是我加的。以善意度人,最好不计较人在国外是否还能以现代通讯手段影响国内评选,但上述两个职务却不能打马虎。尤其是后一个职务,虽然不是本届评选的召集人,却还是这个奖项的最终权力机构召集人。现在的工作室"声明"是以"不是本届召集人"这一浮词,来盖住底下一层更重要的基础事实:他还是本奖项"最终权力机构"召集人。在中国,某一项活动的"最终权力机构"意味着什么,谁都能明白。

此外,这个工作室"声明"始终在回避的一个问题是:汪晖在担任上述双重职务的同时,究竟"回避"了没有? 回避"回避"是不行的,说一千,道一万,也是绕不过去的。如果是真诚回避,第一要回避的就是担任上述双重职务的人。有作品参选的学术委员都要回避,学术委员会的召集人却不回避,说得过去吗? 这样的回避还要说在事先,语言要明确,不容歧义。既然要出国,那就应该在出国前就明确,人走了,书却不能在国内进入参选。考虑到汪晖出国的事实情况,这一回避的落实还不在于"人",而在于"事"——作品不能在国内参选。而我们现在无论是从"工作室声明"还是汪晖的"两点声明"中,都找不到这样明确的说法。能看到的是人已经出国,完全没有参与具体事宜,不是本届评奖工作召集人等这样一些含糊其词的说法。明眼人不难看出,"声明"也好,"说明"也罢,是把视线集中在"人",如他在国内怎么不过问此事,出国又怎么不可能过问此事,却没有触及关键所在的"事",绕来绕去,一直在闪避这样一个问题:不管汪晖在哪里,汪晖的作品是如何进入评选程序的?我们确实应该奉行对事不对人的原则,希望能把这件"事"说清楚,而不在于针对汪晖这个"人"。人走了,作品留下来了,进入程序了,这样的"回避"是假回避,还是真回避?

至于说"完全没有参与",能与作品回避划等号吗?退一步,善意度人,可以按照工作室"声明"和汪晖本人"说明"引导人们理解的那样,把这个说法理解为"回避"的同义语。可是这样一来,又会出现更不能回避的尴尬情况:既然当事者已经回避,为什么主事者还要让他的作品参与评选,以致发生今天这样被动的情况?可见是主事者有错,可称之为"情况一";如果不能作"回避"理解,退回去,那就发生"情况二":当事者"完全不参与",是指具体操作不参与,不反对他的作品参评,主事者按他的意愿办,于是人在国外,书在国内,评选程序启动,最终获奖,当事者有错。

倘若是"情况二",尽管汪晖今日有辞退姿态,工作室还在劝进,尘埃未定,但我们先欢迎这一姿态,不过道理还是要说清:这不是该领奖而不领的谦让,而是因为没有事先回避而造成程序违规的事后补救,给长江《读书》奖的声誉造成损害,本人是负有一定责任的。由此,在两点"说明"之余,似乎还应考虑向主事者为其名誉受损而道歉?风度好,再加一句向评委和工作室道歉,也不过分。如果是"情况一",则是主事者的错误,那就应该利用工作室"唯一声明"的机会,赶紧向名誉受损的汪晖本人道歉。总之,形成目前这样谁都不愿意看到的局面,总有一方出错。至于是汪晖向主事者道歉,还是反过来,主事者向汪晖道歉,则应视他们之间发生的真实情况而定。相信他们会妥善处理,旁人不应着急。

一场评奖风波迟早都要结束。使我们难过与反思的是,不在于"人"而在于"事"。知识界启蒙民众二十年,为什么今天还会在自身暴露出对程序公正的如此无视与随意?这一次,问题不是出现在民工群,而是出现在知识群,说明知识群中不少人的意识还停留在古代、半现代,用汪晖"两点说明"中的话来说,确实到了"令人震撼"的程度。不在于谁对谁错,无论是谁错,其他人都没有理由幸灾乐祸。知识界的自身建设,是和普通老百姓一样,当务之急是赶紧补上"公民意识"这一课,甚至应该走在老百姓的前面。没有"公民意识",遑论其他?只要一个实质正义,无论是单人朗诵,还是登高群呼,都会误人误己。以程序公正求实质正义,实质正义存;以实质正义践踏程序公正,则程序公正亡,实质正义也亡。(摘自南方周末,2000 年 7 月 13 日,朱学勤)

一孔之见

我们把一大篇称不上是故事的文章摘录在这里,一方面是找不到更短的又具有可读性又能表达本章实质意义的故事;另一方面,企业中比这件事绕的事情要多的多,大家可以体验一下,考验一下我们有没有耐心解决企业中的复杂问题。我们只要把题目稍微改一下,改为"程序公正与实质有效"就完全可以和企业许多纠缠不清的事对应起来。在企业中是以结果为王的,在"实质有效"面前,"程序公正"往往成为摆设。但是"实质有效"往往具有短期性和局部性的特点,往往会成为归罪于"程序公正"的借口。但是,作为中国电信这样的大企业,要国际化,要基业常青,不树立起"程序公正"的理性权威是不行的。没有程序公正,企业整体协同的成本就会很高,程序就会更复杂,遵循的难度就更大,程序公正就会掉进实质正义为其设置的"漩涡"。国际化的大企业其竞争力的核心在于,程序公正的内核与实质有效的效果完美结合。

第13章　增长模式的升级

客观地说,企业家都不愿打价格战,但是当没有比价格战更有效的竞争方式时,价格战就是必然的选择。

增长方式的升级是从根本上走出价格战困境的必由之路,也是中国电信转型必须跨越的一道坎。

当传统业务的价值塌陷成为既成事实以后,在积极开拓新业务寻求突破的同时,必须全面审视增长的方式,包括:增长的来源,增长的知识,低值模式的处置,均衡的力量等,为模式的升级奠定基础。

1　无形资产的开发

> 增长源泉的改变是增长方式升级的重要基础和起点。

一个21世纪企业最伟大的发现习能在于,成千上万个企业,由于缺少使自己能力充分发挥的方法,在还有大部分资源(主要是无形资源)没有被激活,效率还没有充分发挥的情况下就驶离了发展的轨道。还有成千上万个企业长时期处于低效率运转状态,以致低效率成为一种常态。这使得我们在为这些企业的无谓的驶离和低效率的运转而惋惜的同时,更为企业蕴藏的巨大的未被开发的资源而感到欣喜万分。

存在这个现象的一个重要原因是所谓的社会反光镜在作怪。社会反光镜喻指他人的语言或行为反映出对我们的意见和看法,而我们藉以形成对自己的认知。由于社会反光镜是我们记忆中别人如何看我们的反射,它常常是不正确的、不全面的。换句话说,我们真正的潜能,可以因发挥想象力而有最佳表现。记忆会受限制,而想像力是无限的。(《高效能人士的七个习惯》P61,中国青年出版社,2002年11月)对企业来说也是一样的,实际上,正是企业的社会反光镜,极大地限制了企业发展的想象力,而想象力正是差异的基础。企业的社会反光镜依据的主要是企业的有形资产,而基本上对企业的无形资产反映不出来。由于企业有许多灰色区域，社会反光镜很难反映企业的准确镜像，并且企业的社会信号往往是非理性的，不负责任的，扭曲的企业社会信号往往对企业的发展起着推波助澜的作用（例如社会舆论对企业的炒作），这往往对开发企业的发展潜力造成巨大的障碍。企业的社会反光镜可以通过不断打磨得到改善，比如，通过上市，成为公众公司，通过与公共界面的不断沟通，但是社会反光镜很难反映企业的发展潜力。

增长方式升级的一个重要内容就是加大无形资产的开发和利用力度。稀缺资源的短缺是增长方式升级的直接经济动力。在企业中大部分的无形资产却很少得到充分开发利用。并且无形资产的有形成本很低。这里有形资产的开发是工业过程，而无形资产的开发则更多的是企业和人本身的智力开发过程，人本身成长的特点是无形资产开发的最大瓶颈。有形资产构成了价值的基础，无形资产则是价值增长的空间，实际上很多驶离发展轨道的企业事后大多可以找到拯救的办法，只不过需要往前反推的程度不同。

《管理的革命》一书中对无形资产价值高度认同，实际上是对客户的终身价值和企业终身价值的认同。《纽约时报》的作家弗莱德·穆迪认为，"微软唯一的生产资本是人的想象力"，无形资产是创造新的经济价值的主要源泉。汤姆·彼德斯在《管理的革命》（光明日报出版社，1998 年 12 月）中还举了大量例子：

看一看如下二个分数式我们便可以领略这个颠倒世界的疯狂。

第一个为 116/129。几年前菲利浦·莫里斯买下了克拉福特公司，如果从它远期效果看，129 亿美元确实很值得。当会计们结完了帐，发现菲利浦·莫里斯买了 13 亿美元的"材料"（有形财产）其余的部分花了 116 亿美元。其余的部分究竟是什么呢，竟占了 116/129 的价值？

这对于许多管理人员来说不是一个容易理解的概念，好像大多数的生意人依然将主要的精力用于管理 13/129 的他们能触摸的部分——那些固定的、有形的资产。他们几乎对其余的部分置之不理（其所占比例却达 116/129）。有的公司经理会为了一个 5 万美元意向开一连串的会议，然后草草处理一下培训事宜，会议就这样过去，对想象力不作任何正式的讨论，而想象力才是解决管理中"模糊部分"的基础。

我们来考虑一下另外一个分式:97/100

ABB 公司是一个一流的大型重工业企业,在电厂、电力输送、交通和污染防治领域颇具实力。这个拥有 300 亿资产的大公司的总部设在苏黎士,有望在最近几年将生产周期降至原来的 50%,它的成功将会对所有公司的总体发展产生巨大的影响。

作为被称为 T50 项目的一部分,ABB 公司认真分析了由规划到销售的整个过程(规划、生产、运送、销售诸项),结果显示生产时间只占整个周期时间的 3%,其余 97% 的时间均用于"其余部分"。正如一位 ABB 的主管所说:"我们总拼命在这 3% 的部分里发掘潜力,力图建造'生产高速',而将其余部置若罔闻。"

中国企业的发展进入了一个拐点时期,企业从管理者到员工都需要接受不习惯的理念,不熟悉的商业模式,需要改变已有的一些习惯。问题在于,对无形资产的运作还处于初始阶段,尤其是对国有企业来说有形资产作为政绩是可以衡量的,而无形资产就非常难以衡量,况且无形资产的效应显现具有长期性和扩散性,往往是前人栽树后人乘凉。在目前我国对无形资产的投资认定问题还没有大的突破。美国政府不愿意花几百万美元购买兰德公司的咨询报告,却愿意花费几百亿美元去打一场赢不了的战争。在国有企业中往往可以花巨资去购买淘汰的机器设备,并且很少会有异议,也很难追究其法律责任。但是如果企业花较大的资金去购买一份有价值的咨询报告则会困难重重,甚至会遭到非议。由于无形资产的不可储存特性,实际上对这些资产的损失既没有会计的帐面价值损失,也没有经济和法律责任需要负担,这就使得这些资产的有效利用失去了动力和测度的标准,这些资产就失去了经济有效性。

无形资产一个很重要的特点是一旦被生产出来,其使用就具有非稀缺性。"奔驰与红旗轿车所耗原料差不多,但价值相差数倍。为什么? 因为奔驰的设计、工艺和生产流程不同。奔驰之所以贵,就贵在它的设计、工艺和流程。我们知道,原料是稀缺的,对稀缺资源的需求的不断上升,会推高使用它们的机会成本,从而导致通货膨胀。但设计、工艺和流程是非稀缺的,它们一旦被一个起始成本生产出来之后,就可以以零成本无限复制。在这里,非稀缺资源从第二个产品开始即零成本生产,对它的需求增加没有资源约束,它的产量完全由需求决定,需求即生产。因此对奔驰需求的上升不仅不会导致奔驰的设计、工艺和流程供应的短缺,从而推高使用它们的机会成本,相反会导致奔驰的设计、工艺、流程单位成本下降,从而导致奔驰的价格下降。其实奔驰车的现象是普遍的:麦当劳的管理模式和生产流程;光盘中的软件;家用电器的设计和工艺流程;互联网的平台和资信;一加一等于二的知识,等等。所有这些无形资产,如知识、信息乃至文化价值观,一旦被生产出来就会成为非稀缺的,即对它们的无限追加使用不会导致资源约束,不会增加追加成本。"(王建国,非稀缺的经济发现,解放日报,2005 年 5 月 30 日)

无形资产的"应需而动"和"不追加成本"特性,无疑是以客户为中心的增长模式升级的根本要素。不仅呈现出供给创造需求的经济学中著名的萨伊定律复旧的特性,而且使增长模式本身更具弹性和延展性。

2　打造知识芯

> 增长模式的升级需要打造知识芯。

具有三重元素 M、B、K 的知识称为知识芯,是理论联系实际的桥梁,但由于 K 型知识在企业中更多的是一种协同行为,一般我们把具有两重相互匹配元素 M、B 的知识称为知识芯。在企业中这三重知识一方面是短缺和不平衡的,另一方面是相互分离和不匹配的。增长模式要升级就必须从根本上改变员工和企业知识的状态。

在企业中,主要拥有 M 型知识的员工和主要拥有 B 型知识的员工占了大多数。而只有同时拥有 M 型知识和 B 型知识才可能产生 K 型知识,这样的员工在企业中可以说少之又少。

M 型员工,通常在企业工作了很长时间,也有了一定的人际关系资源,对企业很了解,年龄也比较大,但积累的经验通常与自己的职业路径相关,也就是具有很强的"路径依赖"。能够解决一些企业的局部问题,但也往往会对 B 型知识不感兴趣,往往会"凭经验办事",对新的东西很难接受,最常见的做法就是把很难接受的东西贴上"不切实际"的标签,殊不知其本身就应该承担着使这些创新的东西切合实际的责任。在企业平稳发展时期,M 型员工确实能起到很大作用,因为 M 型知识的有效作用时间比较长。但在企业发展变动较大的时期,有可能会成为"阻碍"因素,有极少数会成为 MB 型,即所谓的知识芯。

B 型员工,通常在企业工作时间比 M 型要短,对企业的情况也不如 M 型了解,人际关系积累也不如 M 型,年纪通常较轻。能够对一些企业的问题从理论角度提出一些建议,但往往会只追求理论上的完美,不注意操作的可能性,有时候会"自命清高",对企业的一些现实问题很难理性包容。在企业平稳发展时期,B 型员工会逐渐转换成 M 型,但在企业发展变动较大的时期,有可能会成为"风险"因素,因为企业这时往往会"有病乱投医",对理论上貌似合理的东西容易接受,往往不注意其成立的前提条件。但由于 B 型员工的人际资源低于 M 型,其影响力也就低于 M 型,但 B 型大多会转换成 M 型,只有极少数能成为 MB 型。

MB 型,一方面指企业所拥有的具有两重属性的知识,另一方面指极少部分同时具有两重知识和能力的员工。MB 型的缺乏解释了企业为什么,一方面从总量上来说,在一般意义上可谓"人才济济",另一方面具有核心竞争力的人才又十分缺乏的矛盾。

中国企业现在大量地使用咨询公司,实际上也反映了内部 MB 的缺乏。好的咨询公司通常具有很强的 MB 型特征,他们有强大的知识库和理论工具,又能够快速理解客户的实际问题,但由于他们只能解决一次性的重大问题,难以对企业的问题给予持续的关注。企业内部特别需要一支具有 MB 型特征的队伍,这支队伍不能由研发队伍来承担,也不能由管理队伍来承担,应该是一支混合队伍,需要 3－5 年的培养积累足够的体验和业界领先的理论素养。需要具有极强的理论敏感性和实践的洞察力,这是一支适应转型需要的"特种队伍"。这支队伍必须具有快速理解环境的能力,高效集成解决方案的能力,科学理性的判断能力。

中国电信长期以来在人才成长上做了大量工作,有很多培养措施,但系统地持续地实施一项"特种队伍"工程的机会很少,而这种队伍的形成绝对不能靠自然成长,一方面企业等不起,另一方面也不符合这种队伍的成长特点。对人力资源部门来说,这是机会也是挑战。

3 模式致胜

在极限竞争的市场上怎么做比做什么更重要。

模式的演进是一个历史过程,新模式代替旧模式也是一个永恒的主题,并且这种情况的发生已经不是特定行业的事,而是许多行业都难以避免的事(图13-1)。许多传统的公司并不是不知道新进入者模式的先进性,而是在新旧模式冲突中对旧模式难以割舍,在患得患失中陷入困境。要转型,就必需有所舍弃。IBM 出售 PC 给联想可以看作是 IBM 转型成功的标志,而联想成功收购 IBM 的 PC 部分则只能认为是联想转型的开始。

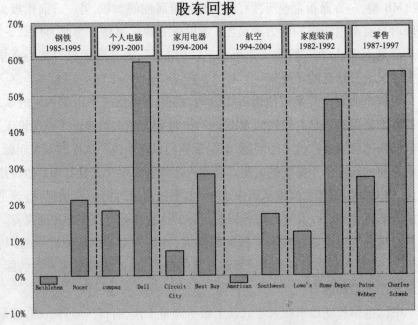

备注:每一组公司都代表着在不同的行业,在新老公司商业模式竞争最激烈的时期各自拥有的不同的股东回报,在每组中左为老公司,右为新公司。

(Booz Allen Hamilton ; CompuStat)

图 13-1 采用新的商业模式的新进入者和采用旧的商业模式的公司的股东回报

就整个经济而言对传统增长模式的舍弃并不是一件容易的事。从最早向现代工业文明提出挑战,对以经济增长为纲的理论进行抨击的罗马俱乐部的报告《增长的极限》发布到现在,已经过去了三十多年,但传统的增长模式依然在许多国家大行其道。

《增长的极限》是意大利罗马俱乐部委托美国麻省理工学院教授梅多斯于1972年提供的第一部历史性文献。该报告首次对工业文明铸造的危机进行了勇敢的呐喊。被国际社会誉称为"70年代爆炸性杰作"。

梅多斯等人在《增长的极限》中阐述了如下四个基本观点:

第一、报告首次揭示了地球的有限性与增长的无限性之间的矛盾。"如果世界人口、工业化、污染、粮食生产以及资源消耗按现在的增长趋势继续不变,这个星球上的经济增长就会在今后一百年内某一时刻达到极限。最可能的结果是人口和工业生产能力这两方面发生颇为突出的、无法控制的衰退和下降"。

第二、工业文明的增长观是一种狂妄的、未加限制的增长观。世界经济和工业投资不能无节制地增长,否则,工业发展将招致人类的自我毁灭。

第三、技术无法从根本上解决有限系统中无限增长问题。通过技术的努力,只能缓解地球有限性和增长无限性之间的矛盾。

第四、必须"确立一种可以长期保持的生态稳定和经济稳定的条件,来改变这种增长趋势"。即在1975年停止人口的增长,到1990年停止工业投资的增长,以达到增长为零的全球性均衡。这就是著名的"零度增长论"。

增长极限理论以及对世界前景的悲观预测显然具有严重的缺陷,因此而受到严厉的批评。但是由此引发的对传统增长模式的讨论所具有的深远意义是史无前例的。其中的一种批评意见认为,报告本身所选择的五个变量都是自然因素,都属于与人类发生交往的物质系统。至于社会因素、文化因素、人的精神因素等被大大忽略了。这是颇有见地的一种意见,揭示了人类发展的非物质增长空间。其后人类的发展早已突破了增长的极限当初所做的预言,但是传统增长模式的危害依然没有得到彻底的摒弃。

中国改革开放以来一直试图转向现代经济增长模式和新兴工业化道路,在九五期间就提出了经济增长模式的转变,迄今为止,尚未成功。在十一五规划中把自主创新放在了很高的位置,再一次向模式的转变发起冲击。

新的增长模式无论从国家的层面还是从企业的层面基本的事实是从更依

赖硬资源向更依赖软资源（知识）转变，是真正回归到以人为本的发展模式，对人本身的智力开发提出了极大挑战。因为先易后难是模式变迁路径的本质。

舍弃低附加值模式包括两个方面，一方面就是撤出，适时地从一个失败的或低价值商业（或者战略形态）撤出公司资源是一种精湛的技巧，这里面有太多的困难，因为在低附加值模式上堆积了大量的利益关系，同时我们需要用新的模式进行替代。2004 年年初《华尔街日报》有一篇文章，题目叫作《中国的崛起有利于巩固美国的霸权》，意思就是中国替我们"卖硬苦力"，我们得益很大。文章中举了一个例子，这个例子就是做鼠标的，叫罗技鼠标（Logitech），那是个美国和瑞士合资的公司，用的是早一点的数据吧，每年卖到美国两千万个鼠标，全是在苏州生产的，据说现在要将近一亿鼠标，每个鼠标的售价是 40 美元，40 美元怎么分的呢？我们看，罗技，就是这家公司自己得 20% ，就是 8 美元；分销商零售商得 37.5% ，15 美元；还有零配件的供应商，像得克萨斯仪器（TI）等都是作元器件的那些得 35% ，14 美元；中国得多少呢？得 7.5% ，3 美元，这 3 美元里面包括几百工人的工资、水电费等生产费用，全在这个 3 美元里面。《华尔街日报》这篇文章说，罗技公司就是当前全世界经济的缩影，就是全世界的经济就是靠中国人卖苦力，当然我们也希望不卖苦力，但我们得会做不卖苦力的事。我们现在还难以舍弃"卖硬苦力"这样低附加值的模式。

另一方面就是当企业进入新的业务领域时用什么模式来做。中国电信正在试图突破传统电信业务的边界，进入信息服务的更广阔的领域，但是每个领域都有价值链的高端和低端，高端基本上都是以人为本，科技本质，需要长期积累；而低端通常可以大量投资，规模复制，但附加值通常较低。如果希望重现过去大规模高附加值的辉煌是不大可能的。当生产资源的获得和占用不再成为进入障碍时，模式的先进性就成为竞争的关键因素，在中国电信加快进入新业务领域的步伐时，切忌"穿新鞋走老路"，用旧的模式发展新的业务，这样做不仅会丢失在高附加值业务领域抢得先机的机会，还会打击我们转型的信心。

同时必须强调舍弃低附加值业务模式并不等于舍弃低附加值业务。用新的模式在众多的低附加值业务领域耕耘使价值重生是个不错的主意。专注于计算机生产以及提供相关服务几十年后，IBM 在过去几年中迈入一个技术性并不那么强的领域。如今的 IBM 每天要处理成千上万的保险赔付,确保宝洁公司的员工能够准时拿到薪水,负责修理飞利浦消费电子产品公司售出的电视机和唱机。IBM 在信息技术外包领域已经处于领先地位,承接公司外包出来的诸如管理中央计算机中心和技术支持呼叫中心等业务。蓝色巨人也把其业务触角延伸到技术领域之外。它在 2002 年底收购会计巨头普华永道的咨询部门之后,开始涉足商务领域。那桩 39 亿美元的巨额交易是其标志性的动作。IBM 把普华永道大约 3 万名员工和 IBM 原有的 3 万名员工合并成一个新的部门,叫做业务咨询服务部。这一收购及新业务部门旨在通过合并 IBM 在技术上的优势和普华永道在咨询业务上的优势来产生新的收益。

　　一般而言在某个领域当优秀企业的停滞是以群体现象出现的时候,就需要跳出具体的企业,放到经济大环境中来分析和审视现有的模式——我们现在在哪里,我们未来如何转变竞争,实现突围、获取利润。极限竞争的时代,模式是竞争的根本。

4　均衡的力量

> 均衡是一个组织内在的趋势力量,有什么样的管理就有什么样的均衡。

　　均衡对企业来说就意味着可以快速、流畅地把战略转化为行动。这就意味着从客户需求端来到客户满意端去,端到端的每一个环节不能有瓶颈。在极限竞争的市场上均衡是生存的基础,因为只有均衡,才能获得相互匹配的最大效用,使得系统运筹有较大的空间。均衡可以说是企业长期不断挑战自己短板的结果,但是在短缺经济时代,企业通常没有时间和动力去弥补自己的短板,对从大发展时代走过来的中国电信,企业不均衡的特征还十分明显。归结起来有以下几方面的不均衡:

　　(1) 无形资源和有形资源对企业价值贡献上的不均衡,主要是无形资源开发不足造成的。

　　(2) 有形资源利用上的不均衡,主要是管理粗放造成的。

　　(3) 产出与产能上的不均衡,主要是长期的能力与短期的绩效不匹配。

　　(4) 做什么上的不均衡,主要是缺移动业务。

（5）怎么做上的不均衡，主要是设计、策划运作能力不足。

（6）知识上的不均衡，客户消费经验知识大大弱于企业自身知识。

（7）人力资源上的不均衡，MB型人才的严重短缺。

（8）区域上的不均衡，东部、中部和西部在经济发展水平上的巨大差异。

从不均衡到均衡有着巨大的落差，如果不能给予充分认识，有可能形成转型断层，比如在短期内业务收入在数量和结构上能够满足转型要求，但是由于存在转型断层，这种业务上的转变实际上是不可持续的。问题的关键在于收入可以不通过能力的增长而增长，如果依靠简单的复制可以实现增长，没有足够的动力去培养新的能力。培养新的增长能力需要一个最低的时间周期，投资驱动的收入增长模式有一个最大的时间极限，两个时间区间如果不能很好地平衡就会造成转型断层，这也是很多企业转型难以最终完成的根本原因之一。在所列八个不均衡中除了第四个和第八个不均衡主要是由监管和外部经济环境所致，其余的不均衡都是企业自身管理上的缺陷造成的，并且由于这些缺陷，不均衡本身并没有自动寻求均衡的能力，直接管理向精确管理的变迁是改善不均衡状态实现模式升级的关键基础。

"商业模式"，是拉里·博西迪及拉姆·查兰在《转型》（中信出版社，2005年1月）一书中对转型展开论述的基础，它包含了企业运营的许多元素，并将它们归纳为外部现实、内部活动与财务目标，而促使这三个部分达到均衡并发挥效率的是对这三者之间的关系所进行的反复矫正。这一模型的意义在于，融合了企业管理和市场竞争的理论精髓，提供了从整体考虑企业的完美框架。但是其基本的缺陷在于忽视了这个反复矫正的过程所需要的管理基础，在直接管理的基础上完成矫正会遭遇许多瓶颈，直接管理向精确管理的逐步演进才能使矫正更有效率，如图13-1所示，随着精确管理对直接管理的不断替代（精确管理沿着箭头的方向不断延伸），使得反复矫正的过程具有深厚的基础和动力。

中国电信正在通过成为领先的综合信息服务提供商的发展目标来牵引中国电信从旧的均衡向新的均衡跃迁，通过形成均衡的力量，力求突破转型断层。均衡的力量可以使精确管理发挥最大的运筹效用。正是均衡的力量能够使企业在复杂性中创造独特的价值。在IT界可以作为典范的一些公司，其模式的不可模仿性的一个关键因素在于企业本身的均衡力与现实复杂性的很好

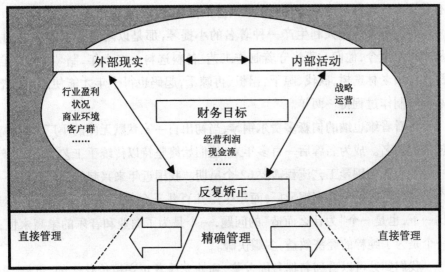

图 13 – 1　精确管理作为反复矫正的基础

匹配,例如:具有细节性复杂优势的 DELL 直销模式,具有动态性复杂优势的 IBM 的应需而动,具有极限性复杂优势的 Google 的 Page Rank 等。

THANKINGSTORY:风格与耐性

一位著名建筑师提出了一个问题:为什么西方的古建筑是用石头建造的而我们的古建筑都是用的木头?这是个比较有深度的问题,在建筑界曾经引起过一些专家们的思考。我曾翻阅过有关资料,大多是从建筑材料和地理位置的角度出发来探讨的。因为我们古时的建筑都在黄土高原,而黄土高原是没有石料的,所以按照就地取材的方便就选用了木材。西方的古城则建在有石料的地方,他们自然就选用了石头作为建筑材料。但是,我觉得还可以从另外一个角度即民族的耐性或者说统治者的耐性来认识。

历史上,朝代的更替总是要焚毁一些宫殿而重新建造自己的宫殿。一个皇帝的在位时间最长也不过几十年。作为皇帝在登基前必须得建好宫殿,而在位期间又要建好陵园。这么繁重的建筑只有木制结构才可以完成。而西方的石头建筑是极费时日的,圣彼得广场在整整一个世纪的时间里锤声不断,巴黎圣母院从动工到结束用了三百年的时间,可以想象这是一种怎样的耐性!莫非我们的民族就一定比西方缺少耐性吗?说到底,还有一个为什么而建筑的问题。我们是为人而建筑,西方是为神而建筑,为神的建筑就比为人而建筑有着更多的耐性。这里边有一个崇高感的问题。

我们都知道意大利生产一种著名的小提琴,那是以阿马蒂家族命名的。从中世纪至今,他们一直恪守着制作工艺:备料选料一二十年,制琴大师亲自深入深山老林选树,砍伐、晾干、锯板、再晾干,起码也得十年才能使用。每把小提琴制作过程得一两年。

再看看维也纳的伯森多费尔钢琴,当初出自一家默默无闻的小厂,李斯特使他们扬名。成为名牌后一百多年来,他们始终坚持以传统手工艺为主,生产一台专用三角钢琴工艺流程需要 62 个星期。我国近年来兴起的钢琴狂热,一个早晨就可以冒出几家钢琴厂,而年生产几百几千台的厂家也并不稀奇。对比一下,也是一个"为什么而造"的问题,一个是为了商业和音乐的崇高永恒;一个是为了纯粹的经济效益,多赚快赚。

我们到处可以看到名牌名优金奖,到处充斥着正宗祖传什么的,可是,我们恰恰丢弃了祖辈就不怎么多的耐性。我们越来越缺乏耐性了,一个人没有了耐性那就是一个不健康的人,一个民族缺乏了耐性那就是一个不健康的民族。(摘自漓江出版社《我的家在哪里》一书,刘元举文)

一孔之见

增长方式决定增长质量。精确管理使企业的增长方式发生了根本的改变,而非稀缺资源的开发是增长方式改变的重要元素,并且对这类资源的开发需要较长的时间积累,如果缺失了耐性,增长方式的升级是不可能的。而问题在于在产业竞争格局急剧变动的时代,如何容得下这种耐性。

第 14 章　精确管理的信息化基础

一门科学只有当它达到了能够运用数学时,才算是真正成熟了。在现代科学中,运用数学的程度,已成为衡量一门科学的发展程度,特别是衡量其理论成熟与否的重要标志。

《中国大百科全书·哲学卷》,中国大百科全书出版社,2000 年 10 月

一个企业的管理只有当它能够充分利用信息时,才算是真正现代化。在企业中,利用信息的程度,信息化基础的水平,已经成为衡量一个企业管理的现代水平的重要标志。

直接管理向精确管理的跃迁是充分应用信息的必然要求。

1　改造企业的 IQ

> 信息的存在形态具有指向目标的有序性,同样的信息按照不同的需求指向进行组织会有极大的差异。

一个企业的 IQ(Information quotient)是指企业的信息能力,主要包括:连接、共享与应用(图 14 - 1)。企业的 IQ 并不是在信息系统建好后就自动提高的,也不是在信息系统建好后才开始提高。企业的信息能力是信息化时代企业发展的最大瓶颈,而不是信息的缺失。把企业的 IQ 等同于信息系统的认识,一是低估了信息的复杂性(图 14 - 1 左图),二是高估了企业处理和应用信息的能力。企业信息化的关键命题是建构客户化的信息能力。市场、销售、服务、客户忠诚等方面由于竞争的加剧和商业模式的转换,出现了许多问题,使得这些在过剩经济时代曾经使企业成功地从生产导向向市场导向转换的策略和手段陷入了"肌无力"的困境(典型的表现是有市无利),企业要摆脱这个困境,实现市场导向向客户导向的转换,必须要加大力度建构客户化的信息能力,而这是市场、销售、服务、客户忠诚这些功能赖以依存的更困难、更具有挑战性的深层次基础。

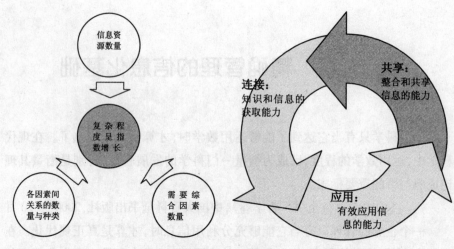

图 14－1　企业信商

中国电信的问题在于,市场、销售、服务、客户忠诚这些传统的企业功能还比较弱,或者说工业化时代的课还没有完全补上,信息应用的价值还难以得到充分体现,而信息应用产生的价值是最大的动力。这就使得在信息化时代对市场、销售、服务、客户忠诚这些传统的工业化时代的企业功能在客户化信息能力基础上的重构就失去了逻辑基础。因此用信息化带动"工业化"最终实现企业工业化功能的信息化再造,就成了中国电信信息化的现实命题,同时也是大多数中国企业共同面临的命题。

所谓信息能力在本质上首先是非技术的,对决定信息能力的七要素(信息大师,上海交大出版社,2001年1月),包括人员技能、程序、组织结构、文化、领导艺术、技术和信息本身等需要均衡的投入。而在实践中人们通常将注意力更多地聚焦在市场、销售和服务这些功能上,而不是集中在这些功能赖以依存的更困难、更具挑战性的深层次信息能力上。直接管理与信息能力低下相互制约是信息能力提升的重大障碍。而每当这时,企业往往会转而向技术寻求帮助,期望技术能够创造支持客户关系管理所需的信息能力,认为技术是信息能力的原始决定因素。

毫无疑问在现实的商业世界中,信息技术进步使企业可以大量存储客户购买行为信息,但企业对客户的理解却相对缺乏,其表现主要是客户消费经验知识和市场营销经验知识的双重缺失;客户信息分析技术在突飞猛进,但客户忠诚度却螺旋式下降;尽管技术出现了几何级(如IDC)的发展,当今世界的复杂性使企业淹没在客户信息的洪流中(见图 14-1 左图),这种复杂性已经远远超越了一般企业把握并运用客户信息的能力,迫使企业对客户需求、客户行为以及相对利润率信息进行汇总和总结,这时候大多数企业通常会陷入统计综合的误区。用综合的数据代替难以处理的个性化数据作为决策的基础,这就会产生两次误差,从个体到综合产生一次误差,从综合到决策再到对个体的作用又会产生一次误差。这就使得客户化的信息能力建设遭遇很大的挑战。这里特别强调客户化的信息能力是因为信息的存在形态具有指向目标的有序性,同样的信息按照不同的需求指向进行组织会有极大的差异,以客户为中心的运行模式如果没有客户化的信息能力无异于空中楼阁。

在今天如此复杂、如此规模的信息社会重负之下,企业如果希望重温过去街边小店曾经拥有的忠诚和亲密关系,需要具备比现在的企业更为广泛和深远的信息能力。于是企业迅速转向技术来寻求对策,相信技术能力是决定信息能力的主要因素。但是荒谬的是,这种对技术的过分偏爱只是众多影响信息能力决定因素的一个很小的组成部分。以非技术因素为主的信息能力涵盖了从员工信息应用能力到业务部门对信息共享诚意等。这种偏爱和失衡现象使企业潜藏的客户信息弱点得以延续,这种弱点反过来又使企业无休止地进入如下循环(信息大师,上海交大出版社,2001 年 1 月):(1)竞争使企业认识到需要与客户更加接近;(2)他们毫无保留地接受一切最新的关于市场营销、忠诚度和服务方法;(3)他们试图将这些观念付诸实施,却发现这些都需要更高层次的客户信息能力;(4)他们在信息技术上进行重大投资,相信这会使他们具备所需的信息能力;(5)在销售、市场、忠诚度和服务方面的投资使他们小有收获,但相当有限,因为信息技术(IT)在整个信息能力综合因素中仅占10% 强。(6)正因为决定信息能力的主要因素是非技术的,包括人才、程序、组织、文化、领导艺术、技术和信息本身等,所以更加难以琢磨,于是它们"闺阁深锁",未能得到人们足够的投资。(7)企业又重新循环进入步骤(2)和步骤(4)中,而结果是:竹篮打水一场空。如此周而复始的循环驱使企业在传统的市场营销、销售、服务和忠诚度方面战术性地大量投资,希望借此解决自身的弱点。这些弱点实际上正是由于信息能力不足造成的。

构建客户化的信息能力是极限竞争时代的竞争实质,是精确市场营销的根本要求。了解客户需求,作出既能赢利又能满足客户需求的决策,主要(80%-90%)源自企业已有的信息。但是许多企业对此却视而不见或没有正确的认识,把过多的精力放在企业10%-20%的外部信息上,从而造成投入与产出的巨大失衡。企业典型的表现是将资金大量投入大型客户数据库和网络建设,而不是投资在其他决定其真正信息能力的因素上,这种信息能力因素包括:(1)员工应用信息的能力;(2)实现信息有效配置的程序;(3)组织结构,以及对各职能部门有效使用信息的奖赏;(4)长期利用和体现这种价值的信息文化;(5)充分理解这一作用并支持投资的领导艺术;(6)与价值和准确性相关的信息本身。

企业只有优先发展广泛、深层次的信息能力,才能实现市场竞争能力与客户忠诚的"一体化",这是企业赖以生存的支柱。随着客户化信息能力水平的提高,"一体化"市场销售将成为能力的天性,成为能力的自然延展,而不再仅仅是战术性的商业计划,客户化信息能力成为更本质的决定因素而不再仅仅是战术性商业计划的工具,这种差别微妙但极其深刻。是客户化经济时代的一个根本标志。现在国际上许多大企业在操作以客户为主的商业模式中,对客户行为的复杂性、亲密性和重要性没能加以充分考虑,这是一种粗放的表现。

表层的问题还在于,许多企业相信,他们正在发展极具竞争力的、以客户为中心的信息能力。于是他们倾向于在技术上投资,而不是在其他更为困难的领域,这些领域投资的效应显现常常需要较长的时间,其效应的测度也是一个难题,对于以年度绩效为考核尺度的考核体系来说,没有人愿意进行这种投资,如电信的 CRM 项目,技术方面投资占98%以上。而那些可以为客户和股东创造价值的信息领域存在最大的束缚。改造和提高企业的 IQ 无疑是企业客户化信息能力低下的本质解。

2 改造我们的工作

信息本身并无价值,信息的价值只有体现在应用信息产生的结果上。企业信息能力提升的过程归根结蒂要体现在企业中每一个成员的信息能力提高上。要使每个员工的信息能力提升真正融入企业的信息化过程并不是一件很

> 如果不能对我们的工作过程进行改造,使其更适应信息的产生和应用,信息的价值就难以根本体现。

容易的事情。类似宏观与微观背离的事情有很多,比如在中国特定的制度语境下,微观主体进入不了宏观变迁视野的事件层出不穷。一些政府部门习惯拿当地居民收入的增幅来炫耀,而漠视了物价非正常攀升的现象和贫富分化的愈演愈烈;一些高校喜于为名列全国大学排名前茅及高就业率而津津乐道,而忽视了学生个体发展的差异与一些学生不良的心理倾向。

每个人并没有动力格式化自己的工作,使自己的工作生成规范的信息。这是因为(1)在一个信息透明的工作环境中潜规则难以盛行,"搭便车"很困难,并且使自己的工作完全处于领导的监督之下,通常不会有内在的动力;(2)使自己的工作信息规范显现,工作量很大但对个体来说短期效益并不明显,因为每个人对自己工作信息的理解并不需要规范化;(3)个人工作的规范信息转换是一个公共产品,其效益产生与信息的产生者并没有直接对应。这样就会降低信息的共享性,提高信息使用的成本。但是这是企业信息化过程中必须跨越的一道坎。

使我们的工作具有格式化的信息特征,尽可能把工作模板化,是信息力的基本要求。比如公司的文件系统、会议纪要、决策的精确解码等的格式化信息显现以及评估信息的及时生成等,这些基本的工作构成信息应用的价值基础。当然这些把具体的工作信息化的过程需要一些专门的工具和能力积累。明托在《金字塔原理》(民主与建设出版社,2002 年 12 月)一书中广泛使用的 SCQA 模型就是一个不错的方法。S:情境(Situation),C:冲突(Complication),Q:疑问(Question),A:回答(Answer)。以《金字塔原理》一书中的一个 SCQA 转换为例,经过 SCQA 转换,"管理造成的经济衰退"一文的信息特征 S、C、Q、A 十分明了(图 14-2)。如果把所有的会议纪要、工作成果、决策信息、关键议题分析等都进行 SCQA 转换,信息的共享和利用效率就会大大提高。还可以把同类的信息要素集在一起形成相应的信息集,如{情境集:S},{问题集:C},{方案基:A}等。

目前企业在市场业绩和服务行为方面的表现说明,他们只是触及了信息能力真实潜力的一点皮毛而已。面向客户的信息能力并不向他们所感觉的那样好,使用的信息在占有的信息中比例并不高。大多数企业在信息能力的硬

管理造成的经济衰退

在过去的几年中，美国企业的竞争力经历了重大衰退，人们对美国总体经济的担忧也日渐增长。经济学家和企业领导人都将企业竞争力和投资者信心双重下降归咎为 OPEC 组织的掠夺性政策、政府税收和金融政策不完善，以及法规的增加。我们认为这些原因是不充分的。

例如，以上原因无法解释为什么美国的生产力增长率下降的绝对数字和相对幅度都比欧洲和日本大，也无法解释为什么美国在许多高科技行业以及成熟行业中都丧失了其领导地位。虽然有许多随时都可以搬出来用的因素——如政府法规、通货膨胀、金融政策、税收法规、劳动力成本和限制、担心资本短缺、进口石油的价格等——对美国商业造成了一定影响。但是此类因素也同样影响着海外的经济环境。例如，某德国企业主管就不相信以上经济学家的解释。德国 95% 的石油都依赖进口（而我们只进口 50%），其政府占国内生产总值的比重约为 37%（美国政府仅占 30%），且在作出大多数重大决策时都必须同雇员协商。但是德国自 1970 年以来生产力增长率实际在不断提高,最近更达到了美国的四倍以上。法国的情况也很类似,但其制造业的生产力增长率达到了美国的三倍以上（尽管其钢铁业和纺织业正确临着危机）。没有一个现代工业国不面临同美国一样的问题和压力。那么,为什么美国企业的竞争力却远比其他国家下降得快呢?

SCQA 转换 →

S=美国企业经历了重大衰退

C=法国和德国同美国面临的问题一样，但美国的衰退更严重

Q=为什么

A=企业主管没有专注于长期技术

图 14-2 SCQA 转换

件方面取得一些进步的同时,至今依然没有形成富裕客户个体理解及财务真实性的概念。与此相反,信息仅仅作为一种储存和管理信息的方式,被他们用来向人炫耀,而并没有成为他们创造赢利性价值的工具。这些问题多年来已

经发展成为信息应用的短期行为,使得企业将信息视作一种运作需要,而不是为客户和股东创造价值的基本工具。尽管大多数企业的管理者声称他们很重视信息的作用,而实质上他们在低估信息的作用,这是因为他们被本身的信息应用能力所限制。同时,信息因为与业务的所有方面有着本质上的关联而被简单地视作一种必然的能力,从而被忽视。当我们审视企业的信息能力时,我们发现企业的信息能力不是进步了而实际上是退步了。信息与商业活动联系的紧密程度要低于一个世纪前的企业,因为现在的企业的信息能力还多了一个综合屏障。统计方法如果不能很好地理解和应用极其容易使决策陷入伪信息误区,因为综合把客户活生生的特性都磨灭了。

企业信息化的均衡能力是信息化的重要经济基础和经济动力,如果信息化不能支持企业的价值增长,企业就会失去信息化的根本动力,问题在于经济信息化是一个必然趋势,企业信息化又需要经历较长的时间过程,那么随着中国进入后 WTO 时代,世界经济一体化演变而来的信息一体化,信息化就不仅是企业的一种外在的运作工具,而且会演变成一种基本的生存方式,那么届时企业信息化就会从发展问题上升为生存问题。企业需要及时调整和优化信息化战略,在影信息化的主要因素上均衡地投资,在非技术因素上寻找发力点并加大发力的力度,并且要对信息化进程的速度进行控制,要充分认识到就整体的意义上来讲,信息化会是一个缓慢的渐进过程,特别是信息化的效应显现,另一方面信息化还有很强的外部性。信息化的企业需要达到一定数量才能有明显的收益,企业自身的信息化水平的提高在短期内对企业自身发展的影响是十分有限的。

中国电信在企业内部的信息化建设上做了大量工作,信息系统的大规模建设已经接近尾声,但是信息化对企业的挑战才刚刚开始。基于信息化的工作改造和知识形成无疑是一个更为艰巨和长期的任务。但是如果没有工作方式的根本改变,信息化的价值难以真正体现。

THANKINGSTORY:我们需要练就以小见大的慧眼

一群青蛙幸福地生活在一个大池塘的一角,池塘的另一边是一片睡莲。它们的生活是如此平静恬适,相安无事。青蛙们偶尔还游到睡莲那边,跳到睡莲那舒展的叶片上嬉戏。

一天,池塘里面流进了一些刺激睡莲生长的化学污染物,它们可以让睡莲每24小时增长一倍。这对青蛙而言是个问题,因为如果睡莲覆盖了整个池塘,它们就将无处容身了。

如果睡莲可以在50天内覆盖整个池塘,而青蛙有一种阻止睡莲生长的方法,但是需要花十天时间来将这个方法付诸实施。那么,什么时候池塘会被覆盖一半?在池塘被睡莲覆盖的面积最少达到多少时,青蛙才有可能采取行动去挽救它们自己?

解决这个问题最简单的方法就是倒推。我们知道,到第50天结束时,池塘会被睡莲完全覆盖;第49天,池塘将被覆盖1/2;第48天,被覆盖$1/4 = (1/2)^2$;第47天,被覆盖$1/8 = (1/2)^3$;依次类推。在第40天结束时,也就是青蛙们能够采取行动的最晚时间,池塘被睡莲覆盖了$(1/2)^{10}$。

$(1/2)^{10}$是一个非常非常小的数字——只是0.0098,不到千分之一。这意味着,如果青蛙们想要避免陷入无处容身的危险境地,它们得在睡莲所覆盖的面积还不到整个池塘的千分之一时就采取行动。也就是说,它们必须对在很远的地方发生的非常非常小的事情保持足够的警惕,并及时采取行动。如果它们在危险已经降临——比如,它们突然发现睡莲已经覆盖了池塘的四分之一甚至是一半——之前没有采取行动,那么,一切都晚了。

按照系统思考的观点,指数级增长是所有增强回路的自然行为。在初期。它增长的如此缓慢,以至于你很难注意到它的增长。但是,突然之间,它就可能变成一个庞然大物,从而实现局面的逆转,无可挽回。

一孔之见

杰克·韦尔奇很善于从很细小的事情中感觉到有危机出现,或者有盈利的可能。我想这是 GE 神话的一个重要元素,在这样一个产业疆界变化无常的时代,"以小见大"的智慧显得越来越重要,这也是精确管理需要练就的一项基本功。

第15章　登高,再登高

如果中国电信的目标只是在竞争中胜出,其水平取决于对手水平所能达到的高度。

如果中国电信的目标只是满足客户需求,其水平取决于客户需求水平所能达到的高度。

如果中国电信的目标是创造一个"综合信息服务的新的消费时代",其水平就取决于企业的智慧所能达到的高度。

转型的本质意义就是要创造企业新的高度。

1　智慧之战

在一半是"红海",一半是"蓝海"的市场竞争中考验的是企业家的智慧。

企业之间竞争的最高层次就是企业家之间的竞争,是企业家的远大抱负、理念和决策能力的比拼,因此,可以说,企业竞争到最后必是一场智慧之战。

智慧是一个人借助经验和思索而获得的能力,也是为别人创造学习经验和管理一个组织内部学习过程的才能。智慧用于实践,其含义为巧妙老练;用于学习则为博大精深;用于置疑,则为深刻具体。(管理的智慧,生活·读书·新知三联书店,1996年5月)在本书的语境中,其实智慧就是MB型人所具有的能力。企业间的比拼必是最高等级MB之间的比拼。中国电信转型的成功必是最高等级MB的集成和检验。

"当结果表明一个预见很精确时,这通常意味着发生了两件事中的其中一件:要么你是在对未来做出正确的评价,要么你是正在把你所预见和所希望的未来变成现实"(以预见创造未来,中国人民大学出版社,2000年7月),当中国电信把自己的转型目标设定为:从传统基础网络运营商向现代综合信息服务提供商转变的时候,站在刚刚开始检验这个预见的起点上,我们只能说,在转型的过程中正在不断发生第二件事,而不是被动地等待第一件事的发生,对企业来说,通常情况下在被动地等待中第一件事永远也不会发生。在对预见不断验证的过程中,在实现目标的路径选择上,在很多具体任务上,"一致"是很难达成的,也是很难维持的,这时候考验的是企业领导者引领大家不断达成一致的智慧,集中体现在对下表所述的领导准则及领导任务的完成(见表15-1)。

表15-1　领导准则及领导任务的总结

准则＼任务	1.个人魅力	2.人际影响	3.关系型对话
确定方向	统一、清晰的方向,基于领导者的世界观	基于由领导者统一的不同观点的磋商	包括各种差异,有多种含义
创造承诺	个人对领导者的承诺	对由领导者统一的预测力的承诺	对各种可能性的共同构造承诺
迎接适应性挑战	领导者已经预见到如何迎接适应性挑战	通过对影响力的重新磋商来迎接适应性挑战	通过世界观之间的对话来迎接适应性挑战

资料来源:卓越领导魅力,上海交通大学出版社,2002年1月

这两年几大运营商之间的高层管理者互换调整一直没有停过,最近的一次比较有标志性的调整是广东移动总经理调任联通集团任副总,而这几年广东联通在广东移动步步紧逼下日子很不好过。国家的声音再明白不过,坐在这个位置上的人,不仅要担负起企业发展的责任,也要肩负起促进整个产业繁荣的使命。国家正在以自己的方式驱动企业不断由"红海"驶向"蓝海"。因此,"蓝海"智慧成为对每一个电信运营商领导人的考验。

所谓"红海"与"蓝海"是最近的管理学力作《蓝海战略》(商务印书馆,2005年5月)中提出的概念。"红海战略"是指在成熟市场上你争我夺,靠降价为杀手锏,杀成一片血腥的红色海洋,最后双输,导致行业萎缩;"蓝海战略"则独辟蹊径,扩大市场边界,发现新的业务增长点,培育新的市场,把行业的蛋糕做大,最后实现双赢。对中国电信来说,挑战在于,移动异质分流的不断加剧,IP电话等新兴技术的不断出现,使占中国电信收入70%的话音业务处于红海之中。在中国电信,引领企业驶向"蓝海"的转型战略已经开始实

施,宽带业务、商务领航和号码百事通三项业务上的大力推进,IPTV 的尝试,国际业务的准备和布局,使得中国电信在突破传统业务的市场边界,进入信息服务的广阔领域的尝试取得初步成效。但是由于传统固话运营商的定位和天然缺陷,中国电信在转型征途中,将会持续遭遇一半是"红海",一半是"蓝海"的考验。为此,中国电信正在超越企业间的竞争,展现自己站在产业发展的角度设计企业发展的"蓝海"智慧,在推进企业转型的同时,促进行业的繁荣。为国家实施以信息化带动工业化的新型工业化战略,为在 2020 年建成创新型国家,承担起一个主导运营商的责任。

为此我们用一个著名的模型的对偶模型来解释一下中国电信所表现出的产业整合智慧。迈克尔·波特在他的著作《竞争优势》(华夏出版社,1997 年1 月)中提出了著名的"五力模型",即用五种力量之间的博弈关系来阐明企业所面临的竞争环境:

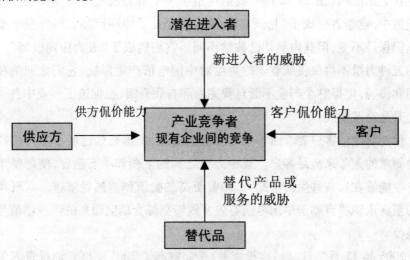

图 15 - 1　波特五力模型

这一经典模型从竞争作用力的方面评估了企业在所在行业中的盈利能力。波特认为,企业的盈利能力将取决于这五个要素的综合作用力,而这五个要素都由行业结构或行业基本的技术经济特征所决定。处在行业之中的企业,虽然可以通过其战略对这五种力量施加影响而改变产业结构和竞争规则,但是产业架构的改变往往也有可能影响产业的长期盈利能力,而且产业领先者常常会因此而受到更大的不利影响。

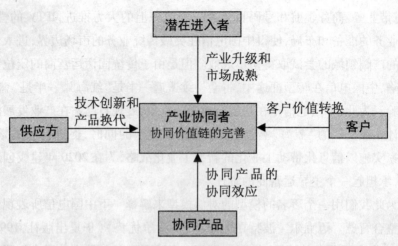

图 15-2　五力协同模型

在上面的图（图 15-2）中，我们构造了一个五力模型的对偶模型。在这个模型中，竞争者变成了"协同者"，替代品变成了协同产品。另外三个要素虽然仍保持不变，但其内涵却已截然不同。它们构成了"五力协同模型"。这新的五种力量不再仅仅从竞争的角度对中国电信产生影响，它们之间的相互作用和协同，使得整个产业不断自我完善和自我升级，也促进了产业中各企业的上升运动及发展。

伴随着电信客户需求由单一向综合的演化，中国电信已经不能再用任何一种简单的业务来满足客户。五种力量之间的平衡和动态融合，使得整个通信产业能够在和谐共生的情况下，向着更高的价值创造路径演进。对五种力量的重新认识将有助于中国电信有效实践转型综合信息服务的产业增值与协同路径。

2005 年 11 月 2 日，《机构投资者》杂志宣布了 2005 年度亚洲投资者关系最佳奖项。中国电信股份有限公司董事长兼 CED 王晓初以其执掌国内最大电信运营企业中国电信一年来的卓越业绩，获评为中国区最佳 CED；2005 年 12 月 6 日，在国际权威金融杂志《欧洲货币》2005 年度亚洲最佳管理公司评选中，中国电信被评为"中国最佳管理电信公司"。

国际资本市场和金融权威机构在岁末适时评出奖项，来反映全球投资领域专业人士对国际资本市场有关领域工作的评价，表达对大型公司管理业绩的肯定，引导国际资本的流向。在众多的评选中，中国电信成为焦点。国际资本市场和金融权威机构的青睐和肯定,充分体现了中国电信及其管理层在市场中的非凡表现和巨大潜质,代表了广大投资者的意愿。是对中国电信实施战略转型和精确管理,逐步从传统的基础网络运营商向现代综合信息服务提供商转变的认可和对所展现的管理智慧的赞觉。

2 需要改变点什么

> 当历史赋予企业机会与责任的时候,企业一定要毫不犹豫地抓住。

　　1950 年元旦,德鲁克和他的父亲去探望他的老师——著名的奥地利经济学家约瑟夫·熊彼特。在这次见面中,熊彼特对德鲁克父子说:"我现在已经到了这样的年龄,知道仅仅凭借自己的书和理论而流芳百世是不够的。除非能改变人们的生活,否则就没有任何重大的意义。"这句话成了德鲁克后来衡量自己一生成败的基本标准,也是他一生从事学术研究的重要法则。

　　芸芸众生中很少有人能用这个尺度来衡量自己的人生和成就,同样我们转换一下自己的思维镜头,想一想,做一个企业何尝不是这样,又有几个企业能用这个尺度来衡量自己呢? 凭借在市场上的表现和优良的业绩,一个企业可以称得上是一个优秀的企业,但是如果不能对改变人们的生活方式有实质性的影响,这个企业就很难称得上是一个伟大的企业。当然,一个伟大企业的诞生,需要长期的积淀和历史赋予的机会。在今天,中国的电信企业正在迎来这样一个千载难逢的机会。因为电信业不仅仅是一个行业的概念,电信业正在成为一个时代的经济、特征和基础,而这个时代正在为电信企业提供这样的机会。

　　对任何一个企业来说,能身处这样一个充满矛盾、满怀希望而又内生有伟大企业 DNA 的行业,是十分幸运的。但同时又肩负着创造和传承伟大企业 DNA 的责任,这是一个巨大的挑战。对中国电信企业来说,要首先审视一下自己的生存方式和发展基础,因为要对一个时代人们的生活方式改变有实质性的贡献,企业首先要改变自身的生存方式以适应新的发展基础,历史已经证明并将继续证明这个发展逻辑。

　　"除非能改变人们的生活"这是一代经济学巨匠对自己提出的人生要求。

这也是中国电信转型需要达到的至高境界。以这个标准来度量和要求中国电信以及所有电信运营商,在未来十年内,在世界电信业界必定会崛起一个中国的世界级电信企业的领导群体,成为中国实施新型工业化战略的强大推动力。

3　十年磨一剑

> 没有足够的修炼与磨合,精确管理潜在的巨大能量难以充分发挥。

精确管理不是一朝一夕就能铸就成功的事,在这个过程中重要的不仅是创新,而是更要学会做规定动作,要练就把简单的事做到极至的能力,同时要练就理解复杂问题的能力。把复杂问题做出基于表面的简单理解,这时候极易把精确管理引入误区。

在精确管理的平台上需要我们不断修炼与打磨。这个"磨"不仅要打磨掉我们对失败的恐惧、浅尝辄止的浮躁,还要打磨出我们放弃的勇气、精益求精的坚韧和科学的理性、洞察复杂问题的睿智以及不断走出舒适区的创新精神。这个"磨"还包括与中国新型工业化过程的"磨合",而这正是过剩经济条件下的许多中国企业很难完成从短缺经济到过剩经济条件下发展模式转换的一个可能的经济诠释。

中国的电信企业正在不可避免地烙上规模不经济的烙印,但问题是规模效益正是电信企业的一个内在的特征,企业想尽一切办法使得规模不经济得以延迟,但正是规模扩张成为直接管理缺陷特征显现的屏障。这个屏障从根本上弱化了中国电信转型战略的管理基础。当由于竞争加速规模不经济最终到来时,中国的电信企业就会不可避免地陷入尴尬的境地,不得不做一些与自身不相称的规定动作,但这往往需要较长的时间才能见成效,以至于企业失去耐心。能够提供给中国电信企业借鉴的成功企业经验和失败企业的体验并不多,能够贴上自主知识产权标签的更不多见,自身的修炼与磨合在所难免。

新的经济特征显现过程也许还需要较长的时间。但是有两点很明显,新的经济系统元素间的联系将更为复杂,但运行机制会更有效率;新的经济必然也必须能够为全社会提供更大的经济福利。这是在经济转换时期应该坚持的两条根本原则和前提。在工业经济时代,物质的生产效率是社会经济福利的主要增长因子,物质的满意占居主导地位,这时候消费者获得的主要是功能利益。而连接生产与消费之间的关系空间蕴涵着巨大的成长机会,对客户需求的深度挖掘和客户满意度的提高,需要大大提高关系的质量和效率。过剩经济条件下迫切需要关系重构,企业的关注将从关注生产过程转向关注生产过程和消费过程并重。

企业与客户关系的重新定位和建构基于新的要求,关系建构由实现企业经营目的的手段演化为目的本身,关系成为利益的核心和价值集成网络。客户作为价值集成者与传统的消费者的概念有着本质的飞跃,客户已成为价值的中心元素。通过关系传承和提升企业和客户的价值,使得关系本身的价值得到了提升。由于关系本身是企业与客户共同建构和发展的,这就加大了客户的退出成本,拓展了共享价值的空间。

经济元素高度互动时代加剧了企业要素与环境要素之间的影响,使得直接管理捉襟见肘。我们必须为此做好长期修炼和打磨的准备,这是精确管理的内在要求,也是精确管理的力量所在。

中国电信最终会再次成为全业务运营商,也有能力通过网络转型、业务与服务转型和组织与人力转型不断突破人力资源瓶颈和新业务增长瓶颈,提高自己的综合运营能力,一步步向领先的综合信息服务提供商的目标迈进。那么什么是中国电信成长的真正限制条件或终极挑战?

修炼精确管理的十个特征是中国电信走向终极挑战的十道难关。当企业在转型的征途上闯过了一道又一道难关,就会发现,我们又回到了问题的起点,终极挑战还是对人本身的挑战。

归结一点就是员工能力充分发挥的程度,或者说是对员工兴趣资源的开发程度。我记得我以前看过一个调查是这样的:"一项针对 1500 名某著名商学院毕业生的研究,追踪他们从 1960 年到 1980 年的事业发展。这些毕业生在一开始就被分成两组,第一组的人说想先赚钱,以后才能做想做的事。第二组则先追求他们真正的兴趣,认为以后财源自然会滚滚而来。其中,想先赚钱的第一组占 83%,1245 人。甘冒风险的第二组占 17%,255 人。20 年后,两组共有 101 名百万富翁,1 人属于第一组,而 100 人属于第二组。"仔细想想,的确是这样的。

一个员工只要具有岗位所需要的基本技能,对企业忠诚、团结同事,勤奋工作就应该能够作出好的业绩,这是企业人力资源配置的基本效率要求。但是要能够不断挑战极限,作出行业中领先的业绩,则必须有兴趣。这既是人力资源开发的终极挑战,又是中国电信转型和精确管理的终极挑战。这是微软引领产业之本质,也是 Google 挑战微软之本质。英国《星期日镜报》报道说,美国著名搜索引擎 Google 公司竟然像个纪律松散的游乐场:员工可以随便什么时候来上班;员工爱穿什么就穿什么;工作累了可以在公司比剑、打球、游泳。……如今,Google 的市值已经达到 500 亿英镑左右,仅去年一年,它的利润就高达 10 亿英镑。

如果把"游乐场"和 500 亿英镑深度地关联起来,终极挑战的本质内涵就会不断展现出来。

THANKINGSTORY:看不见的含量

埃及有一种草编画,是把宽草叶子裁薄,编成画布,然后在上面画上图案。不少外国的艺术家都去学习过。然而无论如何也无法达到那个标准,大家都不知道是差在哪里,最后只好放弃。草编画至今还是属于埃及一家的。

中国的京剧,外国人来学习的不少,三年五载,学得认认真真,能把老师累死,可顶多也就学个半瓶子醋,上台迈脚,总也不对路数,真是天下一大无奈。

日本人生产的汽车,程序上与各国的程序没有任何不同,也是先出散件,然后再组装。各国为了省钱,向日本人提出自己组装。可由各国组装的日本车,却怎么也比不上日本人自己组装得精良。各国就去日本学习组装技术,却看不出有什么可学的名堂。组装机是一样的,都是日本产的。程序也是一样的,就连日本工人的动作也与各国工人的动作没有什么不同。然后大家回国后,组装的汽车还是不如日本的。上世纪 70 年代,大家都说日本人滑头,藏着技术不露。日本人听了喊冤,甚至发表声明,告知天下,日本人什么都教了,绝无一点隐藏。

很多年过去,英国科学家提出了一项见解,那就是看不见的"含量"。看不见的含量,影响着同一事物的不同结果。比如,无论是草编画,还是组装汽车,甚至包括外国人学习中国的京剧,是不同的文化背景、人文素质甚至世界观与潜意识起着决定作用。而在事物的表层,这些因素却是无法洞见的。同样的表象,内含的差距却有着天壤之别,甚至是致命的。

在草编画的制作中,埃及人的大脑里始终装满了古埃及的文化与传统艺术,血液里流淌着尼罗河两岸的原始风情与古寺院的神雕巨石,根本不是在手上。指挥他们双手的,是一种博大的民族韵味,而没有这种根基的另一双手,模仿得再像,也存在着巨大的差距。

日本人造汽车,同样只有日本人自己知道是怎么回事。有人说,日本人的机器,外国人过手就完。这话虽然有点夸大,但也说对了一半。看似只是换了一下手,然而一换手,内含就被换了。看似一样的动作,却成了两码事。

科学发展到今天,世上许多领域都已经无保密可言。然而同样的产品,同样的技术,仍然存在着很大的差别。正像有人提出:东和西,到底有多远一样,其实这是一个心智的问题。心智差多远,东和西就差了多远。

日常生活中,人们能看见的因素永远都是有限的。众多看不见的含量,才是决定某类事物或某项艺术的最终因素。

美国人为此作过一项试验,集中20位不同国家的工人,发给同样的模具,打造同样尺寸的铜砖,这项工作不需要任何技术。然而20个人打造出来的结果,还是不一样的,还是有高低之分,还是有不同的审美趋向。看不见的含量,永远决定着我们生活的质量和做事的差异,而不在那些分毫不差的尺码和死道理上。(摘自北京晚报2005年5月17日)

一孔之见

精确管理体现了只有更好,没有最好的管理理念,选择了精确管理,就选择了义无反顾,就选择了追求卓越的永无止境。修炼精确管理的"看不见的含量",是精确管理的至高境界。

后记:转型的价值

——写给十年后的中国电信

转型是一个企业重生的历练,实现了一个目标,会有另一个更高的目标在等待着你;克服了一个困难,会有一个更大的困难在等待着你去克服,选择转型,就意味着义无反顾,就意味着坚忍不拔。

中国从电信大国向电信强国的成功跃迁需要政府的引领与监管,企业家的理性与智慧和消费者的成熟与参与。中国电信的转型成功必然以中国电信业的持续繁荣为依托。

今天中国电信存在的问题,需要花十年来解决的并不多。十年后今天困扰中国电信的许多问题应该都不复存在。3G之争早已尘埃落定,IPTV之忧也不复存在……中国电信早已成为全业务运营商。新的业务还会出现,新的困扰依旧会来,但决定中国电信在未来产业格局中地位的不再是能不能做某项业务,而是中国电信的管理模式是否具有领先性。美日企业的创新之争,韩国企业的异军突起,表面看是技术和产品之争,实际上是管理模式之争,这就是精确管理所具有的未来意义。中国电信必定会在对下述方程组的艰难求解中,一步步追求实现自己新的光荣与梦想。

$$\left\{\begin{array}{l}转型方程式\\精确管理方程式\\环境的约束条件\\求解:领先的综合信息服务提供商\end{array}\right.$$

中国政府对3G发展节奏的把握体现了中国政府的智慧。正像信息产业部奚国华副部长在2005年9月14日至16日在北京举办"3G在中国"全球峰会上讲话中所说,"不是自吹自擂,也不是骄傲,我可以自豪地说,现在中国政府对于3G技术发展的演进的掌握,应该说在世界上与其他政府相比,应该说是比较全面的。"

经历了转型的中国企业一定会明白,经济全球化,不管我们是否走出去,我们都要参加一场"世界之战"。这场竞争的残酷性,使得任何局部的小的战役的胜利都不足以改变整个战争的格局,我们需要持久的打大仗的准备。

前英国首相温斯顿·丘吉尔有句精辟的评论:"英国可以输掉每一场战斗,但总能赢得最后的战争。"中国的企业家要想在这样的到处弥漫着极限竞争的"世道"中成为大企业家,在学习管理原理的同时,恐怕更需要认真读一读毛泽东同志的伟大著作《论持久战》,要有点竞争的哲学思维。

中国电信的转型征程总有潮起潮落,不可能永远处于浪尖之上。站在十年后的基点上来看待走过的一切,我们会发现,我们做错了一些事,也有很多事我们做得很精彩,但是就像人们不会因为你做了一件精彩的事就永远记住你一样,人们同样也不会记得你做过什么愚蠢的事。

但转型会将我们做错的、精彩的浓缩为一粒蚌壳包裹下的沙子,历经十年的磨砺,最终展现给人们一颗美丽的珍珠。

企业家选择策动了这场转型之役,也把无限的责任和风险带给了自己。未来之路并不像我们今天看到的那样容易找到,有时候一步走错,就很难回头,所耗费的时间和资金成本很可能使一个成功的企业陷入万劫不复的境地。

但是没有诺曼底的冒险登陆成功,盟军的胜利就不会来的那么快。

选择意味着危机——危险中的机会,在企业发展的转折点上尤其如此。但企业家必须做出选择,这是企业家的宿命,也是企业家的价值。

就管理本身的特性而言,只有伟大的实践才有可能孕育伟大的理论,转型是塑造企业新的使命和组织 DNA 的过程,转型也正在给中国电信带来这样的挑战和机会。经历了转型,中国电信正在驶离"红海",行驶在"蓝海"之中,加速驶向世界电信十强之列。

最后,我衷心感谢学林出版社曹坚平老师的大力支持和帮助;感谢在工作中给我以启发和支持的上海电信企发部裘红菊经理;感谢周瑾、冯宁、包拯和丁赟和帮助。

王志宏,2006 年 2 月 12 日

附件　参考文献

1. 中国未来 20 年挑战大于机遇,张维迎,国际先驱导报,2004 年 12 月 28 日

2. 领导队伍:战略的起点,麦肯锡高层管理论丛,2005 年第 1 期

3. 《经济学季刊》第 1 卷第 2 期,第 269 - 301 页

4. 战略调整:中国商业银行发展的路径选择,马蔚华,《新华文摘》2005 年第 8 期

5. 乔尔·艾肯巴克,《华盛顿邮报》,2004 年 2 月 22 日

6. 麦肯锡高层管理论丛, 2001 年第 1 期

7. 《中国现代化报告(2005)》p123、p178 - 183,中国现代化战略研究课题组,中国科学院中国现代化研究中心,北京大学出版社

8. 公司战略,东北财经大学出版社,2000 年 3 月第 1 版

9. 麦肯锡高层管理论丛 2005.1, William I. Huyett, S. Patrick Viguerie, 经济科学出版社

10. 《创新和企业家精神》(Innovation and Entrepreneurship),海南出版社,2000 年 9 月

11. 罗伯特 - H·海斯和威廉·J·阿伯内西《哈佛商业评论》1980 年 7 月~8 月刊

12. 卓越领导魅力,上海交通大学出版社,2002 年 1 月

13. 蓝海战略,商务印书馆,2005 年 5 月

14. 竞争优势,迈克尔？波特,华夏出版社,1997 年 1 月

15. 转型,中信出版社,2005 年 1 月

16. 信息大师,上海交大出版社,2001 年 1 月

17. 金字塔原理,民主与建设出版社,2002 年 12 月

18. 后现代公共行政,中国人民大学出版社,2002 年 11 月

19. 管理的革命,汤姆·彼德斯,光明日报出版社,1998 年 12 月

20. 第五项修炼,上海三联书店,1998 年 7 月第 2 版

21. 以预见创造未来,中国人民大学出版社,2000 年 7 月

22. 管理的智慧,生活·读书·新知三联书店,1996 年 5 月

图书在版编目(CIP)数据

转型之路：精确管理与企业个性/王志宏著.—上海：
学林出版社,2006.3
ISBN 7 - 80730 - 093 - 0

Ⅰ.转... Ⅱ.王... Ⅲ.国有企业—经济体制改革
—研究—中国 Ⅳ.F279.241

中国版本图书馆 CIP 数据核字(2006)第 009605 号

转型之路：精确管理与企业个性

作　　者——	王志宏
责任编辑——	曹坚平
封面设计——	鲁继德
出　　版——	上海世纪出版股份有限公司
	学林出版社(上海钦州南路81号3楼)
	电话：64515005　传真：64515005
发　　行——	新华书店上海发行所
	学林图书发行部（钦州南路81号1楼）
	电话：64515012　传真：64844088
印　　刷——	常熟市东张印刷有限公司
开　　本——	787×1092　1/16
印　　张——	13.5
字　　数——	21 万
版　　次——	2006 年 3 月第 1 版
	2006 年 3 月第 1 次印刷
印　　数——	4000 册
书　　号——	ISBN 7 - 80730 - 093 - 0/F·10
定　　价——	24.00 元

（如发生印刷、装订质量问题,读者可向工厂调换。）